中国作家协会网络文学研究院（杭州）重点学术扶持项目

中国网络文学研究名家论丛 | 夏 烈 主编

中国网络文学简史

▷ 马 季 著

"中国网络文学研究名家论丛"组委会

顾　问　陈崎嵘　臧　军　曹启文　应雪林
主　任　沈旭微
副主任　唐龙尧　夏　烈　袁志坚　尚佐文
委　员　肖惊鸿　叶　凯　何晓原　马　季　陈曼冬

主　编　夏　烈
编　委　徐　飞　陈金霞　钱登科　周　敏　韩　佳

序 一

且为网文鼓与呼

陈崎嵘

历经二十余年的蓬勃生长与大浪淘沙,中国网络文学为普罗大众所接纳、熟知和欢迎,成为一种谁也无法忽视的世界级文化现象。

网文忆,最忆是杭州。这里有三秋桂子、十里荷花,更有百名大神、数个首创。在社会各界大力支持下,中国作家协会网络文学研究院、中国网络作家村、中国网络文学周,先后落户杭州白马湖畔。一时云蒸霞蔚,风生水起。

自然不能说这三块金字招牌发挥了多么巨大的作用。在笔者看来,它们的主要意义在于首创,在于拓展人们对于网络文学认知的阈值。

当然,作用还是有些的。譬如,中国作家协会网络文学研究院聘请了一批专家学者,坚持不懈地开展网络文学研究,并取得了一系列成果。"中国网络文学研究名家论丛"的推出,即是佐证。

收入此辑的9种研究专著，撰写者都是国内多年坚持网络文学研究，并为业界所广泛认可的专家学者。长期以来，他们跟踪中国网络文学的发展流变，直面网络文学现场，将自己的目光聚焦于网络文学和网络作家，从而清晰地勾勒出中国网络文学发展的历史与态势；他们将中国网络文学放到新世界、新世纪、新时代、新文坛、新媒体、新技术的大格局中，加以观察、比较、互鉴，得出关于中国网络文学性质、特质、价值、意义、成因的判断，认定中国网络文学是新型的人民文学，或许可使中国网络文学扬名立万；他们剖析千百部网络文学作品和千百名网络作家，从历史文化传统、神话知识谱系、外国魔幻奇幻因素影响、当下中国读者阅读审美习惯诸方面，梳理出中国网络文学的类型化、男频女频世界、超长文本、金手指和异能、网络文学共同体等的合理性、可持续性，为业界注入信心与动能。

需要说明的是，上述研究专著，并不是中国作家协会网络文学研究院研究成果的全部，还有几位被聘专家的专著，因各种原因而未被列入；它们更不是全国网络文学研究成果的集大成，而只是网络文学理论评论大海中几朵绚丽的浪花，是网络文学理论评论森林里几束翠绿的枝叶。但笔者依然认为，这些成果对于中国作家协会网络文学研究院乃至中国网络文学界，仍是一个可喜的收获，对于当前网络文学创作与研究亦有所裨益。

笔者并不认为我国网络文学的研究状况已令人满意。恰恰相反，笔者曾在多个场合反复阐述网络文学理论评论滞后于网络文学创作实践的观点，竭力呼吁加强网络文学研究队伍建设，强化网络文学研究工作，继续充分发挥中国作家协会网络文学研究院及其他研究基地、研究中心的作用。尤其要探索网络文学的网上评论，开辟"网来网去"的路径。研究者要"下海冲浪"，在创作现场与作者、网民互动,积极扮演"战地记者",尝试进行"现场直播"。也许,那样的网络文学评论与研究,更接"地气""人气""网气",更有可能受到网络作家和网民读者的欢迎。

我们有理由期待,并祝贺"中国网络文学研究名家论丛"的编辑出版。

2022 年 5 月

(本文作者为中国作家协会网络文学委员会主任、中国作家协会网络文学研究院院务委员会主任,中国作家协会书记处原书记、副主席。)

序 二

集结与开放
序"中国网络文学研究名家论丛"

夏 烈

"中国网络文学研究名家论丛"是位于杭州的中国作家协会网络文学研究院立项扶持的重点学术项目。2020年启动,历时两年,第一批成果9种即将付梓。作为丛书主编,照例要写几句。

首先,是关于这一丛书的起心动念。作为中国网络文学二十余年场域内的一分子,除了与广大的网络作家、产业平台乃至粉丝受众时相交流、共同成长以外,我更多的时间是在与网络文学研究、评论界的同道们聚首、开会、评审、撰稿。可以说,面对网络文学这个"一时代之文学"的大势新潮,高校文科、作协、文联以及相关文化单位的文学研究者、批评家逐渐从三三两两到小股的轻骑兵,再到今时今日蔚然生动的集团军——中南大学欧阳友权教授领衔的湘派,北京大学邵燕君教授领衔的京派,山东大学黄发有教授领衔的鲁派,安徽大学周志雄教授领衔的徽派,南京师范大学何平教授或者苏州大学汤哲声教授领衔的苏派，自然还有杭州师范大学的我和单小曦教授领衔的浙派。其余如厦门大学黄鸣奋教授，中国社会科学院陈定家教授，中国作家协会网络文学中心何弘主任、肖惊鸿研究员，鲁迅文学院王祥研究员，中国作家协会网络文学研究院马季研究员，首都师范大学许苗苗教授，等等。在时代的波澜涌起和文科知识分子的勇毅开拓中，网络文学的研究评论渐成声势，结成一片绚烂的花果园，此既可谓顺势而为、终有小成，亦可谓念念不忘、必有回响。而如果按照我所提出的中国网络文学"场域理论"讲，文科知识分子由此也基本构成了一种力量，在网络文学的发展矩阵中多少占有一股博弈与合作的话语权，他们从理解、参与入手，贯注着所主张的人文价值和审美价值，提倡网络文学的精品化和经典化。对于这些因时而起，富有学术敏感力和打破舒适区、主动迎接挑战的奠基者，我一直就想策划那么一人一册的一套丛书。

是宁波出版社的总编辑袁志坚兄主动找了我。在他之前，也有一些意向合作方，但或因我的怠懒，或因合作条件过于亏欠作者而作罢。袁兄以现当代文学专业的当行本色来劝服我合作一把，我才觉得应鼓足勇气落实实施。之后申报给中国作家协会网络文学研究院，获批了重点项目。这些成了我邀请各位师友的背景、靠山。所以，感谢这些合作方的领导，更感谢第一辑送来书稿的作者，以及那些当下虽无成稿却答应俟之将来的作者们。我深深觉得，网络文学研究评论在学界文坛走来不易，同行者之间的互相鼓励支撑是最可宝贵的财富，这一时代赋予的新的学术共同体还有待我们之间的大力合作、建设、砥砺、珍惜。

其次，是想说说"研究名家"的命名。这对于网络文学研究评论来讲还算新鲜。除了上述讲到的二十余年来渐成声势的一批代表人物,这个"研究名家"的命名,还跟当下网络文学研究评论界已然涌现的"三代"学人群体有关。也就是说,在网络文学研究评论现场,大致形成了具有传帮带传统的三个年龄代际学人的在场,他们共同构建起研究队伍的金字塔结构,从客观上、体制上完成着长幼有序、渐成学统规模的"名家"体系。比如黄鸣奋、欧阳友权从文艺理论学科介入,白烨从现当代文学史、文学评论介入,汤哲声延续前辈范伯群先生从通俗文学介入,等等,他们都是"50后"学人,构成了第一代网络文学研究队伍;陈定家、邵燕君、马季、王祥、黄发有、肖惊鸿、何平等是"60后",夏烈、周志雄、许苗苗、庄庸、单小曦、禹建湘、桫椤、房伟、张永禄、黎杨全、乔焕江等是"70后",黄平、丛治辰、李玮等是"80后"(80初),他们基本构成了第二代网络文学研究队伍;吉云飞、肖映萱、李强、王玉玊、高寒凝等是"90后",是正在迅速崛起的第三代网络文学研究队伍——正是这样的"三代"学人的构成与建设,为我们及时、必要地推动中国网络文学研究名家论丛做了时间上、思想上、结构上的准备。也是在这个意义上,我们希望这套丛书是开放性的,逐渐加入和整合"三代"甚至未来的网络文学学人队伍,包括海外网络文学研究(汉学界)以及网生网络文学评论家的名家之作。

目前第一辑的9种,分别是白烨的《新世纪文坛与新媒体文学》、黄鸣奋的《人工智能与网络文艺》、王祥的《人类神话:网络文学神话学研究》、周志雄的《直面网络文学现场》、夏烈的《故事与场域:以网络文艺为中心》、陈定家的《有无之间:网络文学与超文本研究》、马季的《中国网络文学简史》、肖惊鸿的《网络文学的两个世界:男频和女频名家名作研究》、庄庸的《网络文学青创爆款方法论》。他们运用了各种理论武器,并将视野扩及网络文学的内部研究和外部研究乃至更广泛的网络文艺、人类文学艺术的生态研究——只有这样，才能更好地认识、理解和发展、建构不断变化中的"一时代之文学"，但他们的共同点也是明确的：扎根网络文学场域，从网络文学的文本、现象、特点出发讲话，将网络文学放诸传统——当下——未来的三维、四维、多维结构中交流构想，力求不空论、不强制、不敢陋，展卷阅读之中能够感受到研究者、评论家们丰富的学术兴奋点和饱满的思想乐趣。此外，这也可以看作是一次当下学院派（含协会派）网络文学研究代表人物的集结。

中国网络文学是有文化根的当代创作，也是充满民间性、未来性和国际性的文化厚壤。二十余年的创作长廊至今依然拥有巨大的创作活力、市场活力、传播活力和阐释活力，容得下更多的研究者、评论家如蜂子般勤奋采集与酿蜜，这是时代文学气象赐予时代学人的崭新乐土，可圈可点、可赞可弹、可庄可谐，更可以出名家而卓然为峰——"海到尽头天是岸，山至高处人为峰"。习近平总书记对哲学社会科学界讲，要"真正把做人、做事、做学问统一起来"[1]，坚持做好一个时代的文学工作，相信也能实现山高人为峰的理想境界。此与同行共勉！

是为序。

2022年6月

（本文作者为中国作家协会网络文学研究院副院长，杭州师范大学文化创意与传媒学院教授、博士生导师。）

---

[1]《习近平在哲学社会科学工作座谈会上的讲话》，《中国教育报》2016年5月19日，第1版。

序 三

网络文学的本土经验与世界向度

（代自序）

互联网是全球化进程在 21 世纪的重要标志，同时也是撬动全球多元文化互动共融的重要杠杆，在这个意义上，中国网络文学的蓬勃发展与生俱来就是世界性的文化现象，作品在网上一经发表便成为"世界文学"的一部分。由此，我们可以清晰地看出，在中国对外开放取得重大成果的基础上，经过 20 多年的探索与发展，网络文学已不仅是"中国经验"的表达，实际上也是"世界经验"在这个时代的突出表现。现代文明生态系统中的文学，作为一种特殊信息符号，其根本功能是增进人与人之间、不同民族和不同文化之间的思想交流与情感传递，而在表现方式上，网络文学则有其不同于传统文学的特征，除了互联网自带的"技术性世界语"，基础信息的共享与文化价值的传播，使其以惊人的速度成为民族与国家话语的新型载体。

其一，精神资源无问东西。中国网络文学发端于民间，成长于日新月异的时代变革浪潮中，有其独特的文化视野和宽广的人文情怀。在精神资源上深耕于民族文化土壤，大量故事原型取材于古代神话传说，历代圣贤、文化典籍和重要历史事件在网络作家笔下"复活"，成为与现代生活有着某种关联的文学形象和场景。网络文学在表现方式上以时代精神为依托，手法灵活多变，想象力丰沛茂盛，因而成为巨大阅读市场的领跑者。

中国网络文学自互联网接入国门不久便应运而生，走出了一条兼容艺术性和商业性的类型化发展之路，涌现出大量具有中国本土特色的网络文学类型，如玄幻仙侠、架空历史、远古神话、古代言情、都市异能、历史武侠、现代修真、悬疑探险等。无论是玄幻小说代表作如《盘龙》《斗罗大陆》《神墓》《斗破苍穹》《择天记》《龙族》《天道图书馆》等，仙侠小说代表作如《佛本是道》《尘缘》《诛仙》《仙路烟尘》《仙剑奇侠传》《凡人修仙传》《雪中悍刀行》等，还是架空历史和古代言情小说代表作如《家园》《回到明朝当王爷》《新宋》《清客》《琅琊榜》《燕云台》《窃明》《一品江山》《宰执天下》《山河盛宴》等，乃至盗墓小说《鬼吹灯》《盗墓笔记》等，这些作品在故事架构上各具特色，在人物设定上奇巧诡谲，在叙事方式上不拘一格，但它们拥有一个共同特征：具有鲜明的东方世界观架构。

网络是一个开放性的写作现场，人人机会平等，不同思维的碰撞，不同观点的交锋，成为激发他人灵感的火种。除了上述东方架构的小说，网络作家各显神通，从《佣兵天下》讲述三片大陆十几个国家不同种族，席卷人、龙、神三界的史诗战争，到《亵渎》探讨人性与神性、规则与抗争之间的迷惑，再到《放开那个女巫》穿越异界发展科技，以及融合基金会和克苏鲁稳中带皮到极致的《诡秘之主》，网络文学自然而然产生了一批借助西方文明发展历程讲述人类共性故事的作品。工业题材小说如《工业霸主》《超神机械师》《超级能源强国》《星际工业时代》《神工》等，是在这一基础上脱胎和演化起来的新小说类型。而以鬼怪或探险为题材的灵异惊悚小说，以网络游戏改编或具有网游特征的游戏竞技小说，同样是东西方文化在网络时代杂糅混合而成的产物。在网络文学的世界里，不仅古今是连接在一起的，东西方虽有文化差异却也是不可分割的整体。网络世界可谓天下一家，跨越时空的精神资源，颇有涓涓溪流入大海，你中有我无问东西的意味。

其二，与读者共建阅读时代。在某种程度上，网络文学渐进式地更新着我们固有的文学观念。过去，一般认为文学写作只是极少部分人的专利，是一项严肃、崇高而神圣的事业。"文以载道"的使命不大可能由大众去完成，事实也是如此。但是，那是有前提的——精英文学作为唯一标准。显然，这个前提在21世纪以来的文学现场遭遇了挑战。今天，随着社会文明程度和科学技术水平的不断发展和提高，文学创作不再是作家个人的事，大众的广泛参与度前所未有，文学阅读即读者的需求对创作的影响力日渐扩大，直至互联网倒逼写作和阅读之间实现无缝对接。可以说，文学写作在今天已经进入作家与读者"共建"的时代，在这样情景下，"文"能否继续"载道"？回答是肯定的，只不过其形态发生了变化。民间的声音逐渐由边缘进入主流，文学民主，体现在全民思想解放和文化创造力的爆发，这是继20世纪80年代后"大国情怀"下"民众意识"借助文学领域迅速崛起的又一个黄金时代的到来。

网络文学被称为读者的文学，但不能以失去作家的主体性为代价，以空间换时间的创作道路注定是走不远的，市场的法则趋利避害，也难免伤及自身，文学终究有自己的法度。当下，网络文学以其巨大的体量，以及被大量改编成影视、动漫、游戏等其他艺术形式，证明自己的文化价值和商业价值，不仅在国内拥有5亿以上的读者群体,在IP领域纵横捭阖,而且在海外传播中初露锋芒,引人注目。在全球大众文艺花样翻新的圈粉过程中,IP这个概念其实并不新鲜,但在中国网络文学的赋能之下,打通了现实与虚拟的屏障,创立了一个更具时代象征的文化符号。这或许正是网络在一个文明古国获得新生的本质意义。我们都知道,IP的指向是最大范围地构建"情感共同体",一部作品如果被指认为优质IP,它应该保有人类的共同价值与经验,中国网络文学正在朝这个方向努力前行,以中华民族的优秀传统为核心,借鉴、化用西方文明成果以展示人类的精神归属。

人们不禁要问,网络文学的繁荣发展到底说明了什么?它一度被认为是有待管束的闯入者,时至今日又被视为文学的前景和趋势。它以一个叛逆者的形象东奔西突,敢于与既有的相对成熟文学形态相抗衡,在新的人文环境与商业利益的拷问下,仍然具有旺盛的生命力;它既体现了文学与时代错综复杂的关系,又体现了文学生命本体的生生不息。顺应时代、勇于创新,也许是网络文学的生命之源、立足之本。

目 录

第一章 概　述 ………………………………………… 001
　第一节　网络文学的特质 ………………………………… 003
　第二节　网络文学的美学特征 …………………………… 008
　第三节　网络文学的缘起和脉流 ………………………… 013
　第四节　当代文学的重塑和新生 ………………………… 019

第二章 网络文学的业态流变 ………………………… 025
　第一节　低门槛写作时期 ………………………………… 027
　第二节　文坛关注网络之声 ……………………………… 036
　第三节　传统作家跨界触网 ……………………………… 046
　第四节　网络文学的跨文化特性 ………………………… 053

第三章 网络文学类型化之路 ………………………… 057
　第一节　2006,创新启动之年 …………………………… 059
　第二节　2007,纵深发展之年 …………………………… 063
　第三节　网络架空小说的特征 …………………………… 068
　第四节　网络穿越小说的特征 …………………………… 071

第四章　网络文学主流化……077
- 第一节　中国网络文学现场……081
- 第二节　向传统文学致敬……087
- 第三节　网络文学 IP 的趋势与走向……090
- 第四节　IP 开发与产业链重塑……092
- 第五节　网文 + 动漫值得期待……096

第五章　网络文学叙事简论……101
- 第一节　网络文学叙事类别……104
- 第二节　网络文学叙事模式……113
- 第三节　幻想类网络文学叙事演变……116
- 第四节　女频网络文学叙事特征……120
- 第五节　结语……125

第六章　网络文学创作探微……127
- 第一节　类型小说的阶梯……129
- 第二节　与时代同频的创作范式……138
- 第三节　对真实人生的虚拟化表述……147
- 第四节　话题争议之下的网文 IP……153
- 第五节　网络文学进入历史拐点……159

第七章　网络文学 IP 面面观……163
- 第一节　IP 的主要形态及其路径……167
- 第二节　IP 的孵化与应用……169
- 第三节　IP 背景下的网络文学价值……175

第四节　IP 开发的趋势与走向 ·············· 179
　　第五节　网络文学知识产权维护 ·············· 184

第八章　网络文学产业化形态 ·············· 191
　　第一节　网络文学付费阅读模式 ·············· 193
　　第二节　网络文学免费阅读模式 ·············· 197
　　第三节　网络文学 IP 价值重估 ·············· 200
　　第四节　网络文学发展趋势 ·············· 205

第九章　互联网文学平台史略 ·············· 211
　　第一节　初创与个人站点时期 ·············· 214
　　第二节　扩容与壮大时期 ·············· 215
　　第三节　商业化试水时期 ·············· 218
　　第四节　资源整合与产业化时期 ·············· 220
　　第五节　移动阅读强势出击 ·············· 223

附　录　中国网络文学发展纲要 ·············· 229
　　序　言 ·············· 231
　　第一节　互联网开创文学新世界（1991—1997）·············· 231
　　第二节　文化之旅新航程（1998—2002）·············· 234
　　第三节　产业革命展新姿（2003—2008）·············· 237
　　第四节　移动阅读改变生活（2009—2014）·············· 243
　　第五节　网络文学形成多元化格局（2015—2021）·············· 251
　　第六节　网络文学服务平台 ·············· 261

第 一 章

概 述

20世纪末以来，以互联网为传播媒介的信息革命，不仅改变了人们的阅读方式，还逐渐改变了人们的生活习惯和思维方式。新世纪文学由此产生的空前变量，从表面看似乎源自网络文学的蓬勃兴起，本质上却是信息革命引发的文化价值系统的转型和重组。在这次变革中，网络文学的潜在商业价值成为资本关注的目标，在其追踪下，经过20余年的发展，网络文学逐步形成了自己的文化范式，确立了文学性与商业性双重身份的有机结合。这一范式主要包含以下三方面的内容：一是建立在传播方式基础上的大众性；二是建立在文化消费基础上的娱乐性；三是建立在文化产业基础上的跨界性。上述三者，分别是网络文学产生与发展过程中的外在表现形式、内在驱动力和深层次文化需求。

第一节　网络文学的特质

关于网络文学的属性，曾有过若干观点不一的争论，在我看来，网络文学的本质依然是文学，但在发展过程中增加了新的特质。文学网站从1998年开始探索，花了五六年时间磨合，终于在2004年由起点中文网确立了在线付费的阅读模式。这一模式令热衷于开发"电子商务"的美国商界都感到新奇，国内学界却对其比较漠视，原因是它的"商业"烙印不大符合文学的高雅身份。但我们必须承认，网络文学自诞生之日起就是互联网文化产业的一部分，其商业性与生俱来，其消费特征不言而喻。

我们必须看到，大众性是网络文学在传播过程中产生的特质，即大众共同参与写作与阅读，这与传统的纸媒写作有明显的不同。在每日更新将近2亿汉字文学作品的网络中，不具备大众性的文本，根本无法存活。也就是说，为大众所喜爱是网络文学的前提条件，一部人气不足的作品，在急速更新的网络上会迅速被淹没、被遗忘，即便有一定的文学价值，也只能遭遇中途夭折的命运。网络文学的这一特质本身就具备一定的商业价值，是吸引资本进入这一领域的"硬件"。于是乎，网络文学的大众性和资本之间相互吸引、相互作用，加速了网络文学发展的速度。这就不难解释，网络文学与传统文学之间为什么存在差异，网络文学为什么在赢得读者的同时却遭到诟病。因此，真正需要分析和讨论的是，具有文化产业大众性特质的网络文学，其从属于文学的那一部分，是否具有经典化的可能，如何才能出现精品。

21世纪以来，中国文化产业进入快速发展的轨道，互联网文化作为整个产业链中的一匹黑马，其增长速度之快，消化能力之强，包容性之大，完全切合了时代需求，已成为国家文化发展战略的重要组成部分。事实上，大众对新兴文化产品需求的强度与广度超出了我们的想象，网络文学的蓬勃兴起正好是对这一需求的呼应。同时，由于我国文化产业起步较晚，立足不稳，对资本的依赖程度较高，文化产品的商业特征势必就比较明显，艺术特征则相对较弱。研究网络文学自然不能回避这些重要因素，但直面它并不等于简单地认同它，只有对它有了全面的了解和认识，我们才能对其做出相对客观的评判。

说到网络文学的存续方式，每日更新是网络文学最显著的特征。网文每一章内容约为3000字（女频小说一章约2000字），一般情况下网络作家每天更新两到三章。在更新过程中，网络作家与读者之间即时互动，形成了新型读写关系。这一关系是网络文学生产机制的核心，直接决定了网络文学的存续方式和审美范式。打个不恰当的比方，传统作家如同在录音棚里制作音乐，可以反复推敲、打磨；网络作家则是在现场即兴表演，与观众的互动是表演的一部分。

网络文学的生产、消费过程处在同一条平行线上，之间几乎没有空隙。表面上看，一方是生产者，另一方是消费者，但他们除了"供求"关系，还存在"共生"关系。他们与作品中的人物、情节形成对应的三角关系，所达成的是创作者、阅读者和虚构事实之间的相互妥协和平衡，消费过程完成于这一动态系统当中。

当今社会，由于工作、生活压力不断增大，生活在都市里的青年男女，尤其是"漂一族"和打工族，在忙碌一天之后，渴望在虚拟环境中获得精神放松，娱乐自然成为他们网络阅读的首选。网络文学读者一般会采用订阅、点击、留言，甚至是打赏等方式表达他们对一部作品的态度。无论你是不是知名作家，创作哪种类型的作品，在读写关系的塑造过程中，都必须遵循网络文学的"游戏规则"：让你的读者开心。

网络超长篇小说也是在这个基础上产生的。在中国移动阅读基地的调研中，我得到了这样的答案，以天蚕土豆的《斗破苍穹》为例，这部长期位列移动阅读基地畅销榜榜首的作品，长达530多万字，读者之所以钟爱这部小说，就是因为它的故事吸引人，能够把读者的碎片时间有效串联起来。也就是说，在日常工作之外，网络小说成了众多读者业余生活的主线，在这样强大的时间消费中，阅读已经不仅仅是文学欣赏，更多是心理需求。一位网络作家很直白地告诉我，吸引读者眼球、满足大众心理乃至生理需求是网络文学最基本的功能，做不到这一点，就别去写网络小说。

有人指出网络文学过度娱乐的危害性，对作家而言，最主要的是创作主体性的丧失，这当然是值得网络作家重视的问题。每个希望保有长期写作能量的作家都不能忽视这一点，然而，如果具备清醒的意识和足够的警惕，网络作家或将由此得到一种历练：你的作品除了能够娱乐读者，是否还能引导读者？是否能经受时间的检验？对于网络作家来说，这是个很有挑战性的课题。

2010年5月以后，随着无线阅读风生水起，网络文学的蛋糕越做越大，腾讯、百度、亚马逊等IT业龙头企业，也纷纷将目光投向这片众声喧哗的领域。目前，网络文学已经进入内容细分时代，无论作者还是读者，无论作品本身还是营销渠道，都进行了区域划分，确立了自己的坐标。总体上可以归纳为：作品类型化、读者分众化（男频与女频）、运营区间化（在线与无线）、平台共享化、版权集约化和产业规模化。由此可见，网络文学所涉及的范畴已经不能用既有的文学概念来概括，它还是一种文化现象、一种商业模式。当然，网络文学并未停止在文学上的探索，如猫腻、江南、酒徒、燕垒生、阿越、烽火戏诸侯、爱潜水的乌贼、愤怒的香蕉、方想等一批作家，正在努力向经典化方向迈出自己的步伐。但数字化阅读是一个全新的时代，对文学经典化的认知和解释，也将有所变化，其实我们对当代西方文学已经确立了新的判断和评价体系，将《指环王》《哈利·波特》《暮光之城》等作品归入了经典行列。

第一章 概 述

　　网络文学对文学疆域的拓展，还体现在它的跨界性上，这是其他艺术种类难以企及的。一位知名网络作家告诉我，圈内衡量网络作家的影响力，主要看他的作品版权覆盖状况，包括电影、电视剧、舞台剧、游戏、动画、漫画、简体书、繁体书、在线阅读、无线阅读和有声读物等在内，单部作品有效出售五种版权以上的网络作家才称得上大神。上述前六种均属于文学的跨界区域，由此可见，在资本的推动下，网络文学正朝着文化产业所期望的跨界性方向发展。一部优秀的网络文学作品将会吸引大量资金投入，衍生出多种艺术产品。但同时，网络作家对自己的写作前景感到困惑，他们挣扎在文学和商业的拔河绳两端，之所以无法做出选择，是因为他们不想放弃文学，一缕文学的神光依旧在他们的头顶闪耀。

　　同样的问题，不只针对网络文学，而是针对整个中国当代文学。今天，我们究竟应该如何面对文学的商业性？改革开放40余年，当代文学释放了丰富多元的能量，唯独商业能量未能得到有效释放，文学和商业之间似乎存在一堵无形的墙。比如我们对金庸的评价，前后就存在很大的差异，至今对畅销书的评价也不具有建设性。网络文学的出现，提供了大量可供研究的文本和现象，将文学的商业性话题直接推到了眼前，面对这样的现实我们岂能无动于衷。随着中国社会市场化程度日益深化，在时间节点上，网络文学获得了最大的成长红利，同时，现代科技也为网络文学的成本最低化提供了几乎是免费的午餐。或许，当代文学可以就此发现一种新的可能，一种新的成长模式：文学性与商业性相互制约、共存共生。商业性不再是单一的经济指标，而是市场、消费和阅读趣味等元素的综合性指标，以促使文化产业生态系统丰富而健康，网络文学创作释放新的能量。

第二节　网络文学的美学特征

审美是打开文学艺术之门的钥匙，网络文学当然不能例外。从网络文学的创作实际出发，明晰其审美旨归，归纳其审美特征，已是当代文学理论批评的一项迫切工程。经过20余年的发展，可供研究的网络文学文本样式与作家群体，其规模和丰富性，完全达到了进行深度理论勘察的条件。然而，正是由于网络文学作品存量浩如烟海、创作形态多种多样，此项工作具有极大的难度和挑战性。我个人认为，考察网络文学的审美特征应该基于这样四个方面：一是以中国现当代文学形成的美学标准为基础；二是充分考虑中国社会经济、文化转型，以及中外文化交流产生巨大能量后的审美变量；三是仔细分析传媒革命性变化和文化公共空间开放性的影响和作用；四是网络作家自身需求与市场需求相互平衡形成的新的文化特点。简单地讲，就是从文学自身的发展规律及文学的当代性、社会性和传播特性来考察网络文学的审美特征，以期为其进行美学定位。必须强调的是，对网络文学这一时代新生事物，上述四者并非独立存在，而是相互依存的，其实际上为网络文学描绘出了传承、创新、融合与不确定性的美学特征。

网络文学给人的印象是天马行空、不拘一格、我行我素，但细究其中的优秀之作，多与传统文化血脉相连。相对而言，中国古代文化与西方现代文化的杂糅，体现在网络文学身上，突破了"五四"新文化传统的影响。网络作家们普遍对中国古代文化更为认同，尽管他们受教于"五四"新文化传统，却试图从那里辟出另一条路；他们没有接踵当代文学，一方面是受21世纪之初"国学热"的影响，另一方面是他们的确从中国古代文化中找到了自我，找到了延续这一文化传统的乐趣。

20多年来，网络上产生了一批有重要影响的作品，如今何在的《悟空传》、江南的《此间的少年》、萧鼎的《诛仙》、燕垒生的《天行健》，以及猫腻的《庆余年》、梦入神机的《佛本是道》等，它们都有明显脱胎于中国古典文学的痕迹。《悟空传》直接取材于《西游记》，《此间的少年》则是金庸小说的青春校园版。奇幻小说《诛仙》和《天行健》运用西方奇幻手法描述异类空间和冷兵器时代的战争，同样结合了大量东方神话元素。穿越小说《庆余年》显示出作者对古代白话小说、诗词歌赋的浓厚兴趣，甚至将《石头记》的全文搬到了虚拟空间的某一点。仙侠神话小说《佛本是道》受到《封神演义》影响，糅合了大量中国古代的神怪故事，描绘出一个独特、完整的庞大仙佛世界系统。可以说，绝大多数网络文学的精神内核是东方化的、中国式的。显然，网络作家们试图在古老的文化传承中找到自己的精神源头。

当然，网络文学的表现手法和价值观是多元化的，一定程度上超出了传统审美习惯，显示出追求另类、奇异、怪诞的当代文化特征，以及某些逆传统的特性。由于网络浩瀚如海洋，网络作家们希望自己的作品免于被淹没的命运，于是选择求新求异之路，逐步形成了网络文学创新求变的新传统。这并不让人觉得奇怪，所有新的文化样式在其诞生之初，都会有一段排他期，要允许新事物成长、变化和发展，要用长远的眼光来对待网络文学。总而言之，网络文学的审美标准是在承袭古老文化传统的基础上，紧密贴合受众文化心理与审美趣味，经过读者筛选与自我评价逐渐形成的一种价值体系。

在科技创新与新的文化机制推动下，网络文学蓬勃发展，美学范畴得到自然扩展。网络文学是中国当代文学最大的变量，也是文学扩容最直接、最具体的体现，而文学扩容的实质是精神扩容。近30年中国经济保持持续增长，对外经济、文化交流空前繁荣，人的精神世界随之发生了翻天覆地的变化。在商品经济时代，社会能量的发挥必然要符合一定的商业规律。在这样的社会环境下，民间性和消费市场急需新的推手启动文化扩容模式，网络文学显然是市场的最佳选择，因为只有它能够带动影视、动漫、网游、数字阅读等一系列文化产业的发展，从而产生新的文化产业链。因此，网络文学虽然呈现的是文学样式，实际上却扮演了多重角色，它在审美上必然要超出传统文学固有的范畴，尤其在大众性、娱乐性方面发挥着文化整合作用，也只有在这方面出色的网络文学作品才能够获得更大的社会空间。如改编成电视剧的《甄嬛传》《芈月传》《大江大河》，改编成网游的《诛仙》《斗罗大陆》《斗破苍穹》，改编成电影的《山楂树之恋》《致我们终将逝去的青春》《失恋33天》等等。

网络文学的出现，还引发了文学作品生产模式和消费模式的变化。即时更新互动、读者直接参与写作，使网络文学在创作原点上使用的助推"燃料"与传统文学有明显不同。"为读者而写作"是网络文学的生命线，一旦脱离了读者，失去了人气，即使曾经辉煌，也很快就会被后来者替代，网络文学以读者取舍为标准的更新模式甚至可以说是残酷的。"你要让读者追随你，你就必须先让读者听得懂你说的话。"网络作家陈风笑的观点具有一定的代表性，"我们创作的目的不在于让作品永垂不朽，而在于拥有读者，拥有很多读者，拥有越来越多的读者！"《山海经密码》作者阿菩的观点相对理性，他认为，

第一章 概 述

网络文学的写作是一个为读者造梦的过程。网络作者们并不要求自己在旧有的文学框架中去寻求文艺理论标准下的文学性，他们所追求的是与目标读者进行顺畅的沟通，而这种顺畅沟通，也正是他们得以征服读者的最大秘密。《扶摇皇后》作者天下归元对此同样深有体会，她说，在很多时候，网文作者其实比传统作家下笔更为谨慎，因为他们直面读者，与读者直线沟通。信息的即时反馈和大量读者的审视压力，让网文作者在涉及是非的问题上如履薄冰。

想象力成为网络作家展示自身才华的重要标志。在新闻即时获取的今天，纵使是异国他乡的曲直故事，也只是茶余饭后的碎片"点心"，人们早就饱了，吃不吃这一口都无所谓。一个优秀的网络作家必须考虑到所面对的读者是个庞大的人群，他们的生活阅历、兴趣爱好千差万别。如何为超量的读者群服务，如何让他们能够接受你虚构的故事？网络作家需要不断挑战自己的想象力，通过虚构建立一个个有异于现实的庞大的精神王国，为读者提供新的审美视域。玄幻、仙侠、穿越、架空历史、盗墓、探险和网游等典型的网络文学类型在网上备受读者欢迎，这是为什么？因为这些作品内容普遍超越了人们的生活经验，即使你是一个生活经验非常丰富的人，这一片文学世界对你来说也是极其陌生的。唐家三少的《斗罗大陆》、天下霸唱的《鬼吹灯》、猫腻的《间客》、骷髅精灵的《机动风暴》、我吃西红柿的《盘龙》、天蚕土豆的《斗破苍穹》等一大批网络文学作品，无疑为读者创造了无数丰富的、光怪陆离的想象世界，这在中国当代文学中极其罕见。

但现实与想象之间仍然迢迢，我们必须加倍警惕。从理论上说，数字化时代，人有可能变身为阅读机器的零部件。一些网络小说里人物的升级模式，以及在不同章节里刻意而无谓地重复人物的行为和动作，极大地损伤了艺术审美趣味，与文学叙事所追求的表现人物的复杂性、精神高度等旨趣背道而驰。

网络文学创作过程中存在很多不确定因素，在相当时间里，这也是它的审美特性之一。首先是介质的不断变换、升级。从在线阅读到手机、平板电脑阅读，传媒革命仍在继续上演中，大部分人3G手机都还没有使用熟练，5G时代就已经呼啸而至。速度更快，功能更强大，阅读更便捷，互联网技术的高速发展与纸媒的"千年一变"，形成了鲜明的对比。其次是受众人群的流动性。网络文学奉行"眼球有价，点击成金"的原则，一个作家是否受欢迎，不是根据评论家的态度，也不是看媒体的脸色，而是取决于读者，读者的点击在极短的时间内就会决定一个作者的生死存亡。再次是作品的同质化倾向被忽略。人人取而用之的手法，受众耳熟能详的语言与结构，无法产生具有独特性的作品，更遑论风格的形成。碎片化阅读模式容忍了浅阅读的滋生和存在，实在是无可奈何的现实，也是网络文学变革中具有不确定性的重要因素。

早在1936年，本雅明就在《讲故事的人》一文中对现代技术社会里交流我们自身经验的能力表示怀疑。在他看来，随着现代技术的迅猛发展，经验的贬值、叙事能力的被剥夺正在加剧并且不可逆转。在网络传播介质中，文学无论如何都不可能保持原有的样子，本雅明的观点用来解释今天网络时代的文学变革仍然适用。换句话说，中国网络文学借助新媒体的传播实践，对21世纪全球文学的变化、发展是具有探索价值的。网络文学的不确定性因素，其实包含有利与不利的变数。

网络作家自身需求与市场需求相互平衡形成了新的审美特点。在创作过程中，网络作家既有宣泄、释放自己内心需求的一面，也有在安全的虚拟社会中求得公众认同的一面。在创作实践中，为了强化故事的未知性，符合超长连载的需求，很多作品的故事情节有明显编造的痕迹，这实际上是作者对故事发展失控的表现。另外，由于电子商务强大的、无孔不入的覆盖力，直接影响了创作主体的心理，使得创作主体的审美需求倾向于满足浅层次的倾述和认同。

综合来看，网络文学审美特征的产生是一个复杂的过程，其中自然有不少非文学因素的存在。对此，在理论批评常态的前提下，更多的应当是理解和包容，允许网络文学有一个自我调节的过程。网络文学尽管存在标新立异、哗众取宠、迎合受众的成分，但无论是在题材选择、艺术语言，还是在表现手法、文化视野，以及价值体系等方面，的确产生了大量具有时代特征的新文学元素，特别是以网络"80后"为主体的一代人，他们的话语体系已经关涉到如何鉴别文学价值的题旨，未来很可能带来文学美学标准的改变，并由此直接影响中国文学的未来发展。同时，还应该充分考虑到，网络文学爆发式增长所积聚的能量，在汇入中国社会变革的洪流之后，产生了超出文学范畴的美学意义。

第三节　网络文学的缘起和脉流

讨论网络文学的缘起是从网络文学20周年纪念活动前后开始的，长期关注网络文学的人士意识到，应该对它的前世今生做一个阶段性的总结，网络文学未来能走多远谁也不知道，但来路还是可以弄清楚的。2018年3月，上海作协邀请全国网络文学研究专家举办了一次研讨会，投票选出了 20 年 20 部代表性作品。这个活动在客观上向社会传递了一个信息：中国网络文学发端于 1998 年。其实传递这一信息的时间还可以往前推一推。2008 年 10 月 29 日至 2009 年 6 月 25 日，在中国作家协会的指导下，《长篇小说选刊》杂志社与"中文在线"旗下 17K 小说网联手举办了"网络文学十年盘点"活动。现在看来，这次活动的重要意义在于，网络文学首次正式进入中国作协视野（当年 7 月中国作协鲁迅文学院举办了首届网络作家培训班），由此正式成为文学大家庭里的一员。

目前关于网络文学的缘起大致有三种观点：站点说，作家作品说，现象说。需要说明的是，源头和起始年是部分重叠却有区分的两个概念，一般来说，在时间上源头会早于起始年，源头有可能是某个单一事件或作品，而起始年则需要相对多的、有影响力的事件或现象作为依据。

站点说相对简单，谁建站最早自然那里就是发端之地。这当推 1995 年 8 月中国大陆第一个出现的 BBS"水木清华"和 1996 年 8 月新浪旗下的"金庸客栈"，但这两家前者是局域网，不对大众开放，后者则是金庸武侠小说拥趸聚会的场所，后期才逐步演变为开放性的大众写作平台。1997 年 6 月，网易公司成立，8 月向用户提供免费个人主页，这是网络小说书站得以发展的基础，此后的"碧海银沙""黄金书屋"，以及相继出现的 BBS"龙的天空""西陆论坛""旧雨楼""西祠胡同"合力形成了网络文学最初的联盟。在此过程中，1997 年 12 月朱威廉创建"榕树下"文学主页及 1999 年 8 月"红袖添香"书站开启，网络文学的大众性和广泛性才真正得以实现。站点说将中国网络文学的起始年定位于 1996 年，有一定合理性，也有值得商榷的地方。

第一章 概述

作家作品说则包含两种观点。一种认为，从北美留学生通过电子邮件传递文学作品算起，可以追溯到 1989 年。具体到个人，1991 年 4 月少君在中文电子周刊《华夏文摘》上发表的短篇小说《奋斗与平等》，被认为是"中文"网络文学的开篇之作。而中国网络小说的肇始被认为是罗森于 1997 年 8 月在元元和风月大陆连载的《风姿物语》，但其在 1998 年并没有成为现象级作品，2003 年 4 月《风姿物语》转发于起点中文网之前，尚未见到在大陆有传播的记录。《风姿物语》2006 年 1 月完结，其时，大陆玄幻代表作《飘邈之旅》《诛仙》《紫川》《亵渎》《佣兵天下》《魔法学徒》已经声誉鹊起，以唐家三少为代表的新一代玄幻作者也已经创作了大量作品，影响力不在《风姿物语》之下。可见时间领先一步的《风姿物语》对中国网络文学的象征意义远大于它的实际影响力。

《风姿物语》是日本著名游戏《兰斯》系列的同人小说，确切地说是《鬼畜王兰斯》的同人作品。其作为网络玄幻小说的源头之一，应该没有争议，但是《风姿物语》只能作为潮流的代表，而不能作为网络玄幻小说兴起的主要原因，因为玄幻进入华语创作世界是必然的现象。这并不是对《风姿物语》的贬低，罗森领先一步，采用超前的创作手法进入网络，对中国网络文学的贡献是值得书写的，但也不能因为玄幻后来做大了，20 年后重新定义，必须将在网络最早发布玄幻小说的年份定为中国网络文学的起始年。大家都知道，玄幻小说有更早的源头，黄易创作于 1988 年的《破碎虚空》即初现了玄幻武侠题材的奇幻瑰丽之美，此后的《大剑师传奇》《寻秦记》《大唐双龙传》则进一步拓展了东方玄幻的魅力。由此可见，由中国武侠小说和西方奇幻小说演化而来的玄幻小说的确早于网络文学问世，并且对后来在网络上风起云涌的网络玄幻小说起到了推动作用，但它并非网络小说早期的引路者。确切地讲，在 2002 年之前，有影响力的网络作家中几乎没有玄幻小说作家。在成功推行 VIP 收费阅读模式之前，网络文学中的幻想类作品主要是 BBS 论坛上的西幻，商业化则主要依靠台湾繁体版的版税收入。以起点中文网为主导，2003 年后逐步形成的网络文学 VIP 收费阅读推出的"玄幻小说"热，只能认定为中国网络文学的第二个创作高潮，此后玄幻小说逐渐成为网文发展的龙头类型。或者可以这样理解，没有玄幻小说就没有今天的网络文学，玄幻小说以其独特性为网络文学打开了一扇大门，但这是 2003 年以后的事情，前面 5 年具有开创意义的中国网络文学我们不能视而不见。尽管《风姿物语》不失为中国网络文学的重要源头之一，但作家作品说将 1997 年定位于中国网络文学起始年，并不恰当。这和中国现代文学将起始年定于 1919 年（因为"五四"新文化运动），而第一篇白话小说鲁迅先生的《狂人日记》发表于 1918 年 5 月，道理相通。

应该说现象说更为客观，这是由网络文学自身特点所决定的：草根写作、大众参与、社会关注三者合一方为起始。现象说，盖源于中国网络文学第一个创作高潮，标志性事件乃是 1998 年 3 月至 5 月，蔡智恒（痞子蔡）在 BBS 上连载《第一次的亲密接触》。这一由互联网派生的首部畅销小说，大量采用网生语言，比如"见光死""恐龙""I 服了 u（我服了你）""我 T 你！（我踢你）"之类，作品讲述了一段纯洁、调皮且又悲情的网恋故事。1999 年，《第一次的亲密接触》在大陆落地出版，短时间内不断创造小说出版纪录，销售过百万册，先后被改编成多种舞台剧、电影和电视剧，成为众多网络写手效仿的对象，形成了一股"亲密接触"的旋风。和这一旋风形成交集的两家大陆网络文学站点，分别是 1997 年 12 月创建的"榕树下"文学主页及1999年8月开站的"红袖添香"。

20世纪末,在商业大潮的冲击下,中国当代文学进入低迷期,面临重组,先锋小说前路渺渺,新写实主义有所抬头,港台武侠、言情小说大行其道。在民间出版业的推动下,商业化写作初露端倪,一批亚文化期刊蓬勃兴起,《今古传奇》《知音》《读者》等成为阅读时尚。中国第一代网络作家大部分是"70后",在90年代中期起步进行文学创作,网络BBS的出现,尤其是"榕树下""红袖添香"和稍晚一些的"天涯社区"先后建站,为他们创造了一片追求文学理想、施展文学才能的天空。早期网络文学以都市情感和武侠题材为主体,像安妮宝贝、宁财神、李寻欢、今何在、蔡骏、慕容雪村、邢育森、俞白眉、君天、沧月、步非烟、凤歌、庹政、楚惜刀等活跃于BBS论坛的作者,见证了中国网络文学的第一个创作高潮。1999年,榕树下主办"首届网络原创文学大赛",评委是王安忆、贾平凹、余华、王朔和阿城等人。"榕树下"网络文学大赛和新浪原创网络文学大赛,为他们和传统文学之间搭建了一座桥梁。

"70后"当中也有一批在网文类型化过程中转型成功的作家,比如幻想类作家猫腻、萧鼎、燕垒生、徐公子胜治、忘语、树下野狐,架空历史类作家月关、酒徒、蒋胜男、贼道三痴,新军事类作家骠骑、说不得大师、流浪的军刀,现代都市类作家骁骑校、李可、携爱再漂流等,他们承袭了前辈作家的文学理想,同时开辟了网络文学的崭新天地。2004年后接过接力棒的唐家三少、血红、跳舞、梦入神机、辰东、阿越、阿菩、骷髅精灵、流潋紫、桐华、天下归元、丁墨、月斜影清、我吃西红柿、天蚕土豆、烽火戏诸侯、爱潜水的乌贼、愤怒的香蕉、紫金陈、唐欣恬、丛林狼、蒋离子等一众"80后",则将网络文学做大做强,逐渐形成了独立的文学样式,为网络时代的中国大众文学登上国际舞台拉开了序幕。

当年榕树下和红袖添香推出了一大批时代气息浓厚的都市情感类短篇小说、散文随笔和诗歌，这在一定程度上和《第一次的亲密接触》的广泛传播密不可分。红袖添香此后还专门出版了短篇故事集《看见你的脸红》，文风之相近可见一斑。总之，当年活跃于榕树下和红袖添香的一批网络作家不应该被网络文学史遗忘，他们是真正意义上的中国第一代网络作家。上海市网络作协主办的《网文新观察》约请当年活跃于榕树下的作者撰写回忆文章，从中我们大致可见网络文学最初的模样，人生就是一个各自奔天涯的过程，聚散终有时，但火种依然存在。"我刻下坚持和信仰于树上，即便狼奔豕突于日常琐碎与生活重负，困囿于父母妻儿期望，负重生活的压力与生命尊严，依然坦然从容，不改初心。"（庹政）当年的作家中，如今"有的是畅销书榜的常驻客，有的是热播影视剧的编剧，有的成为文化公司的老板，更多的是始终笔耕不辍坚持创作的普通人，文学之梦是我们心底彼此相连的纽带"（楚惜刀）。经过不断摸索，中国网络文学找到了自己的方向，一直在不断壮大，网络作家靠文学网站 VIP 收费阅读的分成养活自己，进一步凭借版权延伸过上富足体面的生活。这段跨世纪的历程，起起落落、分分合合，留给人们的有感伤和怀念，但更多的是坚韧与宽广。同时，我们应该记住那些当初不惜将身家和青春搭上去的网站创始者，那些在编辑生涯中一点一滴将创作经验分享在网络上，为一代又一代网络作家做嫁衣的网文编辑，其中的代表者有朱威廉、起点团队、孙鹏、血酬、千幻冰云、刘旭东、杨晨……他们为网络文学做出的贡献完全有资格进入网络文学史。

事实上，中国网络文学是多源头的，所有早期对网络文学有过贡献的平台、个人领跑者（包括海外留学生），乃至西幻、日漫都是源头的一部分，但起始年还是应该以重要现象作为依据，《第一次的亲密接触》不只是一部作品，它还是一个重要文化现象，即网络文学在民众中产生重大影响，引发社会关注，进而获得理论意义上的合法性。当下有部分网络作家认为《第一次的亲密接触》不是网络文学，因而否定它的历史作用，这或许是对早期网络文学缺乏了解，或许是认为正宗的网络文学必须是超长篇小说，甚至必须是幻想类作品，这些观点失之偏颇，对网络文学的历史演化有失公正。若是对中国网络文学做一句话溯源，顺序应该是这样的：北美留学生邮件和论坛＋少君 — 黄易＋《风姿物语》—《第一次的亲密接触》＋"榕树下"文学网。1998年瓜熟蒂落钟声响起，一个时代新的文学坐标由此建立。

第四节　当代文学的重塑和新生

总体上说，网络文学作为一种文化现象展现了中国社会正在崛起的群体力量，相对于日本的动漫、韩国的偶像剧，网络文学是中国式的表述方式。东方世界的这三种新的文化形态都有着自己深厚的民族文化土壤。

网络文学的民间性类似于中国历史上的口传文学。中国人喜欢讲故事，也喜欢听故事。千百年来，梨园、书场，乃至田间民歌不断堆积形成了具有中国特色的丰富的文化土壤。中国古代的历次战争和王朝更替，并未中断民间文化的传播，散播于村坊市井、街头巷尾的传说和故事，好比野火烧不尽春风吹又生的野草。与西方的精英化承续方式不同，在中国，乡野的甚至是粗陋的文学，正是滋养伟大文学作品的摇篮。从神话传说到唐诗宋词，从《诗经》到《聊斋志异》，从屈原到李白，中国文学更加注重来自民间的文化传承。

互联网在中国普及后，网络写作者纷至沓来，迅速在网上构建了一个虚拟的民间文化现场，新型的读写互动方式和商业化传播渠道，打破了固有的创作形态，给中国文学带来了一股新风。具体而言，在传统文学群落式微的今天，网络小说作者借助网络空间的零距离，使不同区域的作者形成了新的文学群落，加之类型化的领域细分、读者人群的自我组合，中国文学的民间性由此获得了新生。

由此不难看到，网络文学在文学表现形式和书写疆域诸方面，对中国当代文学的发展起到了推动作用，它所产生的积极意义可以做如下简单总结。

第一，网络文学解放了文学的虚拟性。虚拟性既是网络的特征，同时也是文学的特质之一。我们可以发现，由多种信息交汇的网络呈现出一个全新的隐喻世界，它为艺术想象提供了特殊的支点。互联网在传统的文学艺术与真实的世界之间构建起一个仿真的世界，它既大大地满足了人们企图通过想象扩展自己现实世界的欲望，又以其比传统传媒艺术更加可感的特性，满足了人们潜意识中"梦想成真"的意愿。

比如在2000年走红网络的修真玄幻小说《飘邈之旅》开头的情节就是：主人公李强在现实生活中遭遇事业和爱情的双重打击后误入修真界，由此开始了他在修真界所向披靡的"飘邈之旅"。李强这个人物在虚拟环境中十分强大，但并非超人，他时常油腔滑调地轻松搞笑，强敌当前的第一个念头就是"逃"，无论师尊、朋友，还是敌人，都拿他赖皮的本事无可奈何，但他运气却超乎想象地好。这些特征投射了日常生活中消解困境、逃避压力的行为模式，消解了英雄一本正经、高高在上的威严带来的距离感和压抑感。李强的形象符合当代青年融合传统和现代的审美期待，满足读者超脱现实困境、寄托自由精神的向往，从而带来感官愉悦。文学的虚拟性在网络上得到了极大的释放。

在谈到小说真实性的时候，常常有人指责网络小说天马行空、胡编乱造，缺乏真实性。这个问题有其两面性，我们不否认的确有一部分网络小说存在叙事的"虚假"性，也就是脱离了精神层面的真实性，在阅读过程中无法给读者提供内心的印证。但同时我们也应该看到，小说的真实性对应的不是生活本身，而是由生活所引发的精神活动，它有一个超出日常秩序的参照系。我们拿什么做网络小说的参照系呢？过去，传统文学讲典型性、典型人物，往往对应现实世界，而对于网络小说我们就应该转换视角。我们考察网络小说的真实性，应该充分考虑它的虚拟性。可以这样说：一部小说应该是一个完整的体系，其中的人物、环境和事件是自成一体的。如果你把其中的一部分抽出来，它可能就是荒唐的、不真实的，但它在整体中是真实的，是符合逻辑的。

第二，网络文学转换了文学的表达机制。有人认为网络文学解构了文学的严肃性，我认为这样描述不准确。实际上，可以理解为游戏精神在网络文学中发挥了积极意义。网络小说《悟空传》是这方面的实例。这部小说的写作灵感源于古典名著《西游记》和现代香港电影《大话西游》。作者借用了前者的人物关系、渊源，提取了后者的叙事方式、语言，以神话中西游人物演绎现代西游情节，表现了现代人的思维模式和观念。以《悟空传》为题具有两重含义：首先可以解释为"关于孙悟空的传记";其次是概括了作品的思想内涵,即"感悟虚空"。这无疑和时代精神密切相关。《悟空传》将原著人物形象做了很好的时空转换,让古典名著里一心朝佛的取经师徒脱胎换骨,变成了有爱有恨有欲有求有苦有痛的"人",巧妙地诠释了现代人的精神世界,用冷冷的幽默勾得我们笑、深思、被感动。一篇网上评论说:"我们生活在没有英雄的时代,一切神佛都被我们打破了。所以只有我们这一代会对这一作品流泪。"正是由于现实意义与神话背景的完美结合,网络世界的"虚拟真实"与作品的精神诉求相得益彰,才使这部作品的文学表达机制产生了有效转换。

第三,网络文学的全球化意识。网络文学的全球化意识,并不是网络作者刻意为之,而是随着中国全面改革开放,以及经济社会的高速发展,年轻一代的精神构成呈现出多元化的必然趋势。但它仍需要一种符合当代社会实际的新的思想引领,在价值体系上,中国传统文化焕发新生,使得新一代作家在新的历史文化环境中完成了对文化传承的接续。

上述现象的出现应该说是中国社会变革的有机组成部分。首先是网络作者这一代人的思想观念发生了巨大变化:他们当中大部分人没读过朦胧诗,不知道文学期刊的选稿标准,不知道当代文学的正统面貌如何,也不关注文学的社会价值。对于传统文学他们似乎是一群外来者,因此对于意识形态也不存在承载与放弃的问题,他们只是听从自身的感受,写出自己内心的需求。其次是他们的生活方式和生存境遇有别于上一代人,他们在阅读动画、漫画,追逐网络游戏中长大,对虚拟世界有特殊的亲近感,在现实中,他们面对的是一个道德约束宽泛但生存空间紧迫的转型社会。无论是写作还是日常生活,他们不被要求具备上一代作家的思想资源,他们是

第一章 概 述

思想彻底解放的一代人。当然,他们并不麻木,甚至还有很强烈的民族意识,在很多网络军事幻想小说中,未来中国的强大被他们描绘得淋漓尽致。总之,他们想象中的中国和当代文学中描绘的中国出现了相当大的差异,他们试图在全球文化想象的语境中重新塑造中国。

第四,网络文学回到文学的起点寻找原创力。大量的网络小说涉及"我是谁?""我在做什么?""我在哪里?""我往何处去?"等生命本体论问题,以及身份认同问题。按照传统价值体系,我们已经不用回答这些问题,但这并不能说明这些问题已经解决了,现在看来,在我们的现实环境中,这些问题正在卷土重来。

比如爱潜水的乌贼的《长夜余火》,在表现手法上与以往的经典网文产生了明显的"裂痕",换句话说,作者的个性化书写得到了进一步的伸张。首先是在叙事上完全脱离了爽文套路,写与读之间进入了角力状态。其次是藏梗而非跃跃欲试,做到这一点需要作者的勇气和智慧,将有趣之处藏在平常之中,在网文"吸睛术"的普遍认同中别具一格,难能可贵。慢热,不温不火,甚至制造阅读障碍,随着故事的发展逐渐升温再解套,本是传统文学的叙事方略,如今网文也出现了"层山叠嶂"的叙事文本。在灰土之上,《长夜余火》与大家熟悉的废土文相比,不仅有足够的看点,而且获得了一次精神性的提升。

值得关注的是,网络写作与以往的体制外写作在书写方式和人群结构上发生了重大变化。在北京、上海、广州、杭州、南京等大都市,"网络写作"不再业余,涌现出一大批以写作谋生的人,业界称其为网络写手。他们的写作速度和数量都是惊人的,他们依靠文学网站的运作,获得的收入也是传统写作难以企及的。但他们也有自己的苦恼。比如说,这个写作群体被完全纳入商业文化的范畴,理论研究与批评相对滞后。由于缺少充分的理论研究与文学批评,网络文学长时期处在"失重"状态,它的海量更新与迅速淘汰有可能埋没一批有才华的作者,这也许是当代文学所面临的无奈现实之一。

但同时,由于文学平台的透明度和读者点击的客观性,网络文学以相对平等的原则,给更多的人创造了实现文学梦想、晋升作家队伍的机会。

第二章

网络文学的业态流变

世纪之交,世界发生了剧烈变化,中国逐渐成为世界多元文化格局中的重要组成部分。经济全球化给转型期的中国社会增添了更多的复杂性,全新的社会形态当然也给作家的表述带来了困难。而网络文学恰恰是迎着历史潮头前行的,它不拘形式,追求自由表达,反而显得轻松自如。一方面它作为主流文学的补充,对中国文学的总体发展是积极有利的;另一方面它作为一种新形式,在某种程度上也给跨世纪的中国文学带来了一丝新鲜的空气。因此,网络文学的出现具有划时代的重要意义。如果将其放在"国家的发展"和"一代人的成长"的背景之中去考察,我们就会发现,它的时代意义已经不是传统文学所能替代的,它的时代特征非常明显:有自由、宽容、真实、平等的原则,有宽阔无比的向别人学习、向自我挑战的空间,有无拘无束、充分表达的民主权利。

第一节　低门槛写作时期

一、1997年——"完全上网手册"阅读年

互联网进入中国后,在最早的一批网民当中,有一些"不安分"

的"网虫",一方面为解"无网可投"之苦,另一方面出于纯粹的爱好、娱乐目的和好奇心,着手建造了自己的个人主页,并在其中贴出自己随意写成的作品,培育了中国网络文学的萌芽。当时有一个很有名的个人主页——Carboy 的"完全上网手册",内容是教人如何上网,如何做个人主页,很受网友欢迎。早期上网一族中的许多人都是暗暗借助"完全上网手册"开始网络生涯的。

1997 年,网易公司推出免费个人主页空间,为网上的文学爱好者提供了广阔天地,也为中文文学网站的出现奠定了基础。1997 年 12 月 25 日,"榕树下"原创文学个人网页开通——中国网络文学的第一扇大门正式开启。

1997 年,还是中国大陆文学期刊接入国际互联网络的开端,江苏的《雨花》杂志是第一家上网的文学期刊,《文艺报》《文学报》《中国邮电报》等媒体,同时刊发了"国内首家文学期刊进入互联网"的新闻消息。网络上终于有了纯文学的身影。

1997 年,国家《计算机信息网络国际联网安全保护管理办法》实施。

二、1998 年——第一次的亲密接触

网络文学作为一个名词被公众采信,得益于台湾作者蔡智恒 1998 年的《第一次的亲密接触》。但是,成也萧何败也萧何,《第一次的亲密接触》在被一部分人追捧、叫好、爱不释手,并因其令人耳目一新的风格和小爱情俘获了不少人心的同时,它的水准却也导致了很多人对网络文学产生怀疑。一个事物,成长的历程越久,其内部参数就会越多,越不容易被一些流行因素左右。而历程越短,其

流行个案被视为整体水平代表的可能性就越大。其实,所谓的传统文学中,也有大量流行却被评论界所不屑的,比如琼瑶、亦舒、雪米莉等人的作品。由于传统文学资料的丰富和评估体系的成熟,人们不会将琼瑶、亦舒、雪米莉作为传统文学水准的参照系。而网络文学由于当时是全新事物,进入公共视野的可供评估的作品很少,于是流行一时的《第一次的亲密接触》幸运地成为人们对当时网络文学整体水准的参照物。但是实际上,1998年已有非常优秀的文学作品在网络上存在过,只是不为公众所知。因此即使我们大多数人在1998年还没有预见到网络文学的昌盛,但大陆的"文学"与"网络"确实是由《第一次的亲密接触》的渗入和走红于当年突破了相互观望寒暄的界限,开始了"第一次的亲密接触"。

在中国当代文学史上,无论是过去还是今天,台、港、澳以及海外华人的汉语文学创作整体实力和普遍水准,远远低于大陆本土,这是海内外学界的共识。其原因除对汉语运用的熟练性以外,还在于文学要求作者与本土具有一种血肉相连的关系,空间上的距离会疏远一个作家与其民族文化发源地之间的关系——所以,1998年,虽然作为台湾文学一个微小细节的蔡智恒及其《第一次的亲密接触》,相对于大陆多数写作者及其作品而言,幼稚自不待言,但它却戏剧性地敲开了大陆网络文学的大门。

1998年之前,大陆最早上网的一批年轻人,聚集在四通聊天室,将多数的时间消耗在纯粹的网络争执上,直到被蔡智恒《第一次的亲密接触》成功惊醒,才开始彻底从网络最初带给他们的虚幻中清醒过来。邢育森的《活得像个人样》(1998年被《天涯》刊用)则成为其中最具代表性的网络短篇小说。同时,宁财神开始写鬼故事,李寻欢开始写爱情小段子。

大家也许还记得，1998年还是一个上网费用高得出奇、上网速度低得出奇的年代，8元钱一小时的费用让普通大众"望网兴叹"，那时经常上网的只有行业管理人员或IT界的专业人士。谁也不会料到，一个新的写作时代已经悄然来临。

三、1999年——网络作家崭露头角

1999年，有一件和网络相关的"文学事件"轰动一时，王蒙、刘震云、张抗抗、毕淑敏、张洁和张承志等六位著名作家，为保障自身的权益，集体起诉世纪互联通信技术有限公司，状告被告没有经过允许，将他们的作品制作并发布到网站上，侵犯了他们的著作权。1999年9月18日，北京海淀法院一审判决世纪互联通信技术有限公司败诉，从即日起停止侵权，向几名原告公开致歉，并赔偿数额不等的经济损失。这是传统文学的第一次"网上事件"，虽与网络文学无直接联系，但却充分证明了公认的当代著名作家已对网络产生了足够的关注。[1]

1999年底，网易举办了首届网络文学大奖赛，IT评论者王俊秀试图以一篇题为《网络文学：新文明的号角》的文章为本次活动定下基调。（此文被置于网易此次活动的主页，后来许多传统媒体对此事件的报道也都有摘自此文的段落。）文章以文学化的语言描绘了未来网络文学寓言式的景观：网络文学只是把传统媒体的文学作品电子化后搬运到网上吗？网络文学只是利用网络的多媒体和Web

---

[1] 张广良：《王蒙、张抗抗、张承志、张洁、毕淑敏、刘震云等六位作家诉世纪互联通信技术有限公司侵犯著作权纠纷案案情及评析》，《科技与法律》2000年第01期，第84—89页。

交互作用而创作出来的联手小说和多媒体剧本吗？显然不是！真正的网络文学必须是包含网络文化特质的个人化文字。黑格尔在《美学》中说过："艺术有别于散文气味的现实，它的使命在表现理想的世界情况。"网络文学同样是一种游历于网络之间的个体生命对于理想网络的渴望。这种追求不是技术性的未来，更多的是感性的，而又更具有人道主义的精神需求。

1999年，也是中国大陆网络作家崭露头角的一年。首先是一个叫安妮宝贝的女子，她四处丢下一些帖子，但很少回复，这加强了她的神秘感。她精致而美丽的文字很快就受到了传统媒体的青睐，出版社的合约接踵而至，而且每本书的平均印数都不低于十万册。迄今为止，安妮宝贝仍是依托网络传播获得最大市场效应的网络创作者之一。尽管后来对安妮宝贝作品持否定态度的人越来越多，认为她的文字过于唯美，题材过于单调，思想过于简单，缺少真切的生存苦痛，而更多只是浮游在皮肤上的情绪感伤。就作品质量而言，她的早期创作在整个所谓70年代出生的群体中只能算中上等，至少说是不如魏微、朱文颖、金仁顺、戴来、陆离、巫昂等同龄女性作家的，但她在网上被拥戴为文学公主确是事实。

相比于安妮宝贝，同时期的其他几个知名网络作家，比如宁财神、李寻欢在小说语言功底上要逊色很多，但也同样凭借不同的法宝获得了一片天地。1999年，宁财神在天涯论坛达到其网络人气的巅峰状态。

黑可可是凭借一部被许多网友称为1999年度最佳网络小说的《晃动的生活》露出水面的。小说以一位现代都市女性良三对自己生活成长经历的回忆，讲述了生命历程中亲情、友情、爱情的甘苦，塑造了大马、伊五、李威兄弟等性格鲜明的人物形象。

这一年，云中君首开网络自我炒作先河。为了推广自己的小说《一定要找到他》，他开始在各大 BBS 上发帖，并自封为中文网络第一才子，许多网站被这"第一才子"搅得风起云涌。云中君的努力并没有白费，这本小说最终得以出版，随后他陆续出版了《数字化精灵》《爱情是个 P》等网络小说，也都是以 BBS 作为推广舞台，此后云中君由网络写手成功转型为传统作家。网络炒作的随意性、广泛性、易操作性也从此为更多网络写手所认识并加以利用。

20 世纪末，出版界开始将目光投向热热闹闹的网络文坛，创造了若干个"第一"，提前进入了新世纪。二十一世纪出版社的《点击 1999》（自称是"中国第一部网上 —— 网下正在发生的长篇网际新状态文学"）；中华工商联合出版社的《E 网情深》（自称是"中国第一部网上情爱专著"）；湖北教育出版社特邀王蒙、宗仁发主编"网络文学丛书"，汇集了几位网上新生代作家的作品（自称为"中国第一套网络文学丛书"）；辽宁美术出版社的《草鸡看世界》丛书 4 种（自称是"第一代网络文学青春实验小说"）；内蒙古人民出版社的《看见你的脸红 —— 网络时代的情感体验》（令狐西主编），也在年终岁末加入了这一行列。

四、2000 年 —— 纸媒与网络"联网"

2000 年的北京春季图书订货会延续了前一年的出版热潮，中国社会科学出版社推出的"网络丛书"《告别薇安》和《旧同居年代》火爆上市。《告别薇安》是一本小说集，共收有安妮宝贝发表在网络上的 23 篇小说。《旧同居年代》为多人合集，收录互联网上火爆流行的青春小说共 9 篇。随后，上海三联书店又推出了小说集《进进出出——在网与络、情与爱之间》,作家出版社的洋洋四部巨著《智圣东方朔》也及时跟进。河北人民出版社则避开锋芒,向大洋彼岸觅新途,策划出版了一套"网络文化丛书",四部作品,从多个角度描写海外学子的求学历程和网络生涯……一时间,网络文学备受文学评论界和读者的关注,图书市场似乎由"读图时代"进入了"读网时代"。

2000年的网络文学创作的确是进入了一个新的时期。首先是瞎子与燕垒生如两匹奔驰的黑马,冲在了前面。前者的《佛裂》集网络灵异类小说之大成,后者的《瘟疫》堪称网络科幻小说的经典。让人欣慰的是,《佛裂》和《瘟疫》这两部网络小说分别超越了灵异和科幻的表面,都向反映、揭示人性做出了较深入的探索和努力。从文字上来看,《佛裂》极为空灵,透出作者瞎子不俗的文字能力;《瘟疫》的文字虽然不如《佛裂》细腻,但有一种沉厚的力量,直指人心,令人不由得对作者的人格产生一种敬意。

80年代非非诗人群创立的"橡皮"网络论坛和"下半身"诗歌团体创立的"诗江湖"网络论坛也在这一年达到其兴盛期,它们与1999年改版后的《芙蓉》杂志声气相通,许多作者通过在"橡皮""诗江湖"的发帖和回帖展露才华并发展了人际关系,网络在此时第一次显示了社会交际和作家圈聚散的功能。当时韩东[1]负责《芙蓉》杂志的小说编发,"橡皮""诗江湖"连接了写手们与韩东的距离,给他们提供了与韩东在网络上认识交流,以期发表作品的机会。一些确有才气的年轻人在这里得到了关注,比如"橡皮"里的竖与乌青,"诗江湖"里的李红旗、尹丽川、李师江、巫昂、沈浩波、子弹、南人等。

---

[1] 韩东,1961年5月生于南京,1985年组织"他们文学社",被认为是"第三代诗歌"的最主要代表。

稻壳是一位年轻的留美博士,他发表于当年的《流氓的歌舞》,对王小波充满了敬意,这可能是网络内外与王小波《红拂夜奔》最融洽的一部小说。

此外值得记住的还有南琛,这一年她在网络上发表了长篇小说《太监》,文风清新,表现手法新颖,其严谨的创作态度,在网络作家中十分突出。

2000年,和网络文学有关的大型活动频频上演。

7月中旬,TOM中国文学网和榕树下网络原创文学网在北京主办了一场颇具规模的网络文学讨论会。会议讨论的主题是"网络写手要不要成为传统作家"。鲁迅文学院副院长雷抒雁代表传统作家发言,他认为传统作家的写作是严肃的,而且大都经过了一个痛苦的磨炼过程。网络写手心有些乱则认为,恰恰是网络写作的自由和开放的特点,使网络写手的思维更活跃,作品也更有新意。写手李寻欢表示,网络写手关键在于写作的态度不同,就像他的名字一样,"是为了寻找快乐",而不在乎名利。他源于武侠小说的名字在网上许多聊天室里都能见到,这多多少少也反映出网上生活的一种姿态。作家出版社社长张胜友说,无论是网络文学还是传统文学,从出版的角度讲都使用一个标准,只要符合思想要求、艺术水准和市场需求的作品,作家出版社都愿意出版。他提到《智圣东方朔》销量就很好,它既是网络文学,又是传统的历史小说。

9月,在贵阳举行的第六届"联网四重奏"年会决定:在2001年挑选六位有潜力、有影响的网络作家,由他们为四家刊物离线写作一万字左右的短篇小说,并请作家、评论家对其作品作精彩点评,分别在四家刊物同期推出;与一家网站达成协议,将四家刊物推出的作品再返送网上发表;年终举办一次评奖活动,分设专家奖和网络奖。专家奖由四家刊物共同颁发,网络奖由相关网站筹资颁发;该年度"联网四重奏"所发作品及相关点评,结集后由云南人民出版社出版。由《作家》《大家》《钟山》《山花》四家著名文学期刊联手举办的"联网四重奏",原本是为打造新锐作家搭建的平台,其效果是显著的。[1]1997 年的首届"联网四重奏"文学奖使晚生代小说家李冯在文坛初步确立了地位,就是最好的范例。可惜"纸媒与网络联网"这个颇具创意的互动只坚持了两年,但不管怎么说,作为传统文学期刊对网络文学的尝试性的整体介入,仍然很有积极意义。

年底,第二届网络文学大赛进入高潮,其效应远强于第一届网络文学大赛,总体说来,在影响上也大于第三届网络文学大赛。举办单位榕树下文学网站在此时达到它的巅峰,并与网络文学大赛相辅相成。

这一届网络文学大赛还造就了像今何在和心有些乱这样的写手。今何在的获奖作品《悟空传》虽然并不能说是独具匠心,在语言上也有些"拿来之笔",但其超人气的影响力毕竟证明了作者的实力。而另外一部获奖作品《秋风十二夜》的作者心有些乱则是个极具潜力的作家,他在一年后写出的中篇《拒绝》被很多网友认为是迄今为止网络上极其了不起的中篇小说之一。

从 1999 年到 2001 年,连续三届网络文学大赛虽然已成往事,但注定将成为网络文学史上值得一书的盛事。2001 年之后,大赛停办。其实,早在 2000 年底,大赛主办者榕树下网站已开始走下坡路,只是,那时候在盛大宴会的喧嚣中,谁也不曾留意阴影的存在。

2000 年,中华人民共和国《互联网信息服务管理办法》实施。

---

[1] 文山:《两种联网的对接 "联网四重奏"明年新举措》,《山花》2000 年第 11 期。

第二节　文坛关注网络之声

一、2001年——天涯"冲浪"与榕树"落叶"

2001年的一个最大特点是一些原本依附于传统媒体的写作者开始在网络上风生水起。这一年开春不久，散文家宁肯依靠网络推出了他的长篇小说《蒙面之城》。这部小说曾投稿给许多期刊，均未获发表，后来在网络上寻求知音，竟然很快便被《当代》杂志刊用。网络的积极意义由此凸现出来——它让你的作品被展示和广泛阅读，给你传统媒体吝啬给予的机会。

对于真正有才华的作家而言，网络使他们跨过纸媒，直接与读者握手。有人认为，从这个意义上讲，所谓"网络文学"本身就是个伪命题，网络对于文学而言，并非创造了"网络文学"这种新的文学样式，而是它创造了作者推出作品的全新方式而已。

2001年，天涯虚拟社区"舞文弄墨"和"乐趣园"的"小说之家"、"新小说"论坛，接过了榕树下的大旗，引发了新一轮的网络写作高潮。

在这一年，青年女作家陆离悄然崛起。很难想象，假如没有网络的有效传播，这个2000年开始写作的年轻人是否会如此快地被文学界认同。她出入的网站主要是"乐趣园"和"橄榄树"，由于她的聪明、勤奋、言词得体，当然，更重要的是作品的高质量，其小说经过"橄榄树"推荐，发表在《山花》杂志上，随后大量作品在《人民文学》等有影响的期刊发表。此后出现的女作家盛可以（折荷）也一样，从网络起步但很快脱网落地,短篇小说处女作发表在《收获》杂志,得到了主流文坛的承认和接纳。

在网络原创文学轰轰烈烈发展的同时,传统文学也不甘寂寞,如雨后春笋般将作品编辑登陆网络,似乎要与其一决雌雄。

将传统文学作品搬上网络,安放在"文学收藏室"供人浏览,是许多文学网站和综合网站的常见做法。从中国古代经史子集到明清小说,从"五四"新文学时期鲁迅、郭沫若、茅盾的作品到新时期文学代表作家莫言、贾平凹、王安忆等人的作品,网络上可谓应有尽有,各网站间还不时将这些作品相互转贴。网络中的外国文学作品有按时代和国别收藏的,有按文体归类的,也有按作家姓名字母排序的,多数文学网站均有收揽。

以2001年5月8日搜狐网站的文学视窗为例,它在"作家/作品"栏目中就做了这样的分类:

古代作家作品(350)　现当代作家作品(4783)
港台作家作品(829)　海外华人作品(89)
外国作家作品(140)　诺贝尔文学奖获奖作家(126)
女作家文库(1293)

这家网站列出了如鲁迅、老舍、巴金、钱锺书、贾平凹、三毛、卡夫卡、海明威、大江健三郎等78位中外著名作家的个人专集,并介绍了查阅中外文学名著的33个专门网站,阵容之大可见一斑。

2001年底,榕树下举办的第三届网络文学大赛因2万元的高额奖金而吸引来30余万件投稿,一些专业作家也加入其中。但是,连续三届网络文学大赛,在给主办网站榕树下带来品牌上的无形收入的同时,也积累了很多不利因素。

陈村先生离开"躺着读书"以及网络文学大赛的无疾而终,对榕树下在网友中的影响是巨大的,投稿量剧减和论坛的萧条,使它渐渐失去了中文网络原创基地的魅力,而成为中学生作文的集中营。"躺着读书"里一些有水准的熟客,诸如云也退、象罔与罔象、天花乱坠等转移到天涯"闲闲书话"论坛和"舞文弄墨"论坛,老 N 等也不见了踪迹。

"榕树"的"落叶",预示着网络文学进入了一个新的时期,说明榕树下所实行的效仿纸质文学期刊设置专业编辑审稿的制度以失败而告终,它暗示着网络与纸质期刊终究是不一样的。而"天涯"作为一个管理松散的文学论坛,没有一个专门的文学编辑,所谓版主也多为义务工作者,却因"散"而"聚"的自由"冲浪",取代榕树下成为中文网络原创基地,其实质是尊重网络这一特殊空间而取得的胜利。

2001 年,中国互联网协会成立。

二、2002 年 —— 成都,今夜请将我遗忘

2001 年的网上超人气长篇小说《蒙面之城》终于苦尽甘来,于 2002 年 10 月 22 日获得了"第二届老舍文学奖"。这是网络文学作品首次获得文学大奖。由作家出版社 2001 年 4 月推出的这部网络小说,讲述了这样一个故事:一个十七岁的高中学生迷恋福尔摩斯、希区柯克,用可笑的侦探眼光怀疑周围的一切,秘密跟踪别人,甚至怀疑身为历史学教授的父亲并非自己的生父,并开始了一系列的调查,由此坠入了历史和现实的迷雾,放弃高考,走入"蒙面之城",开始了长达七年的"蒙面之旅"。

"我们的时代叫嚣着成功和机会——但马格向我们指出了另一条道路,一连串的拒绝与放弃,通向心灵的自由。"一位网友这样解读《蒙面之城》。

参与评奖的一位评委特意提到《蒙面之城》在网上的点击率,认为这是作品获奖不可忽视的原因。

点击率与跟帖是网络赋予网络文学的特殊力量,宁肯不无感慨地说:"一部作品通过纸质媒体问世,读者已经很少给作者写信了,而在网络上你的作品有人读,发表他们的看法。这给作家带来极大的幸福:有一天你可能在完全无意中看到那些评论,那个时刻非常神奇。"

除《蒙面之城》获得殊荣之外,2002年有三部可以类比的小说以三种不同的命运展现在网络人的视野之中,其相似的风格与各自迥然的境遇值得玩味。这三部小说是蔡春猪的《SY时期的爱情》、醉鱼的《我的北京》和慕容雪村的《成都,今夜请将我遗忘》。三部小说,都有一点幽默,其中《SY时期的爱情》是真正的冷幽默;都采取当下与往事不断交叉叙述的结构方式,其中《我的北京》技法最熟练;都是年近三十的男人面对生活有感而发的叹息与调侃,其中《成都,今夜请将我遗忘》的表达最具文学性。

《SY时期的爱情》主要发在音乐人胡吗个创办的"万国马桶"网络论坛。作者蔡春猪才华横溢,但由于其毫无矫饰的过于奔放勇敢的文字和作品中透出的残酷的生活真实,使他的作品永远不可能公开发表。作者写作时也必然知道,他对创作充满热情,却对作品异常冷淡。作者几乎不到各大网络论坛张贴此作,在网络上几乎看不到全本。而"万国马桶"论坛是一个比较另类的论坛,读者群十分有限,种种原因,导致《SY时期的爱情》最终被忽视。

《我的北京》的作者醉鱼经常出没于金庸客栈和清韵网站的"品文"论坛,此文也主要发在这两个网站。后来为了扩大影响,也转贴到了天涯论坛。

《成都,今夜请将我遗忘》的作者慕容雪村早期活动于榕树下,曾经发表的《西门庆传奇》等几篇作品已经有一定质量,但由于当时的榕树下沾染了某些不良习气,人才很难脱颖而出,于是作者长期被埋没。《成都,今夜请将我遗忘》首贴于"网虫网站",随后又转贴到天涯和新浪读书沙龙论坛,但在新浪读书沙龙论坛没有引起任何反响。"网虫网站"因历来几乎无实力派网络写手光顾,反倒使慕容雪村鹤立鸡群,掀起较大波浪。

中肯地说,《成都,今夜请将我遗忘》这部小说内容是精彩的,临摹现实是真切的,并有一定的悲剧情怀,应该说是不错的小说。创作出优秀网络小说的作者大致有两种人:一种是有着较高的创作技巧和语言能力的写手,这类网络作家有风柜来的人、铁嘴阿良、九卦等,他们写的东西很可能难以畅销,但其蕴含的语言力量,让人可以预见他们会随着年龄的增长和经历的丰富而更上一层,渐入佳境。另一种是文才欠佳,靠经历和人生体验写作的写手,他们的东西因为素材的饱满而吸引人,这方面的网络作家有包为、慕容雪村等,他们将自己成长中最深切的经验注入作品,让它有一种真实、残酷得直逼人心的力量。

据统计,《成都,今夜请将我遗忘》先后被两万多个中文网页转载,在全国近三十家报纸杂志上发表和连载,随后在中国及美国、日本、法国公开出版发行,上海话剧艺术中心购买了此小说的话剧改编权。2007年,《成都,今夜请将我遗忘》被改编为同名电影,由谢鸣晓执导。

此外，还有中华杨的《中华再起》、何员外的《毕业那天我们一起失恋》、黑天才的《辱鞋》、三蛮的《谁的荷尔蒙在飞》（原名《生于1976》）一度在2002年的网上各领风骚，引发了各大网站（论坛）的转载和网友追捧。

2002年8月1日，《中国互联网络域名管理办法》公布。

三、2003年——VIP收费阅读制度试水

2003年，明杨品书网首推VIP收费阅读制度，随后起点中文网也开始推广这一模式，并实行"原创文学作品网络版权签约制度"。之后付费阅读制和签约作家制成为网络文学传播与创作的基本模式，网络文学步入商业化阶段。

2003年10月逐浪网成立，其前身为国内著名的文学站点——文学殿堂，曾经获得《电脑报》"编辑选择奖"和"二十大个人站"称号。

2003年的另一个热点是"木子美现象"。该年8月以来，木子美因在网页上发表她的生活日记《遗情书》而迅速走红，该网页成为中国点击率极高的私人网页之一。木子美的《遗情书》在文学上意义甚微，只是由于其作为一种公众关注的现象，对网络文学有所波及而已，但由此却引出了2003年网络新生态的一个概念——博客文学。

2003年新浪举办了"万卷杯"中国网络文学大赛，数十万份参赛作品，最后只有几位获奖者，数目上的巨大落差让网络文学大赛逐渐失去了它的魅力。网络的宽容被大赛的苛刻打了折扣，写手们不再沉迷于"一赛成名"。

2003年，网络长篇的创作因为其功利性的一面而更为炙热，而

短篇小说创作进一步衰竭,令人黯然。可以说,这一年的网络文学噱头充足、欲望饱满,但新意不足。

四、2004年 —— 衰落,还是重新出发

在喧闹几年以后,2004年的网络文学被众多圈内人士认为"情形堪忧"。

要说影响,由作家出版社推出的年度网络流传最广的网络小说《瑞典火柴》算是一部,作者小雨康桥也因此一炮走红。小说讲述了男主人公岳子行长期徘徊在妻子冯筝和情人谭璐之间,饱受两份感情的拖累和煎熬的故事,每字每句都在逼近人们的灵魂。尤其是小说结尾的精华部分,描写的是主人公在放弃挣扎多年的婚外恋之后的内心矛盾,描写手法真实、细腻、感人。

何员外继《毕业那天我们一起失恋》之后的新作《何乐不为》也产生了不小的影响。这是一个很单纯的故事,却并不幼稚,里面有着成人世界的尔虞我诈和弱肉强食,又留存了属于孩子的执着与真诚。故事中的人物总是试着用清澈的眼睛去看世界,虽然有时也会失败、被骗、被伤害,却从不放弃,从不妥协甚或同流合污,总是努力地为自己的理想而奋斗,并且最终取得了成功。

2004年岁末,周星驰新片《功夫》在全亚洲宣传的同时,小说《功夫》也在国内上市,引起了读者的极大关注。实际上,新书与电影除名字相同外,两者之间毫无关系。由台湾网络写手九把刀[1]所著的网

---

[1] 九把刀,本名柯景腾,1978年8月25日出生于台湾省彰化县,台湾网络作家、导演,代表作品有《那些年,我们一起追的女孩》《功夫》等。

络小说《功夫》,讲述了一个年仅十三岁的中学生,如何阴差阳错拜师学艺,一边维持自己的正常校园生活,一边却又进行"非凡"的练功习武、惩恶扬善的生涯。作者在故事情节的安排上,颇有些出人意料的悬疑色彩。这部小说刚刚登陆祖国大陆就引起了电视剧制片商的注意。

这一年,尽管网络文学作者纸质书籍满天飞,不少文学期刊也开辟了网络作品专栏,网络作家的生存空间增大了许多,却没有产生特别有影响的作品。倒是博客文学在木子美之后继续发扬光大,又出了个自称"妖女"的竹影青瞳。2004年4月8日,竹影青瞳以"文字,是对身体的第一次凝视,第一次慰藉"为题,开通了自己的博客俱乐部。然而这只不过是一个插曲而已,短暂而衰弱。

放眼望去,各大论坛的活跃程度也大大低于早几年。是网友成熟了还是他们觉得无聊透顶而沉默?抑或两者兼而有之?根据全球中文论坛网(www.chinabbs.com)统计,这一年中文社区排名前十位的分别是:天涯、搜狐、TOM、泡泡、网易、中华网、西祠、西陆、新浪和QQ。在这里面已经找不到榕树下的影子了,说是大浪淘沙也好,说是成王败寇也好,或者韬光养晦以图东山再起也好,反正那个号称"中文网络原创基地"、满天枝叶的"榕树下"只能在虚无中做一番无奈的感叹了。

另一个事实是,各路网络高手集体发力,各自推出了新作,如痞子蔡的《亦恕与珂雪》、安妮宝贝的《清醒纪》、今何在的《若星汉天空》、林长治的《Q版语文》、慕容雪村的《天堂向左,深圳往右》和孙睿的《活不明白》等。同时,在被寄予厚望的"80后"写手中,林小堂的《熊猫馆日志》、大妞的《一头大妞在北京》在天涯网站连载时创造了一周上万人回帖的历史纪录,也给这一年的网络文学注入了一线生机。

继首届"万卷杯"中国网络文学大赛之后,新浪发起的"第二届华语原创文学大奖赛"于2004年10月向海内外的华语写作者征稿,《文汇报》《中国青年报》《南方都市报》《江南时报》,以及中央电视台、上海东方卫视等37家媒体支持了本次活动。可见,网络文学的征文活动渐渐赢得了社会的支持和关注。

同时,资本介入并高薪签约网络写手,给网络文学商业化发展带来了新的机遇。时已在美国纳斯达克市场上市的中国最大网络游戏运营商——盛大网络,2004年12月17日在上海宣布:其旗下的"起点中文网"与多位网络原创文学作者正式签订个人稿酬协议,个人最高年薪将突破100万元人民币。目的是在保护网络作家知识产权的前提下,促使中国原创网络文学加速融入传统文化领域。而众多获得尊重的网络文学原创作家收益的提高,也将为盛大的网络娱乐研发事业提供更多更好的内容保障。网络文学界著名的原创作者血红(刘炜)、雪域倾情(范剑英)、大秦炳炳(张乐)、碧落黄泉(廖俊华)、流浪的蛤蟆(王超)等在这次签约仪式上首次露出"真容",其中年龄最小的是位在校学生。当市场经济充斥文化市场之时,类似盛大网络的举动无疑是对网络文学的一种鼓励,对网络文学的发展起到推动作用。[1]

网络文学在2004年是趋于理智的一年、整合融合的一年,它似乎并没有在此驻足不前的意思,而是在整装待发。

---

[1] 马季:《网络文学写作断想》,《文艺争鸣》2006年第04期,第73—78页。

五、2005 年 —— 玄幻、穿越双轮驱动

人们习惯于对年度网络纸媒化进行一个大致的总结。比如，把 2002 年和 2003 年称为"青春文学年"；把 2004 年（以蔡骏《地狱的第十九层》为标志的小说的出版）称为"悬疑小说年"。2005 年 5 月，当时网上人气最高（点击量 3000 万）的玄幻武侠小说《诛仙》，以及烟雨江南的《亵渎》、猫腻的《朱雀记》、兰帝魅晨的《高手寂寞》先后上线。血红的《升龙道》开创大陆网络文学超长篇小说先河，这一系列作品催生玄幻小说的各个门类全面开花。因此，一些网友和出版界人士把 2005 年称为"玄幻武侠小说年"。的确，进入 2005 年以后，首先是女武侠小说家沧月的《血薇》《护花铃》和藤萍的《香初上舞》系列在市场上同时热销，晴川的《韦帅望的江湖》网络连载后也人气高昂。2005 年，穿越小说开始走红网络，金子的《梦回大清》、桐华的《步步惊心》为后期网络文学出现的宅斗、宫斗、古言、种田、重生等女频文的"大行其道"奠定了基础。

就在读者为武侠小说的阴盛阳衰而唏嘘的时候，《飘邈之旅》《异人傲世录》《紫川》《搜神记》，以及江南和今何在两位重量级网络写手联袂推出的《九州》也都纷纷出版，声势不可谓不大。同时，现代都市小说《元红》（顾坚）、纯情小说《和空姐同居的日子》（三十）、玄幻小说《善良的死神》（唐家三少）、武侠小说《高手寂寞》（兰帝魅晨）等作品的出现，极大地丰富了网络文学的创作形态。在历史题材小说创作上，阿越的《新宋》、燕垒生的《天行健》以穿越和架空的手法另辟蹊径，也为这一年的男频网络文学增添了亮色。

《诛仙》证明了玄幻小说的"热"，同时也证明了它的"冷"，因为传统出版市场对"武侠小说"的阅读期待是比较高的，而对所谓"玄

幻武侠小说"仍持观望态度。《诛仙》因为具有传统武侠小说的基本要素，才赢得了一批"武侠迷"的青睐，同时《诛仙》又因为具有强烈的玄幻特征，吸引了众多热爱玄幻的青少年读者，而单纯的玄幻小说就没有这个运气了。

第三节　传统作家跨界触网

　　2005年下半年至2006年初，一批传统作家和文学批评家、理论家夹在人数众多的各路明星大潮中登上了"博客"这艘巨大的网络游轮。传统作家跨界触网无疑给网络增添了绚丽的色彩，也旁证了互联网在相当范围内得到了普及运用。大约在半年时间里，仅新浪博客一家按照姓氏排列出的传统作家就有几十位之多（网络作家未列入）：北村、蔡骏、春树、陈希我、曹文轩、池莉、残雪、葛红兵、虹影、海岩、韩寒、韩石山、柯云路、孔庆东、刘震云、陆天明、李碧华、李师江、刘醒龙、刘元举、梁晓声、梁小斌、老鬼、棉棉、孟繁华、芒克、麦家、师永刚、沈宏非、王艾、王跃文、巫昂、卫慧、谢有顺、余华、余秋雨、叶永烈、尹丽川、周国平、郑渊洁、朱大可、张者、张颐武、张蜀梅、张悦然和张柠等。应该还有更多未列入这个名单的传统作家也拥有自己的博客。

　　利用自己的博客发表作品对于传统作家来说是一种跨界行为，准确地说，这也是文学作品进入公众视野的新形式。由于博客的篇幅限制，作者只能以连载的方式发表长文，或者只是发表一些体量短小的作品。这个姿态说明，网络的公众性得到了广泛的认可，传统媒体和新媒体的概念有了明确划分。

如果说网络文学是一条"没有航标的宽阔河流"的话,博客写作在2005年的出现,使这条浩浩荡荡、奔腾不息的河流形成了一个洪峰,并且开始分流。由于作者在博客里具备基本的自我规范意识,不妨称其为一条"以个人为航标的河流"。对于中国网络文学十年历程来讲,博客的出现具有分水岭意义。有趣的是,个案往往与一般规律相反。博客在中国的兴起源于2003年木子美在其个人博客上发表的个人日记《遗情书》,随后,又有竹影青瞳以个人化的文章和自拍照图文并茂地推波助澜。一批有文学鉴赏力的网络写手纷纷抨击这一现象,在他们参与博客写作之后,文学博客慢慢形成气候。

那么博客与网络文学之间存在一种怎样的关系呢?我们在博客的定义中发现:比较网络文学,博客的内容和目的有很大的不同,从对其他网站的超级链接和评论,到有关公司、个人、构想的新闻以及日记、照片、诗歌、散文,甚至科幻小说的发表或张贴都有。博主当中虽然不乏一些文学爱好者,他们在博客日志上张贴日记、散文、小说等。根据麻省理工学院一份关于美国博客应用的研究表明,博客日志的内容在美国倾向于一种个人的无目的的网络漫步,至于创造性的写作只占了很小一部分的比例。我们再来看看中国当时最大的两个博客网站的情况:CNBlog目录集中3022个登记的日志中总共只有117个文学日志,还有一些与文学相关的日记,情感、个人生活类的网络日志占了很大的比例。(时间截至2004年5月8日)在博客中国最热门的100篇文章中,我们发现竟然没有一篇原创作品,与文艺相关的并非严格意义上的文艺评论则不到10篇。在以门户网站新浪博客、搜狐博客、网易博客、和讯博客等为龙头的博客群中，文学博客所占的比重并不大。当然也有一些以文学为主体的博客网站和博客圈，比如中国博客网、中国文学博客网、文学博客网、中国成人文学网、校园文学博客网等。形象一点说，网络文学就像是一个硕大的集体农庄，而博客写作更像是在自留地里的精耕细作。

自网络进入普通人的生活以来，通过 BBS、ICQ、E-mail 等形式在网络社区建设方面发展得很快，但是在个体的建设上却不是那么顺利，个人主页的技术门槛让很多人望而却步。博客实现了人们筑造网上个人空间的梦想。我们看到博客网站是以个人为单位的，网友拥有完全属于自己的天地，可以发表文学作品、思想见解等，用各种方式和手段充分地表达自己。在发表作品方面，博客跟 BBS 不同的地方在于，博客是以"个人专栏"的形式对文章按照发布的日期进行排列，而 BBS 是以帖子的形式，以单篇文章为单位的。以往的网络文学都是以单篇作品为流传单位，以至于很多 BBS 原创文章竟然不知道作者是谁。而在博客世界里，作品只是个人的一种表现形式。博客赋予个人以能量，博客世界是个人在网络里全面最大化的世界，文学只是它的一部分。博客里的文学是一种"个人化"写作，它以展示、释放、推介自己为目的，文学本身反而成了配角。

文学爱好者一向是比较活跃、善于表达自己的人群，因此文学博客的活跃程度绝不亚于其他博客群体。文学爱好者是文学博客的主力军，人数较多，其中一部分是占据文学领军地位的传统文人，称他们的文字为文学应该没什么争议。尽管这些名作家也会在博客上写些随感，但更多的是已经或准备在传统媒体上发表的文字。比如余华，他在博客上连载了彼时新作《兄弟》，但我们不能因此称《兄弟》为博客文学。余华在小说出版的同时把作品贴在自己的博客上，也许只是一种宣传、一种促销手段。另一部分则是文学爱好者，他们的文学博客是一种潜在的传播力量，使这一形式更加自主、开放。他们中的一些人，写到后来也出了书，这些书成为被文学界认可的文学作品。但他们在写作之初，并没有这样的想法，只是在博客中把自己的经历，把自己知道的一些有趣的、有意义的故事写下来，满足自己表达的需要。可以说博客既成就了社会精英，也成就了无数草根。

博客写作最显著的特征是公开面向大众，是能够及时得到阅读者反馈的写作。这个特征使博客成为一个交流的平台。在这个意义上，博客写作已经不是传统写作那样的个人创作行为，而是由一定圈子的一群人共同完成的大众开放式写作。博客是以公开性、交互性和可追溯性为其最基本特征的。在更广泛的意义上，博客写作对传统传媒产生了颠覆性的影响。它的出现使受到时空、传播速度、传播范围、言论实际权益等方面限制的传媒向大众敞开大门，是民众共享信息资源的有效形式。

除上述基本特征之外，博客写作还具备如下一些特性。

开放性和民主性。在网络时代，对于文学或艺术，应该有一种全新的态度，应该明白任何文本都处在变动不居的过程中，那是读者对待文本的一种新的态度和方式。目前博客中有关文学的论争，实质是一种新兴文学力量的挑战。2006年出现的"白韩之争"和"恶搞诗歌"，以及关于文学的"存亡之争"等，都充分显示出博客开放性和民主性的特征。

简洁化和系列化。博客又叫"网络日志"，尽管它面对大众，已经不是传统意义上的日记，但由于它的记事方式具有日记的某些特点，比如依时间顺序写作和发表，记录事情具有延续性；有话则长，无话则短，有时候就是寥寥数语等。因此博客写作与传统写作还是存在一些差别的，它往往以简洁的手法记录事件和表达思想，并且在一定时间内保持连贯性，形成系列化的文章链。

时效性和真实性。由于博客是一种新的传播方式，在中国，最早跟进博客的，以媒体相关人士居多，博客服务也就成了媒体特别看好的一个模式。博客写作普及之后，广大博客作者充分利用这一特性，将自己掌握的最新信息及时发表出来，形成对传统新闻媒体的有效补充。

游戏性和文学性。作为一种纯粹个人化的表达，博客的内容可以说是五花八门，无奇不有。如果以传统的尺度衡量，博客中的绝大多数文字可能称不上文学，但即使以传统的眼光看，也很容易发现博客文字的灵性，那里的确存在着大量纯朴的文学因子。在游戏中快乐地写作，本来就是博客写作的一大亮色，当然要遵守一定的书写规则，才能确保它能被更多的读者所接受。

情感化和个人化。据首份全球中文博客调查报告分析显示，博客的内容总体上是多元的，以写情感生活为主的占81.3%，其次是娱乐休闲和教育学习、电脑技术等。报告称表达情感是文学博客写作的最主要动机，人们的感性生活是文学博客的主要内容。而博客的环境设置和文章风格由于不受他人（比如传统媒体的编辑等）制约，则呈现出独特的个人化色彩，充分体现出作者的兴趣爱好和审美个性[1]。

跨文体性和立体化。其一，通常而言，一个内容比较丰富的博客实际上就是一个网页，它不仅由许多经常更新张贴的文章构成，

---

[1] 东方网．首份全球中文博客调查报告在京发布．2005-10-13．

还包含有其他网页或者其他博客的链接和文章评论。其二，运用多媒体技术和网络链接技术使文体的呈现方式突破时间、空间的限制，简言之就是可以在声音、视频、图片等网络介质的添加上增强文章的立体感和感染力，使得读者在阅读过程中得到如临其境、如历其事的真实感受。

局限性和粗鄙性。博客写作的局限性具体表现为：著作者版权得不到有力保障，更容易遭遇抄袭侵权；博客没有限制的自由性，也使得文章或观点的质量受到很大的影响。博客写作还时常出现人身攻击现象，却得不到法律制约，随意发表对他人的意见，甚至出言不逊，正是博客写作粗鄙性的体现，使得很多名人视博客为"是非之地"。

讨论博客究竟是"精英化"的还是"草根性"的，应该首先明确分析的视角：究竟是从权力分配角度的分析，还是从文化分配（或知识分配）角度的考量。

从权力，特别是传播权分配的角度而言，传统媒体反映的是国家的意志，有很强的意识形态属性，草根阶层很难获得阐述自身观点的机会。从这个角度来说，博客的产生突破了传统的中心产生内容的格局，使处在社会下层的草根也能够获得表述自己观点的机会。因而，应该说，博客是"草根性"的。

草根性、去中心化的特征为互联网络的治理提出了重大挑战。

但是，从文化分配的角度而言，只有掌握了足够的文化资源者（也就是"文化精英"），才能够有能力经营与维护自己的博客，而文化的草根即使注册了一个博客空间，恐怕也只能"家徒四壁"，望"博"兴叹。因而，从文化分配的角度而言，博客依然是"精英化"的。

由此可见，博客的"草根性"与"精英化"只是个相对的问题，在什么角度就会得出什么结论。博客精英不一定就是名人，或许只是草根，也有的名人博客却很一般。这其中并没有规律可言。有博客精英认为，博客是"盛开在传媒污泥上的一朵莲花"，因为它没有像传统媒体那样受到资本的深深污染，博客第一次使思想的无限制传播成为了可能，这个说法道出了博客写作的真正面目。

当然，名人号召力不能忽视，名人博客也总是备受关注的。比如余华贴在新浪博客上的《一个作家的力量》，经读书频道首页推荐一周左右，点击量超过一万，读者评论超过八十多条。而名人一些日常的网络日志，也常有几十个跟帖，这是普通人的博客难以企及的。同时，博客也为那些渴望一夜成名的草根们提供了机会。因此，一些所谓"离经叛道"的草根便利用其另类的炒作手段，得以在一夜之间完成了从"麻雀"到"凤凰"的飞跃。但博客写作毕竟不是一锤子买卖，接下来还是得靠真本事，过眼云烟的博客多的是。

博客写作与名利场关联不大，也不受金钱与权力的支使。正因为大家毫无顾忌地放开自己的思想，展示自己原生态的生活和思想，才使得博客写作相对简单纯洁。如果失去了这一特色，博客写作就失去了它的价值和意义。"草根性"与"精英化"在这一点上也是共通的，有着相同的追求方向。另外，博客贵在勤，贵在速，贵在记录自己某个时刻瞬间的真实感觉、思路。然而，许多当年的博客精英由每日一博变为每周一博，再由每周一博变为每月一博，最后干脆置之不管。自留地的荒芜正好说明了博客写作的自主性与随意性。话说回来，不管是"草根"还是"精英"，个人博客与博客群体永远是一滴水与一条河的关系，辽阔的河流才会生机盎然，有航标的河流才能够百舸争流。

然而，博客犹如一朵浪花，很快就汇入信息传播渠道的汪洋大海。随着微博和微信的兴起、App 的流行，新媒体文学的概念迅速迭代，博客写作成为渐行渐远的孤帆，逐渐被人遗忘。不过，它与网络文学擦肩而过，相互影响，应该是中国当代文学与网络牵手的一次有趣历程。

第四节　网络文学的跨文化特性

毋庸讳言，中国当代文学在新世纪出现了断裂现象，所谓"断裂"不再是一种理论，而已经是摆在我们面前的不可逆转的社会现实。网络文学以崭新的想象世界的方式，给中国文学所带来的变数，也已经是摆在我们面前的事实，尽管它目前还很不成熟，甚至夹杂着许多非文学因素。我们讨论它，为的是厘清这一新的文学写作路径到底通往何处，是否能够担当中国文学未来之任。

有人对网络写作发出了这样的疑问：商业化的网络文学怎么可能产生精品？这的确是个不容忽视的问题。商业化是一把双刃剑，它既是网络文学由弱到强的催化剂，也是网络文学裹足不前的绊脚石。对于文学是否能够产业化的问题，意见分歧就更是水火不容了。这是两个既相互交叉又各自独立的问题，在网络文学现场，一部分人从事商业活动，一部分人从事创作活动，只要两者相对独立、相互尊重，各取所需，就是健康的。寻求文学现场的绝对"纯粹"，反而是一种不健康的心态。

2003 年起点中文网确立 VIP 收费阅读模式之后，在创作形式上，长篇小说作为网络文学的龙头地位逐步稳固；创作队伍不断扩大，迭代迅速。据统计，截至2021年10月，签约作家约为90万人，职业、半职业网络写作者约为10万人，大大超过了各地作协的专业作家队伍。80%的作者为40岁以下的青年，其中的佼佼者，80%为具有大学以上学历的非文科专业人士，作者结构的多元化为文学产生了新的造血功能。网络小说创作形式多种多样，大致可分为历史架空类（现代人通过时光交错进入特定的历史时期，运用自身经验改变历史进程）、玄幻科幻类（区别于西方魔幻小说的东方本土幻想小说）、都市青春类（反映现代都市生活、表现现代情绪的小说）、官场职场类（以官场博弈和职场奋斗为题材的小说）、游戏竞技类（根据网络游戏改编或具有网游特征的小说，一般采用晋级形式）、灵异惊悚类（以鬼怪或探险为题材的小说）、新军事类和新武侠类（区别于传统军事和武侠类的小说，添加了幻想成分）等。网络长篇小说的产量大大超过了传统文学，每年在线发表完本小说十万部左右，线下出版也占据了纸质出版的半壁江山。2018年，网络小说的IP改编和版权对外输出已经超过了传统文学。

根据实际情况，可以对网络文学做出如下定位：（1）网络文学是我国改革开放、科技进步的必然产物，也是信息时代多元文化的表征。（2）网络文学20多年的历程，经历了由"简单的个人化表达"到"具有独特思考的文学书写"，再到"从形式到内容多样化"三个阶段。（3）网络写作者的身份千差万别，实现了真正意义上的多元写作生态。（4）网络文学已成为新兴文化产业链的重要环节，它的蓬勃发展为文化产业的深化改革提供了新的机遇。（5）网络文学良莠不齐，水准高低不一，不宜采用简单划一的方法进行归纳，需要仔细研究，认真分析，准确定位。（6）网络文学自身和外部环境还存在诸多问题有待解决，如抄袭现象严重、商业炒作过度、行业不良竞争，以及知识产权得不到有效保护等。

20世纪80年代以来,在传统文学领域,跨文化写作成为世界文学的主流方向。大江健三郎、库切、帕慕克、赫塔·穆勒、卡勒德·胡赛尼等,都是这方面的佼佼者。80年代,中国先锋小说直接借鉴西方,实现了文本形式和叙事方式上的跨文化写作。事实证明,中国作家的封闭思维一旦被打开,发出的能量是惊人的,但由于缺乏本土文化的支撑,那样的写作难以为继。也就是说,一个兼容中国文化、展现大时代特征的跨文化写作方式,才是当代中国文学的出路。

网络文学自发展之初就实现了跨国界传播。1991年北美留学生创办电子刊物,运用网络发表文学作品,产生了最初的华语网络文学,这股浪潮最先波及我国台湾,之后在中国大陆地区得到强势发展。20世纪80年代以降,国际文化舞台悄然发生了变化,东亚三国占据了十分重要的位置,日本以动漫先声夺人,韩国以偶像剧独树一帜,而中国的网络文学举世无双。21世纪以来,随着互联网技术的普及应用,传播加速导致文化在不同国度形成新的竞争趋势,跨文化写作由单一的文化传播上升到商业模式的竞争。

从根本上说,跨文化形态是网络时代文化传播的重要特征,中国网络文学的崛起赶上了这股风浪的潮头,它既是中国社会整体向前发展的必然,也是中国文化走出国门的历史机遇。如果说当代中国文学在20世纪70年代末实现了第一次起航,那么,20世纪90年代末出现的网络文学则实现了第二次起航。毫无疑问,这次起航将是一次"国际航行",会走得更远。

中国改革开放已经有40多年,网络文学也历经了20多年的发展,在经济全球化的大背景下,文化交流日益频繁,生逢其时的中国网络文学犹如一股清泉,正在加速汇入世界文化的洪流之中。深厚的文化积淀,通俗易懂的故事内容,丰富多彩的表现形式,强烈的交互性,充分展现了网络文学显著的跨文化传播优势。网络作家由最初的"70后"到如今的"00后",网络文学逐步融入新的世界文学格局中,成为全球消费文化的重要组成部分。

网络文学的海外传播涉及的不仅仅是作品,传播方式和传播渠道也很重要。在商业模式上,中国网络文学运用自己创造的模式进军海外。首先是突破国产文学的出版授权、作品输出和IP改编等模式,利用海外平台支持当地作者进行内容创作与运营。这一模式不仅占据了海外文学阅读的市场份额,而且有效推进了中外文化交流互动。其次在地域拓展上,国产网络文学平台不仅登陆北美和欧洲等发达国家市场,并且开始通过国产手机制造商和海外电信运营商等渠道,迅速进入非洲、东南亚等新兴市场。

第 三 章

网络文学类型化之路

这一时期,网络文学由自娱自乐迈向了商业化阶段,一大批网络写手经过大浪淘沙成为这一领域的佼佼者,这批网络作家也从最初的写作业余爱好者进化成职业写作者。为了保持作品的阅读黏性,不掉粉,网络文学出现越写越长的现象,百万字以上的小说成为常态。网络类型文学在这个时期获得迅速成长,相继脱颖而出的穿越小说、架空历史小说、新军事小说,以及幻想类小说等,一浪超过一浪,就是很好的证明。网络类型小说作为一股新的文学力量,正在不断壮大,将有可能以"集体写作"形式丰富当代中国文学的谱系。一度人气旺盛的"架空小说"和"穿越小说"类型化已经较为完备,不仅网络上广为流行,落地出版后也在读者中产生了广泛的影响,应该说这是新世纪文学一个值得关注的现象。

第一节 2006,创新启动之年

2006年,网络文学集中出现了一批现象级的长篇小说,网络诗歌空前活跃也成为这一年的重要现象。赵赶驴的都市言情小说《赵赶驴电梯奇遇记》在猫扑网贴出3个月,创造了1亿次点击的神话,天下霸唱的悬疑盗墓小说《鬼吹灯》也在很短的时间内突破了千万点击大关。玄幻、仙侠、异能、盗墓、军事小说在这一年承前启后集中发力，涌现出洪荒流开山之作梦入神机的《佛本是道》，确立玄幻小说升级打怪流风格体系的辰东的《神墓》，悬疑盗墓小说代表性作品南派三叔的《盗墓笔记》，徐公子胜治的都市灵异小说《鬼股》、修真小说《神游》，管平潮的古典仙侠小说《仙路烟尘》，知秋的玄幻魔法小说《历史的尘埃》，静官的玄幻异界大陆小说《兽血沸腾》，charlesp 的星际战争小说《星之海洋》，以及洛水的《白狐天下》等一批高关注度作品，缺月梧桐的武侠小说《缺月梧桐》在这一年也获得了不俗的成绩。

网络文学的内容创新和表现形式创新，主要体现在类型化的深入发掘和大胆尝试上。2006 年 3 月开始在网络连载的"民间说史"作品《明朝那些事儿》是一个比较典型的例子，作者当年明月以"把历史写得好看"为原则，用通俗诙谐的语言解读明史，叙述之中加入个人评论，获得了网民的追捧，出版后取得很好的销售业绩。《明朝那些事儿》的写作观念和方式与传统写作存在一定的不同之处，它充分利用了网络的共生性特质和民间亲和力，产生了新的历史叙事方式。这也是类型文学在新的语境下探索新的表现方式的一次成功尝试。

类型文学同样有自身的艺术规律，它的产生和发展需要一定的社会环境和文化氛围。一是社会生活丰富多彩，人的精神诉求多向度，审美趣味多元化，受众有想象力渴求。二是参与创作的人群广泛。这还暗含一个特征，就是文学的去精英化现象，即大众写作的反复尝试催生新的类型产生，比如最初的鬼故事促使最终推出《鬼吹灯》和《盗墓笔记》，大量的后宫文催生《后宫·甄嬛传》。三是写作的高度开放性。网络文学的创作和发表过程几乎完全透明化，每天更新，现场互动，当场拍砖。类型文学一般具有较大的构架，需要较长的创作跨度，无论是报刊连载还是在线写作，如果缺少粉丝的追捧，作者难以在没有人呼应的状态下写出几百万字。写作的开放性不仅给作者带来了信心，也为作者的生存与发展提供了土壤。四是类型文学往往在文化更新、整合期相对繁荣，优秀作者具备完整的知识谱系或文化传承意识，读者有充分的阅读期待。五是商业文化相对发达。除阅读价值外，作为文化产业链的开端，类型文学具有深度开发的商业价值。

网络军事小说一向以写古代战争和星际战争见长，实际是历史与军事、科幻与军事的糅合，现代军事题材的作品并不多见。2005年和2006年先后出现了刘猛的《最后一颗子弹留给我》和纷舞妖姬的《弹痕》两部具有鲜明网络特征的军事小说，作品塑造了壮志热血、敢爱敢恨、感情丰富的中国陆军特种兵群像，这两部作品先后被改编为电影《我是特种兵》和《战狼》，一度引发军事题材小说改编影视作品的热潮。

诗歌曾经是中国历史上成就最高的文学体裁，20世纪80年代它迎来了一个新的高峰，但转瞬即逝。90年代以来，中国诗歌的沉寂和败落用惨不忍睹来形容也不为过。2006年却是个出现意外的年头，这个意外和网络直接相关。因此有必要专门就此展开一下话题。

当时全国诗歌站点差不多有400个甚至更多，按保守计算，每个站点平均每天发诗量20首左右，年产量差不多在300万首。网络诗歌是种约定俗成的笼统说法，包含三种情形。第一种是纸质诗歌的"阵地转移"，即原本的传统书写位移到网上来进行，没有改变传统书写的本质。第二种是真正与网络发生关联，是"网络情景中的诗歌"，一些人建议称之为"网络体诗歌"。第三种是极端形态——超文本·多媒体诗歌,只是少数人的行为,并不普及。第一、二种形态共同构成网络诗歌这一"混称"。网站、论坛都在全力以赴打造自己的品牌特色:"诗生活"以规模著称,多栏目设置;"诗通社"有500多位诗人加盟,40多位诗评家;"诗歌报网站"以活动为龙头,从大展到评选到讲座,十分活跃;"中国诗人"保留较多传统色彩,以平和姿态倾向于诗歌普及工作;"第三说"使"中间代"命名终于赢得相当认可;"女子诗报"堪称全国第一大女性诗歌网,劲头十足;"哭与空"的"诗人救护车",多次举办募捐救助活动,成为国际上少有的"诗歌红十字会";"现在"倾注"打工";"诗家园""露天吧""丑石""不懈""滑动门"等,都办出了自己的特色。在这些诗歌站点的共同努力下,网络文学中的诗歌群落得以形成。可以这样说,网络诗歌的写作者和参与者,占据了网络文友的半壁江山,其原因是网络诗歌的写作难度,以及对时间的要求相对灵活、宽松,同样,网络诗歌的写作、阅读人群也是最为复杂的,表面上是"70后""80后"在主导,其实"50后""60后"的参与者也大有人在,这在其他文学种类中并不多见。正是在这样的前提下,2006年关于网络诗歌的论争出现了一次大爆发,其复杂程度是空前的,由于众多问题纠结在一起,根本无法对其做出简单的判断。

2006年9月,猫扑、天涯、西祠等互联网论坛、网站争相转载女诗人赵丽华的部分作品,网友带着讥讽口吻惊呼"中国文坛出了大诗人!",意在指责其作品毫无诗味。有网友甚至发起了模仿赵丽华诗歌的"后现代诗大赛",点击量迅速越过10万大关,"赋诗"回帖千余条。更有甚者,有好事者还成立了"梨花教"("丽华"谐音"梨花"),称赵丽华为"梨花教母""诗坛芙蓉",进行歪批。在西祠胡同、天涯社区等网络论坛,赵丽华的诗歌被冠以"国家级女诗人暴寒诗"等题目，受到网友集体恶搞。紧接着，"写诗机"应运而生，并且立即举办了一场以"手按键盘气自华"为口号的中秋赛诗大会，不少网友竞相发表大作。这台"写诗机"在一月内就造诗26万首，是全唐诗的5倍之多。这是网络创作引发的一个新的话题，在此不多做讨论。

第二节 2007，纵深发展之年

据中国互联网络信息中心发布的《第21次中国互联网络发展状况统计报告》显示，截至2007年12月，中国网民数已达到2.1亿人，比上年同期增加7300万人，年增长率为53.3%，互联网逐步向全社会各层次居民扩散。2007年新增网民中，18岁以下的网民和30岁以上网民增长较快，初中及以下受教育程度的网民增长较快，低收入人群开始越来越多地接受互联网，农村上网人群增长较快。但中国16%的互联网普及率仍比全球平均水平19.1%低3.1个百分点。

从接入方式上看，宽带网民数达到1.63亿人，手机网民数达到5040万人，这两种接入方式发展较快。从地域上看，北京市和上海市的互联网普及率较高，分别达到46.6%和45.8%。增长量上，广东省由于手机网民数增长的拉动，增长人数最多，一年内共增加了1500万网民。

2007年，中国有1.4亿网民在家上网，这一规模比上年同期增长35.7%，居民的家庭上网条件在改善。家庭上网计算机数量为7800

万台。广东省的上网计算机数量最多，北京市和上海市户均拥有的上网计算机数量最多。每户家庭接入费用平均是74.9元/月，全年接入费用平均为900元/户。网民在网吧的上网费用平均是51.6元/月。

2007年，中国已有5040万手机网民，广东省的手机上网用户规模最大，达到1452万人。手机网民中男性居多，约有2/3（66.5%）的手机网民是男性。这一群体中，18—24岁之间的网民最多，占到手机网民的一半。手机网民对网络文学的关注程度高于PC端。

与中国互联网进入宽带时期同时，3G时代也悄然临近，手机上网成为互联网接入方式的新潮流。当年上网方式的调查结果显示，使用ADSL、Cable Modem、专线等宽带上网的网民达到10400万人，占网民总数的75.9%。而当时新兴的上网方式——手机上网也粗具规模，达到1700万人，占网民数的12.4%。其中，男性、未婚、18—24岁、职业为企业单位工作人员、居住在城镇的网民是使用手机上网的主体。对使用手机上网的网民进行调查发现，有72.2%的网民使用手机上网主要是收发邮件，30.9%的网民主要是浏览信息。而费用高、网速慢则成为网民使用手机上网经常遇到的问题，其比例分别是86.4%和33.4%。除了这两点，不方便、可获取信息太少等也成为网民不使用手机上网的原因。

在中国互联网快速发展的大环境下，社会对互联网地址的需求和应用大幅提升，2007年我国域名总量达到4109020个，半年增长116万个，平均每月净增20万个。国家域名CN注册量达到1803393个，比2006年同期增加了706469个，增长率达到64.4%，在全球国家顶级域名的排名上升到第四位。

在网民的特征结构方面，学生、专业技术人员仍然是主体，其中学生网民的比例和半年前相比有所上升。年轻、知识层次较高、意识前卫成为网民的主要特征。从上网途径看，家庭成为网民上网的主要地点，比例已达70%。上网更加方便，在网上的时间更加随意和充足，除浏览新闻、检索资料外，网上休闲活动日益增多，网民越来越意识到自己才是网络的主人。而文学网民正是这支浩浩荡荡的网民大军中最为活跃的一个群体。新的传播手段给了他们施展才能的广阔空间，促成了新文学形式的出现。对于这个群体，严格意义上的文学概念已经不复存在，它的变化——泛化或称其为边缘化已经不可逆转。网络时代，传统意义上的小说、散文、诗歌和戏剧的界线越来越模糊，无法确切界定。网络的多媒体展示手段使"网络文学"以全新的面貌登上文学舞台，开始了一场新的文学革命。

2007年，网络文学在表现形式和内容的深度与广度上进行了广泛探索，玄幻小说继续延伸发展，架空历史小说《家园》《随波逐流之一代军师》《楚氏春秋》展现出网络文学在艺术技巧和思想深度上有着独特的追求。除在玄幻、架空、穿越和异能等非现实题材方面进一步开拓之外，现实题材领域如青春小说、言情小说、职场小说、军事小说也在这一年取得了亮眼的成绩。

言情文学本来是网上的老面孔，曾经火爆，之后平稳发展，2006年嬷嬷茶的《和校花同居的日子》等小说的出现，使这一状况有所变化，不过这两部小说尚有校园文学的身份标志。应该提及的是，它们同样以叙述的阳刚、简洁冲刷了柔软造作的韩流文风。这说明言情文学开始变调，由原本的柔性叙事、凄美婉约转向对现实生活的深度切入。2007年初，木鱼的《重庆空姐》将这一格局大力推进，小说着力在精神世界和内心情感领域中构建女性的完整独立人格，阐释内心期盼与希冀的真挚和谐的感情观。这部号称国内第一部由空姐根据亲身生活经历创作的小说,上线连载一个多月,点击量就超过了600万。2007年4月,中国对外翻译出版公司推出纸质书,销售形势看好。随之而来的"华语言情小说大赛",也为言情文学的复燃起到了推波助澜的作用。

这一年产生重要影响的由美籍华人艾米根据好友经历创作而成的言情小说《山楂树之恋》,被称为"史上最干净的爱情小说"。这部小说讲了这样一个故事:静秋是个城里姑娘,因为家庭成分不好,"文革"时受到打击,一直很自卑。静秋上高中时被选中去西村坪体验生活,住在队长家,认识了老三。老三是军区司令员的儿子,喜欢上了静秋,愿为静秋做任何事,给了静秋很大的鼓励。等到静秋所有的心愿都成了真,老三却得白血病去世了。2010年9月,张艺谋执导的根据小说《山楂树之恋》改编的同名电影上映。

2007年6月,沉浸在古典诗词解读里的网络当红女作家安意如继当年3月推出《陌上花开缓缓归》之后,由中国友谊出版公司出版了她的第一部长篇言情小说《惜春纪》。小说以中国古代四大名著之一的《红楼梦》为背景,以贾府的兴亡和惜春爱情的悲欢为主线,书写了一位沉默少女的独特命运和爱情。同时,在《后宫·甄嬛传》系列图书的引领下,《后宫之绝色倾成》《弄儿的后宫》《深宫风云》等后宫小说相继问世。至此,言情文学以后宫小说的形式被推到了2007年网络文学的前沿阵地。

青春小说始终是网络上的热点,历经十年始终不衰,从痞子蔡的《第一次的亲密接触》、安妮宝贝的《告别薇安》,到孙睿的《草样年华》、郭妮的《麻雀要革命》,其间还包括韩国作者可爱淘的《那小子真帅》等外国小说的介入。2007年,辛夷坞的《致我们终将逝去的青春》将青春小说推向了一个高潮,这部作品先后被改编为电影和电视剧,作为现象级作品即使历经十年仍然是网文界的重要话题。《致我们终将逝去的青春》讲述了现代青年对爱情的理解与认知,作品讲述了为追寻初恋对象而步入大学的郑微,在大学邂逅新的爱情,在为爱情付出代价的过程中收获成长的故事。"曾经我们都以为自己可以为爱情死,其实爱情死不了人,它只会在最疼的地方扎上一针,然后我们欲哭无泪,我们辗转反侧,我们久病成医,我们百炼成钢。你不是风儿,我也不是沙,再缠绵也到不了天涯。"[1]作者对青春通透深刻的思考,契合读者的精神渴求,并勾起了读者心灵深处的记忆和生命体验的认同。

被称为"中国白领必读的职场修炼小说"的李可的《杜拉拉升职记》也在这一年问世于网络。和《致我们终将逝去的青春》一样,这部作品不仅被改编为电影和电视剧,还被改编为话剧和音乐剧,深受都市青年的追捧。在中国经济社会高速发展、城市化程度愈来愈高的基础上,随着国际资本的深度介入,都市白领的生存空间和游戏规则发生了很大变化,这部"接地气"的作品出现之后很快就引起了社会关注。《杜拉拉升职记》以都市白领杜拉拉从一个默默无闻的职员,经过自己的不懈努力,成长为一个企业高管的故事打动了千千万万的读者。杜拉拉身上有很多优秀的品质,她从一个没有背景的草根,通过努力一步步获得了自己的事业和爱情。她的每一次升职,都是一次蜕变;她的每一点进步,都值得深思;她的很多思路,都值得借鉴。除了职场法则,在这本书中还可以深切感受到一个现代东方职业女性面对人生的态度:认真、理智、积极、温情。

---

[1] 辛夷坞:《致我们终将逝去的青春》,朝华出版社,2007年版,第241页。

第三节　网络架空小说的特征

写作时保留历史人物的性格，保留人物关系及一些相关事件，但时常改变事情发生的空间，如古代架空现代，现代架空未来，未来架空异空间等等，这就是我们所说的架空小说的基本构成。在日语中"架空(かくう)"一词代表虚构的意思。不少受日本动漫文化影响的网络写手以此为借鉴创作小说，例如"架空的人物""架空的故事"等，实际意思就是"虚构的人物""虚构的故事"等。

具体说，"架空"即"并非真实发生的虚构背景"，包括过去及未来。所谓"架空"并非杜撰和凭空捏造，主要是指在历史发展中引入变量，并记录改变后自然演变而成的历史。当今现实生活中的主人公因某种不可抗力（包括神力、外星人力、超自然力等）回到过去或去到未来甚至平行空间，在作者虚构的或改编的历史（或未来）中利用现代知识与技术在历史中生存并改变历史、创造历史的一类小说，称为架空小说。这个类型也包括转世重生类小说。严格意义上说，"架空"是对人类文明反思的艺术再现，是一种全新的艺术样式。

一般认为，黄易的《寻秦记》是架空小说的鼻祖（亦说是穿越小说的肇始者），田中芳树的《银河英雄传说》则使架空小说产生广泛影响。架空小说的类型有很多种，较为流行的是架空历史和架空军事两大类。从特点上分析，架空小说几乎汇集了所有网络非现实题材小说的重要特征，如弥合了包括玄幻小说、奇幻小说、魔幻小说等在内的幻想类小说的奇思妙想，嫁接了搞笑小说、武侠小说、穿越小说等时空交错类小说的奇特遭遇。其实,架空的魅力在于主人公知道历史发展的走向,了解几千年政治文化科技的成果,这样的人回到古代,就是先知先觉的神,具备强大的改变他人命运和历史走向的能力。这一点,与每一个普通人内心深处潜在的操控命运的超人念头非常吻合,这样,读者就很容易把自己代入到角色中去,与其一同呼吸、成长。

在架空小说领域,《新宋》《明》《随波逐流之一代军师》《曲线救国》(又称《二鬼子汉奸李富贵》)、《新中华春秋传》《命运的抉择》、《朔风飞扬》等一批作品为人们所熟知。这些作品虽各有侧重,同时兼有架空历史和架空军事的元素,其中不无作者对历史的独特思考,比如黑色柳丁的《命运的抉择》就提出了封建军队的建设问题。就已出版作品的情况看,架空三国时代的作品数量多,架空唐代的也有一部分。阿弩的《朔风飞扬》是其中比较突出的一部,小说虚构了李天郎这个人物,他是唐太宗李世民长兄李建成的遗腹子,从小在日本长大,回国后,李天郎备受当朝皇帝的猜疑,被派往西域的安西军当了一个小兵。在边疆作战中,李天郎平叛小勃律,娶了神秘的西域公主,组成混合民族军团,征战西域,最后止戈西域漫天黄沙尘埃之中。可以看得出,作者以现代思维对盛唐重大军事事件的细节提出了自己的设想,李天郎这个形象之所以存在,纯粹是为了串联这一段历史,以展现李世民治下的盛唐所拥有的绝对实力,而无意将李天郎塑造成为一个成功的历史人物。架空后周的小说《黄沙百战穿金甲》则讲述了一个回到北宋之前的后周时代的特种兵侯大勇的故事。

隋朝统一中国之前,中华民族经历了一次巨大的民族融合。胭脂鱼的《燕云乱》取材于那个狼烟四起、英雄辈出的动荡时代的后期——以建康为核心的王权争夺—隋灭陈并统一中国的历史进程。这部作品的特点在于寄情于人物但不做简单的历史抒怀,而是用自己的历史观将人物与时代连接起来。小说写出了嫉妒、刚强与脆弱的罗艺，写出了一个乱世少年的心灵史，也显现出现代人在穿越历史过程中感悟人生的灵性。

穿越宋代是架空小说的另一个高潮时代，因为宋代在中国历史上是一个转折点，而这个转折点的最关键事件就是宋神宗熙宁二年（1069）开始的王安石变法。《新宋》就是以此展开故事的，书中的主人公石越在这个时候，跨过了近千年的时光来到了公元1069年的宋朝。身为一介书生的石越手无缚鸡之力，前身是一个在读历史研究生，他唯一可以倚仗的就是头脑中的知识。待神宗死，托孤于石越，石越效仿曹操建立开明专制甚至君主立宪。《新宋》描述的是怎样从上到下通过制度、思想的变化改变社会的一种理想。有人将其同二月河的"落霞三部曲"相比较，认为颇得其要领，但这无疑会触碰到一个问题，即二月河的作品都是以确凿的历史事实为背景的，而《新宋》显然不符合这个条件。换句话说，《新宋》若按照"落霞三部曲"的方法去创作，就违背了架空的目的，丢失了网络写作的魅力。

架空明朝则以酒徒的《明》为代表。小说独辟蹊径，展示了游离于朝廷和燕王两大势力之外的武安国与大明水军两种牵制政权的力量。大武虽然手中没有一兵一卒，但由于军队中实力派将领与其多有关系，比如水军是在大武指导下建立起来的，因此他在大明政治经济生态中占据了重要位置。在战胜外患、内战北方胜利之后，朱棣企图谋杀大武，以便扫除称帝道路上的最大障碍，但是觉醒了的将领和士兵没有执行这道命令。最后，朱棣在大武和大明水军以及各地藩王的压力下，抛弃了朱老皇帝的一家之姓的万里江山迷梦，实行了君主立宪，大明王朝在历经了风风雨雨的考验磨砺之后，浴火重生。

无语中的《曲线救国》架空清末太平天国历史，探讨了一条救国救民，走向富国强民的道路。当时的中国，在国际社会中已经处于劣势，所以救国救民也无法采用正面道路。这也就注定了作品含有大量戏谑成分。李富贵是个高考完莫名其妙穿越回清末的当代青年，由于他肩不能扛手不能提，只得投奔洋教堂，做了个被同胞嗤之以鼻的二鬼子教徒。李富贵为了装傻充愣，把太和殿上的"太和"两个字念成"大和"；为了搞死慈禧，就做了一个在晚上可以放光的具有放射性的大床，进贡给慈禧；欺骗日本搞计划经济，使之成为中国经济的附庸；为了搞共和制，已经是中华帝国皇帝的他，自己糟践自己去当戏子，以便让自己身上的光环褪色。但这部小说有概念化的痕迹，作者对历史的介入也比较明显。

穿越到抗日战争时期是架空小说的最后一个高潮时期。我爱黄颖的《抗日之血肉长城》比较搞笑，主人公是一个花花公子式的人物程家骥，有三个老婆，是一个小军阀的小舅子，被来自未来的小人物附体后，转了性，开始认真打日军，最终打成了八面威风的一军之长。

《随波逐流之一代军师》也值得一提。这部架空历史小说出自一名工科出身的女性之手，笔法老练，思路开阔、幽怨。小说写权谋惊心动魄，说智慧千转百折，在架空小说世界里独树一帜。更值一提的是，这部小说写出了中国文人面对社会动荡、人生无依时所表现出的勇气和智慧，集中体现了架空小说旨在追求精神着陆的深层意韵。

第四节 网络穿越小说的特征

穿越与架空之间存在某些重合和交叉，但又有各自的表现方式。

穿越是指一个时空的人通过魂穿、身穿等方式进入另一个时空，可以是古代到现代，也可以是现代到古代或未来，或者是由现实空间进入虚构空间（异大陆、异世界等），主要在于表现作品人物在新的环境下产生的故事。架空就是以一定的历史资料为根据，虚构一个历史朝代或者一个大陆，也指保留某些真实的历史人物形象，然后在大历史背景下虚构出合乎逻辑的故事。总之，架空不一定是穿越，穿越也不一定是架空，但是很多小说将两者糅合在一起，既穿越又架空，女频在穿越小说上具有优势，男频在架空小说上成绩突出。

台湾女作家席绢20世纪90年代初发表的处女作《交错时光的爱恋》，由江苏文艺出版社于2001年出版，是公认的穿越小说的领跑之作，但当时还没有"穿越"这个说法。从已出版的图书来看，2007年之前的穿越小说概念比较狭窄，基本局限于现代女性通过时光隧道进入清朝某代皇室，以清朝康熙、雍正时期居多，故事大体上是描述"穿越女"与皇亲国戚、王公贵族之间的风花雪月、缠绵悱恻。这类小说以及沿袭此风格的作品又被简称为"清穿"，多少让人联想到当年的《还珠格格》。

谈穿越小说当然不能不提这个类型的发轫之作《梦回大清》。2006年1月，朝华出版社推出金子在网上连载了近两年的小说《梦回大清》，很快就引发了一股"穿越浪潮"。《梦回大清》讲述现代女孩小薇因一次意外的迷路，竟回到了清朝的皇宫内苑，成为进宫待选的秀女的故事。宫里执着单纯的十三阿哥、成熟隐忍的四阿哥竟然都对小薇产生了感情。人间的悲欢离合随历史人物的纠葛深入纷至沓来。在既定的历史中，小薇身上现代女孩子的不羁、洒脱、幽默和智慧，使得上到皇帝，下到侍女，都对她大加赞赏，而她却在十三阿哥和四阿哥的爱情中左右为难……在陪伴十三阿哥高墙圈禁三年后,"九王夺嫡"再度引发风波,小薇面对着再次燃烧的爱与痛、喜与悲。

《步步惊心》是"清穿"的另一部代表性作品,由于成功拍摄成电视剧而产生了巨大影响。与《梦回大清》套路相似,《步步惊心》讲述的是一个普通白领穿越到清朝一个叫马尔泰·若曦的女孩子身上发生的凄美爱情故事。若曦的姐姐是八阿哥胤禩的侧福晋,她因此有机会接触到几位阿哥,和阿哥们斗斗嘴,后来入宫成为康熙身边的大宫女。若曦最初喜欢上的是胤禩,因为感慨于胤禩对姐姐若兰的深情。后来因为知晓历史,希望胤禩可以为她放弃江山,被胤禩拒绝而伤心欲绝。冰冷无情的四阿哥胤禛却一直默默关心着若曦;十三阿哥胤祥将和自己性格相似的若曦视为知己;十四阿哥胤禵默默喜欢若曦,曾试图让父皇康熙求婚却被若曦拒绝。后来胤禛登基,若曦见证了九龙夺嫡的历史,虽然深爱四阿哥,却总觉得自己罪孽深重,更被八福晋刺激流产,与胤禛产生误会,无奈嫁给了十四阿哥。若曦病重,希望死前再见四爷一面,然而信却没有及时送到胤禛面前,若曦遗憾而终,胤禛抱憾终身。

《鸾:我的前半生,我的后半生》是早期"清穿"的代表作品之一,总共出版了三部。现代女子叶莱尔穿越300年时光,与康熙朝夕相处,相互扶持着一同走过童年、少年,两人相亲相爱达60年。前半生,她是他姑姑,辅他登基,做千古一帝;后半生,她是他妻子,看他运筹帷幄,创千秋大业。

早期的"清穿"写法较为严肃,无论是爱还是恨都表现得中规中矩。后来逐渐出现边缘写作,加入了搞笑、幽默和游戏的成分。如晓丹叮咚的《穿越时空之绝色神偷》(太白文艺出版社出版)就描述了美女扒手季嫣然在穿越至清朝后的迷乱之情。

《绾青丝》是早期穿越小说的代表作之一，目前已经出版了四部。这部小说兼有架空历史的特点，讲的是21世纪的女子叶海花死后借尸还魂，来到一个作者虚拟的时空天瞾国的故事。她在古代的青楼弹吉他、唱《卡门》、跳劲舞，上演了一场嫖客争相竞价、千金购买初夜权的大戏；在青楼里策划"超级花魁"海选；为绸缎庄老板设计卡通公仔，并要求按版权提取销售分成；在沧州开火锅店引发饮食革命；甚至仿效狄仁杰为当朝皇帝查明了一桩17年前的宫闱奇案……一系列在现代社会毫无轰动效应的动作，竟使这个清瘦且不美的女子在天瞾国名噪一时。

从阅读层面来看，"穿越"向往一种简单、纯美、远离现实的虚拟生活，能够帮助读者缓解现实生活中的种种压力，工作的不顺、爱情的为难、生活的紧张忙碌、升学和就业的沉重压力等暂时可以搁置。就文化现象而言，穿越小说和21世纪以来各大媒体"品鉴历史"的文化背景不无关系。历史、言情、虚幻成为穿越时空和文化的魔杖，这本身就充分显示出网络文化的特征。

从2007年开始，网上贴出的穿越小说呈现出多样化的局面，无论是创作手法还是穿越的时空都发生了很大的变化。应该说这是穿越小说获得市场认可后，网络写手集体发力的结果，致使这一网络文学的新品种转眼工夫就迎来了第二个高峰，其速度之迅猛，实在令人咋舌。如果说穿越小说在2006年由《梦回大清》和《步步惊心》引领，出现类型化萌芽的话，那么，短短两年时间内它已经迅速成为重要的、读者关注度最高的网络文学类型，男女频均有大量作品问世。

在新型穿越小说中，变换花样追求幸福生活，大胆思慕异性，并且引以为豪，已成为"穿越女"们的重要特征，她们甚至不惜以"花痴"自喻，大声说出类似"美男如此多娇，引无数花痴尽折腰"的话来。比如长醉不醒的《清宫遗梦1》(大众文艺出版社出版)讲述了一个现代女性(花痴女)在穿越后不幸变身童养媳,但善于苦中寻乐的故事。

与此同时,穿越小说中时光隧道的长度也突飞猛进,尽头一下子由最初的清朝上推到了秦王朝,甚至延伸到了异国他乡。杨家丫头的《爱在唐朝》(朝华出版社出版)中主人公穿越千年来到大唐盛世,经历了传奇人生。锦瑟无端的《两世花》(华文出版社出版)中主人公与三国君主纠缠不清,她既是周瑜的红颜知己,又是孙权的终生挚爱,既是赵云生命中不可言说的痛,又是曹操的忘年相知,可以说是穿越版的《乱世佳人》。王筠的《秦恨》借助人们耳熟能详的历史典故,让其小说中的人物穿越了两千年的爱恨情仇。此外,还有哑丫的《秦姝》(穿越秦朝)、晓月听风的《情倾三国》(穿越三国)、怜心的《穿越时空之生死恋》(穿越明朝)等。

在穿越小说风起云涌的同时,还出现了一种被称为反穿越的小说。既然现代人可以回到从前,那么古人也就同样可以通过时光隧道来到今天,这就是所谓反穿越小说。因此这个"反"应该理解为"返",而不是传统文学理论中所指的"反"。当然,反穿越也有其独创之处,它将人的灵魂和肉体剥离开来,有的只是灵魂穿越,有的是灵魂与肉体同时穿越,这就在叙事上增加了新的层面,丰富了作品的表达空间。竹心醉的《带着皇子回现代》(朝华出版社出版)就是这样一部作品,小说中的五位皇子巧遇因车祸穿越时空来到紫禁城的女大学生夏茉,后来他们又一同穿越到了现代。就在夏茉与四阿哥的感情升华之时,竟然发现两人所附身的人是亲兄妹,悲痛之下夏茉再次穿越回清朝,跟随她回到清朝的四阿哥,却附在了十四阿哥身上。为了爱情,他放弃了皇位,与夏茉双双离开紫禁城,享受人间真情。可以看出，作者的反穿越并非噱头，而是根据故事发展的需要自然形成的。

有意思的是，跨国度穿越也赶上了这一班快车，犬犬穿越赫梯统一米特时代的《第一皇妃》（朝华出版社出版）、罗衾穿越古代美索不达米亚的《巴比伦王妃》（内蒙古人民出版社出版）是这一类型的代表作品。旅居瑞典的Vivibear是一位颇具创新意识的作者，她不仅有穿越回秦朝寻父的《寻龙记》（新世界出版社出版），有穿越若干个王朝的《寻找前世之旅》（河南文艺出版社出版），还有穿越日本的《恨相逢之战国之恋》和《平安京之宋姬物语》等作品。

至此，数十万部不同形式、不同内容的穿越小说在网上连载，平均每年有百部实现出版。穿越已不单单是一种吸引读者眼球的套路，更多的是作者脑洞大开、设定创新的检验，在各种奇思妙想如缤纷的烟花照亮了网络空间之际，也不断给读者带来新的阅读惊喜。如果有人问穿越小说为什么会赢得读者的青睐，或许可以这样回答：人类渴望飞翔，便以幻想当作自己的翅膀。

第 四 章

网络文学主流化

在中国网络文学20余年的发展历程中,有几个节点值得回顾。互联网接入中国后,1996年网易开办个人主页,文学作品通过个人窗口得到展示。1997年首家具有交互特征的榕树下文学主页以虚拟社区形式开通。1998年台湾网络作家痞子蔡以《第一次的亲密接触》风靡大陆,"网络文学"获得正式命名。1999年榕树下独立门户网站上线。2003年,明杨品书网首推VIP收费阅读制度,随后起点中文网也开始采取这一制度,并实行"原创文学作品网络版权签约制度",之后付费阅读制和签约作家制成为网络文学传播与创作的基本模式,网络文学步入商业化阶段。2005年,起点中文网出现了年收入过百万元的网络作家,网络文学商业模式宣告正式确立。网络作家和文学网站签约所形成的关系模式,成为网络文学的主导方向,这种模式可以确保一大批网络作家从事职业创作,并以此为生计。此后,网络VIP收费阅读模式与纸媒出版双翼齐飞,助推网络文学涌现出一批创作、传播和实现IP化的优质原创作品。

有数据显示,在2008年网络文学达到第二个高峰时,已有超过150万名签约作家,到2012年时这个数字达到了250万。2008年,中国作协《长篇小说选刊》杂志社与"中文在线"旗下17K小说网组织了包括《人民文学》《收获》《十月》《当代》《作家》《花城》在内的20家文学期刊进行"网络文学十年盘点",《此间的少年》等荣获优秀作品十佳,《尘缘》等荣获人气作品十佳,此举开启了网络文学经典化之路。2010年,中国移动手机阅读基地正式商用,单月访问用户数突破2500万,单月付费用户数突破1800万,移动阅读将网络文学推向了大众阅读的首选。这一年,鲁迅文学奖首次向网络文学敞开大门,国家新闻出版总署将网络文学纳入中国出版政府奖评选范围,三家网站的三部网络长篇小说首次获得中国作协重点作品扶持。网络文学由边缘化正式走向了文学舞台的中心,社会关注度达到了峰值。网络文学的个性化发展特征愈发清晰和鲜明,与传统文学的融合,主要体现在如何主流化和经典化等议题上。网络文学的学术研究和理论批评得到了传统媒体的广泛关注,建立一套适应网络文学创作、传播、阅读的评价体系和筛选机制的基本条件已经形成。

2013年以来,微信朋友圈、微信公众平台等的兴起再次拓展了网络文学的边界,拥有离线信息推送功能的微信在这方面占据了很大优势,文学内容一经发布,即可快速以离线的形式到达用户手机端,引导读者不断刷屏,同时以导流方式出现的新文学平台也借助这一途径给人们带来一种新型的文学阅读体验。2015年,由中国作协网络文学委员会主办、中国作家网承办的"中国网络小说排行榜"季度榜单和年度榜单开始推选发布,排行榜的评选和推出过程是建构网络文学评价体系的重要探索和实践,也是网络文学主流化的重要标志。中文在线在2015年初成功上市,成为国内"数字出版第一股";腾讯集团斥资50亿元人民币,兼并盛大文学,成立阅文集团,将腾讯巨大的用户流量优势与盛大文学丰富的内容资源相结合,形成网络文学阅读平台与传播手段的跨越式升级。这一年,游戏、影视剧的改编聚焦网络文学IP,网络文学成为新一轮文化产业升级创新的核心动力。由《鬼吹灯》改编的两部大电影《九层妖塔》《寻龙诀》和由同名小说改编的校园青春剧《何以笙箫默》先后被搬上银幕。由同名小说改编的电视剧《琅琊榜》《花千骨》《芈月传》《华胥引》等相继掀起收视高潮。

《2018中国网络文学发展报告》显示，2018年，各类网络文学作品累计达到2442万部，较2017年新增795万部，同比增长48.3%。其中，签约作品达129.1万部，年新增签约作品24万部。在巨大数量规模基础上，网络文学精品力作也在不断涌现，IP化进一步推动网络文学向精品化方向发展，目前已累计改编电影1195部，改编电视剧1232部，改编游戏605部，改编动漫712部，改编网络剧和网络电影的规模则更为庞大。经过20余年的发展，网络文学的生态系统正在逐步优化，呈现出多元健康发展态势，社会影响力持续攀升。网络作家的社会地位逐年提升，针对从业人员的各类专业培训，也如雨后春笋，创作群体蓬勃兴起，读者的数量和覆盖面急速扩张，网络作品影响力也在逐年扩大。

第一节　中国网络文学现场

网络文学究竟与传统纸媒文学存在哪些差异，我们该如何去看待和认识它，进而在未来的文学史当中如何阐释它，这已经是一个摆在我们面前不容忽视的议题。从总体上看，中国网络文学是世界性文化流动的产物，网络作家深受西方大众文化的影响，在数字化阅读时代，年轻一代对文学经典的理解和认知发生了变化，并将文学和影视、动漫、游戏等其他文艺样式视为一个整体。因此在创作方式和标志性作家的产生过程中与传统纸媒文学逐渐拉开了距离。

　　20余年来，中国网络文学以类型化为主要创作形态，在不同领域进行创作实践，目前有60多个大的类型，大致分为玄幻、奇幻、仙侠、架空、穿越、武侠、游戏、竞技、都市、言情、军事、历史、科幻、抗战、惊悚、魔幻、修真、黑道、耽美、同人、太空、灵异、推理、悬疑、侦探、探险、盗墓、末世、丧尸、异形、机甲、校园、青春、商场、官场、职场、豪门、乡土、纪实、知青、海外、图文、女尊、女强、百合、美男、宫斗、宅斗、权谋、传奇、动漫、影视、真人、重生、异能、女生、童话、明星等，它们还可以进一步细分为近百种小的类型，比如仅玄幻类一项就可分为东方玄幻、转世重生、魔法校园、王朝争霸、异术超能、远古神话、骇客时空、异世大陆、吸血家族等，其内容与形式各具特色。同时，类型之间的相互借鉴和混用已成为常态，也就是说类型文学在网络上形成了自己的生态系统，类似于文学流派的各种"流"与"文"（如洪荒流、无限流、民国流、技术流、种田文、重生文、抗战文、总裁文、兵王文、轻小说等），都拥有自己的固定粉丝群。类型文学发展到一定阶段，会出现明显的裂变，集大成者往往会背离原有的类型原则成为新类型的开创者，或跨越类型融入新的艺术创作领域，用脱胎换骨来形容这种裂变并不为过，从有形中来到无形中去，从商业中来到精神中去，是类型文学经典化的必然之路。

　　网络文学作为一种大众文化形态，之所以蓬勃兴盛，资本是其重要的隐形推手。我们应该看到，商业化的背后，是网络作家拥有大量的粉丝。比如，一个好的网络作家每次在线更新时，可能会有上百万人同时在线阅读他的作品，并且与他即时互动，这是之前任何时代的文学都没有出现过的现象，这就难怪网络作家自称"网络文学是读者的文学"。因此说网络作家是在"生存中写作"，他们可以把自己的生活通过一种方式直接转换到写作中去,而传统精英化的作家却是在外部观察生活,他们在"写作中生存",在某种程度上讲,与其生活是有距离的。例如,鲁迅文学院办的网络作家班,给网络作家安排了社会实践课,我发现,第二天他们的实践感悟就已经出现在其在线更新的作品中了,这说明网络作家的写作与他们的生活息息相关,与生活联系非常紧密,是一种新型的关系。网络作家迅速消化了他们的生活,这其实也是信息时代的重要特征。

网络男性作家的作品以幻想类为主,女性作家的作品比较贴近现实生活,比如都市情感类、婚恋类等,即便是现实题材作品,像《杜拉拉升职记》《裸婚时代》《失恋33天》《欢乐颂》这样的文本,在当代文学传统写作中也是少见的。网络作家善于迅速地切入生活,把生活中"沉重"的东西转化为娱乐化的"轻松"的描述,并能够产生社会反响,这一点值得深入研究。另外值得一提的是,网络文学改变了已有的文学生态:第一,它导致作家产生机制发生了变化。青年作家无须通过高门槛的文学期刊、出版社一点一滴成长,他们通过无门槛的网络,直接与读者沟通互动,找到自己的创作路径,其成长速度相当快,可以在一两年内成为一个较有影响力的作者,而精英化的作家要用3—5年甚至8—10年的时间才能达到这种影响。第二,网络作家的来源结构很庞杂,学养基础千差万别、丰富多彩。据调查,70%是非文科生,例如齐橙是中国社科院工业经济研究所博士,也是北师大副教授;桐华在北大学的是金融专业;丁墨毕业于北大数学系;江南毕业于北大化学系,后又在美国圣路易斯华盛顿大学获得分析化学硕士学位;任怨毕业于清华大学环境工程专业;猫腻曾被保送四川大学电力系统及自动化系,后自动退学;辰东毕业于中国石油大学;血红毕业于武汉大学计算机专业;酒徒毕业于东南大学电气工程专业，从事电力设备调试工作多年；阿越一开始是修火车头的，后来才去四川大学历史系读书；烟雨江南和徐公子胜治，长期在证交所工作；石章鱼一直在一家医院当医生；我吃西红柿是苏州大学数学系的学生；天下归元和藤萍长期从事公安工作；唐欣恬是芝加哥大学的金融学硕士；海宴供职于一家房地产公司；阿耐是一家著名民营企业的高管；随波逐流是一位工科硕士。可以说，大量非文科专业、没有接受过文学训练的原生作者，通过现代流通量巨大的信息化时代所获得的信息，进入了文学创作领域，因此改变了已有的文学生态。第三，网络写作重视娱乐性，较少承担社会责任。网络文学没有传统精英化文学的严格规范，几乎是一种野路子，他们的写作是靠跟读者的不断磨合、互动、沟通所形成的规范，"读者为王"是网络写作的基本原则。

　　从审美上讲，网络文学反映了新生代作家群体对生活的理解和认知，与上代人的观念存在一定差异。从文化脉承上看，网络文学与传统的通俗文学有着极深的渊源。可以说，成功的网络作家都曾经大量阅读中国古典文学，甚至研究程度要比传统作家更细致。网络作家的思想资源来源于青少年时代、读书期间所阅读的一些经典作品，既有中国古典文学，比如《红楼梦》、《封神演义》、《七侠五义》、《西游记》、"三言二拍"、《聊斋志异》，甚至金庸、古龙等的作品，也有很多西方大众文学，比如《指环王》《哈利·波特》《暮光之城》《冰与火之歌》等。更加宽泛的东西方文化交融，是中国社会不断改革开放的必然产物，它为网络写作提供了新的空间，也为中国当代文学向海外进军提供了可能性。在行业发展方面，政府逐步加大了对网络文学的引导和扶持力度，目前全国已有31个省、市、自治区以不同形式建立了网络文学组织机构，网络文学的发展由此进入了黄金时期。

2018年3月,中国作协网络文学委员会、上海市新闻出版局、上海市作家协会和阅文集团在上海联合举办了"中国网络文学20年发展专题探讨会","中国网络文学20年20部优秀作品"评选在会议期间揭晓。20部作品可以说是网络文学20年的一个缩影,让人们回想起网络文学从无到有,从弱小到壮大的成长之路。

猫腻发表于2009年的《间客》荣登榜首,评委给予了"网络小说的巅峰之作"之评语,痞子蔡发表于1998年的《第一次的亲密接触》居次席,今何在《悟空传》和阿耐《大江东去》紧随其后,后者曾获中宣部"五个一工程奖"。20部作品中还包括萧鼎《诛仙》、辛夷坞《致我们终将逝去的青春》、唐家三少《斗罗大陆》、萧潜《飘邈之旅》、桐华《步步惊心》、酒徒《家园》、金宇澄《繁花》、月关《回到明朝当王爷》、天下霸唱《鬼吹灯》、wanglong《复兴之路》、天蚕土豆《斗破苍穹》、血红《巫神纪》、当年明月《明朝那些事儿》、我吃西红柿《盘龙》、蝴蝶蓝《全职高手》、辰东《神墓》。其中,金宇澄《繁花》曾获茅盾文学奖。

网络文学新动态显示,行业边界日趋淡化,IP延伸出新的格局。"网络文学"IP生态急剧升温,通过对网络文学原创作品进行影视、游戏、动漫等不同内容形式的再开发,带动泛娱乐生态链各环节产生联动放大效应。高潜力吸引资本入局,为创新注入新动力。高能量、高价值和高潜力吸引了资本市场的密切关注。部分重点网络文学企业先后上市,创新型企业在一级市场获得的风险投资和私募基金融资都保持了强劲增长,为网络文学IP涌现和精品领域转化,注入了强劲的动力。二次元类作品有可能成为下一个热点。互联网用户群当中二次元用户逐年攀升,市场规模于2017年突破1000亿元，用户规模已超过3亿人。在2018年3月，作为二次元用户聚集地的B站赴美上市，国内二次元行业正式进军海外，在发展上迈出重要的一步。二次元始于日本动画、游戏作品，因其画面是平面二维空间，因此被称为二次元。二次元类作品由二次元概念衍生而来，是针对二维空间而创作出的文学作品，故事相对简单，但生活趣味更加浓厚，读者对象是喜爱动漫的"95后"和"00后"网生代，主要文学类型包括动漫、穿越、游戏、同人、校园、科幻、奇幻等。这类作品想象力丰富，作者通过对现实场景和虚拟人物进行文学加工，具有强烈的画面感，带给人较强的阅读冲击力。每一次市场变化都将大力推动网络文学的创新与变革，未来两三年包括小说、漫画、动画、游戏等二次元类作品将会紧密互动，由此而产生一波新的网络文学浪潮。

网络文学持续发展，催生了各类孵化IP产业平台的诞生，阅文集团、中文在线、网易云阅读、阿里文娱、爱奇艺文学等已在这个领域形成竞争之势，但在运行形态上各有不同。阅文集团主推IP合伙人制，从源头介入IP开发过程，联合产业内合作伙伴，提升IP价值；中文在线则致力于超级IP孵化战略；网易云阅读主攻以文学IP为源头的影视、动漫、游戏等全版权生态战略；阿里文娱通过阿里文学提供创意和网文IP，由阿里影视以及投资的几大影视制作公司参与孵化；掌阅科技从2017年开始积极调整产业链，计划从网络剧进军IP产业；百度文学被完美世界重新收购后也开始发力IP孵化，推出了网络剧、游戏作品。值得一提的是，晋江文学城的做法是坚持网文品种"多元共存""百花齐放、百家争鸣""给小众题材以生存空间"的原则，给作者提供良好的土壤。而在IP类型化方面，黑岩网的摸索也取得了不俗的成绩，倾力打造国内最大的悬疑类网络文学平台，成为"90后"的主流阅读审美时尚。

第二节　向传统文学致敬

类型化倾向是文学的一种常态，在网络文学领域这一常态经历了由小众到大众再到分众的过程。可以这样说，网络类型文学的迅速发展极大地丰富了当代文学谱系，为中国文学开创新的空间提供了可能性。由于其创作门槛相对较低，给广大写作爱好者提供了话语舞台，经过大浪淘沙，一批"80后""90后"有实力的作者脱颖而出，为创作队伍提供了新生力量。

在移动阅读成为网络阅读的首选方式之后，分众化阅读模式渐趋明朗，受众对类型小说有了更高的心理期盼。很长一段时间里，网络小说背负着"胡编乱造"的坏名声，这大致有两方面的原因：一是网络作者缺乏写作准备，临阵磨枪、仓促上阵而导致作品形态粗糙；二是因为网络文学从内容到形式超出了原有的文学审美习惯，因而被指认为"脱离实际"。关于文学的真实性，网络文学有一套自己的标准，很大程度上超出了传统文学的边界。尽管如此，仍不乏有追求的网络作者在探索网络文学的"真实性"。2010年前后，技术流小说甫一出现，读者欢欣鼓舞地看热闹，六七年之后却是在看门道，齐橙描写工业改革的小说《工业霸主》《材料帝国》提升了这一类型的门槛，此后不仅现实类出现了技术流，幻想类作品亦然。爱潜水的乌贼的异界大陆小说《奥术神座》以物理科学为基础，开创了在异世界崛起的新思路；方想的科幻小说《卡徒》则描写了一个以卡片为核心的流派林立、利益纷争的联邦社会。

2019年"硬核技术流"这一名词在网上成为热词。先是彩虹之门继《重生之超级战舰》之后的科幻力作《地球纪元》受到读者追捧，随之医学题材小说《大医凌然》和都市题材小说《天工》也在网上引起热议。所谓"硬核技术流"，是指客观、冷静地观察描写生活，揭示生活的本质，不管是现实题材还是幻想题材，都以追寻事物的客观真实为目的。《大医凌然》描述的是纯粹的医学世界，很多细节连医学专家都难以挑出毛病。《天工》讲述顶尖文物修复师苏进重生在一个新的世界，运用绝技修复破损文物的故事。

女频文也同时出现了"硬核"的概念，如会做菜的猫的现代都市小说《美食供应商》和米兰Lady的古代美食题材小说《司宫令》从不同角度切入美食世界，都有各自十分巧妙、严谨的设定。会做菜的猫自己经营过餐厅，小说中没有波澜起伏的情节，而是通过蛋炒饭、清汤面、凤尾虾、东坡肘子等一道道美食将全书连缀起来，美食才是真正的主角。《司宫令》以南宋美食典籍《中馈录》作者浦江吴氏为原型，力求做到每一道美食皆有出处，在古代美食类型文中有了较大的突破。丁墨和玖月晞的推理言情小说《有生之年遇见你》《亲爱的阿基米德》、森林鹿的古代都市小说《唐朝定居指南》等作品都是具有一定专业知识含量的类型小说。不难看出，类似的创作倾向正是网络类型文学向传统文学的致敬。

类型文学发展到一定阶段，会出现明显的裂变，集大成者往往会背离原有的类型原则而成为新类型的开创者，或跨越类型融入新的艺术创作领域，用脱胎换骨来形容这种裂变并不为过，这种变化在网络上俗称"开脑洞"，这无疑是对类型小说这一文学样式的深入发掘和外延拓展，如《家电人生》《天道图书馆》《放开那个女巫》《从前有座灵剑山》《大王饶命》《我有特殊沟通技巧》等作品，虽然作者神格不高，但作品清新脱俗自成一体，为网络文学的类型化吹来了新风，证明类型文学创作永无止境。从有形中来到无形中去，从商业中来到精神中去，是类型文学经典化的必然之路。

跨类型创作尽管风险很大，却挡不住网络作家实践的步伐。唐家三少以玄幻小说著称，在创作十多部幻想题材作品之后，推出了《为了你，我愿意热爱整个世界》《拥抱谎言拥抱你》两部现实题材作品。历史小说大神月关从《回到明朝当王爷》出发，经过《醉枕江山》《步步生莲》，再到《逍遥游》《云穹之龙王觉醒》和《大宋北斗司》，一改当年的历史文写实套路，在作品中加入大量幻想元素。更俗同样剑走偏锋，从古代军事文《山河英雄志》《枭臣》起步，到重生文《重生之钢铁大亨》、玄幻文《大荒蛮神》再到现实题材作品《大地产商》，一直在不断变换中寻找自己的创作之路。他们的"转身"也遭到了部分读者的质疑，甚至有人追问：这是一个作家的游刃有余还是时代脚步的倒逼？作为一种探索，尝试不同类型的写作，或许是一个作家的使命。

网络文学的出现为类型文学迅速发展提速，并使类型文学进入了全新的发展阶段，在网络上类型之间的相互借鉴和混用已成为常态，也就是说类型文学的系统已经在网络上形成，它的内在流动十分迅捷，但也存在同质化的问题，大量跟风是网络类型文学的一大弊端。总体来说，目前我国的类型文学创作还处在粗放型阶段，理论研究也相对滞后，没有形成完整的理论体系，特别是对网络类型文学有待深入研究。

2019年10月11日，在举国欢庆中华人民共和国成立70周年之际，国家新闻出版署和中国作家协会联合推介"庆祝新中国成立70周年"主题网络文学作品暨2019年优秀网络文学原创作品，25

部网络文学佳作上榜:《大江东去》(阿耐)、《繁花》(金宇澄)、《浩荡》(何常在)、《宛平城下》(任重、邱美煊)、《传国功匠》(陈酿)、《粮战》(洛明月)、《铁骨金魂》(红雨)、《大国重工》(齐橙)、《致我们终将逝去的青春》(辛夷坞)、《为了你,我愿意热爱全世界》(唐家三少)、《长干里》(姞文)、《太行血》(骠骑)、《朝阳警事》(卓牧闲)、《燕云台》(蒋胜男)、《青春绽放在军营》(千崖秋色)、《雷霆突击》(刘猛)、《观音泥》(马玫)、《一脉承腔》(关中老人)、《全科医生》(肖尧月)、《八四医院》(王鹏骄)、《吻安,我的费先生》(袁语)、《魔力工业时代》(二目)、《地球纪元》(彩虹之门)、《星域四万年》(卧牛真人)、《沉鱼策》(解语)。这些作品不仅展现了网络文学的成果,更代表了网络文学的走向。

第三节　网络文学 IP 的趋势与走向

在 IP 概念的形成和发展过程中,网络文学以试水者的身份始终站在行业的前端。一个 IP 的出现,无论是取得巨大成功赢得盆满钵满,还是铩羽而归散落一地鸡毛,似乎都有一根线隐隐约约地牵扯着网络文学,网络文学受益于斯也受制于斯。换句话说,网络文学就像一枚多棱镜,透过其一角便能觉察到 IP 领域的五光十色。

2018 年,业态显示 IP 发展不再好大喜功、急于求成,而是趋于谨慎收缩、稳中求进,但在理念上却大面积铺展、曲径探幽,深入人心。这一年由网络小说改编的电视剧、电影、游戏和动画漫画依然有所突破并涌现出一批现象级作品。据《2018 中国网络视听发展研

第四章　网络文学主流化

究报告》统计,2018年1月1日至10月31日,在国家广电总局备案的最新网络剧数量共有311部、网络电影2141部、网络动画片603部。其中网络剧第一季度到第三季度总量为214部,全年预计280部,较2017年295部的总量,略有下降。但网剧创作题材却日渐丰富,包括古装宫廷剧、都市悬疑剧、历史正剧都成为用户最爱的网剧类型。自2014年到2018年,网络电影上新数量走出了一波曲线,分别为450部、680部、2463部、1892部、1373部。在这些网络电影中,付费比例已近八成,优酷、爱奇艺、腾讯以95.1%的播出比例显示出压倒性优势。爱情、悬疑、动作、喜剧、剧情五大类型占据上新总量的82.1%。中国网络影视市场虽有起落,但总体发展态势良好,网络影视作品整体品质和地位正在迅速提升,其发展趋势逐渐明朗,一是符合主流价值观,二是遵循经济规律,具体表现则是内容为王,这在一定程度上对网络文学发挥了导向作用。

2018年,无疑是女频网文IP改编剧霸屏的一年,业界因此有"得女频者占IP之先"的说法。从开年大戏《穿越赌妃》《凤囚凰》《国民老公》《柜中美人》《风光大嫁》,到暑期热门剧集《扶摇》《天盛长歌》《芸汐传》《如懿传》《香蜜沉沉烬如霜》《媚者无疆》,再到年末《你和我的倾城时光》《知否知否应是绿肥红瘦》,加上《结爱·千岁大人的初恋》《萌妻食神》《同学两亿岁》《双世宠妃2》等网络小说IP改编剧,不仅收视点击数据亮眼,也频频出现在热门话题榜单,其中《如懿传》和《扶摇》的全网播放量超过100亿次。《延禧攻略》和《凉生,我们可不可以不忧伤》两部热播剧虽然不是由网络小说改编而成,却明显带有网络传播特色,《延禧攻略》甚至出现了反向定制的网络小说。当然,男频或者说非典型女频文的表现也不容忽视,其中都市悬疑、灵异剧《盗墓笔记·少年篇·沙海》《镇魂》《S.C.I. 谜案集》《天坑鹰猎》《罪案心理小组 X》，现实题材剧《橙红年代》《大江大河》《守护神之保险调查》，历史传奇剧《夜天子》《盛唐幻夜》《唐砖》《回到明朝当王爷之杨凌传》，古装玄幻武侠剧《武动乾坤之英雄出少年》《斗破苍穹》《倾世妖颜》《将夜》，古装爱情悬疑剧《我在大理寺当宠物》《锦衣之下》，年代剧《降龙之白露为霜》等都有较为出色的表现。

总体来看，网络文学 IP 古装剧占据的份额明显大于现实题材剧，大男主玄幻剧因为篇幅长、改编难度大、改编周期长、投入大、短期变现能力差等原因，市场进入一个低潮期。受上述因素的影响，一味以爽为核心的创作方向必然会发生一些变化，IP 则是这一变化的杠杆，可以预见，未来的版权市场会涌现一批故事情节生动、人物刻画鲜明的网络文学现实题材 IP。

第四节　IP 开发与产业链重塑

网络游戏开发领域也加快了步伐。2018 年由网络文学 IP 改编的游戏得到市场的积极反馈，优质内容的稀缺性使得平台深入产业链与上游的原创文学，平行端的影视、动漫等形成了更深入的合作。IP 驱动下的游戏作品系列化，在不断放大价值的同时形成品牌效应以促进增值业务的发展，形成 IP 开发到衍生价值的良性循环，围绕网络文学 IP 进行全产业链开发由此呈现出全新的格局。

据《2018 年中国游戏产业报告》称，2018 年中国游戏市场实际销售收入 2144.4 亿元，同比增长 5.3%，用户规模 6.26 亿人，同比增长 7.3%。中国上市游戏企业 199 家，仍有 20 余家企业正在申请上市，预计港股上市游戏企业数目将会进一步提升。游戏端口的变化显示了年轻一代用户的选择：移动端销售收入 1339.6 亿元，同比增长 15.4%，用户规模 6.05 亿人，同比增长 9.2%；PC 客户端销售收入 619.6 亿元，同比降低 4.5%，用户规模 1.5 亿人，同比降低 5%；网页游戏销售收入 126.5 亿元，同比降低 18.9%，用户规模 2.23 亿人，同比降低 13%。中国自主开发的网络游戏实际销售收入 1643.9 亿元，同比增长 17.6%。

相比 PC 客户端游戏与网页游戏，移动网络游戏已成为游戏企业新的发展方向，步入快速发展阶段。随着 4G 网络覆盖范围的不断拓展，以及 5G 网络技术的呼啸而至，移动网络游戏用户规模不断提高。借助用户规模的增加和游戏盈利模式的不断创新，移动网游将持续呈爆发增长态势。随着游戏行业高速发展，大量网文因为得天独厚的内容优势被改编成游戏，IP 概念备受追捧。一方面网文较长的更新周期能够支撑游戏的后续更新，延长游戏的使用寿命；另一方面，影游联动能够极大挖掘用户价值，全产业链相互借力，提升 IP 效应。

近几年，根据唐家三少、江南、南派三叔、流潋紫、天蚕土豆、辰东、耳根、我吃西红柿、无罪、天下归元等头部作家创作的热门网络小说《绝世唐门·横扫天下》《如懿传》《天盛长歌》《锦绣未央》《盗墓笔记 Q》《龙族幻想》《斗罗大陆》《尘缘》《圣墟》《诸天至尊》《武动乾坤》《大主宰》《楚乔传》《剑王朝》《真·我欲封天》《雪鹰领主》《峨眉传》《万空道仙》《踏天封仙》《造法之门》《大劫主》《穹顶之下》《仙武道纪》《战恋雪》等改编的百余部手游陆续上线，充分说明原创网络小说是网络游戏改编的主要源头。

自从 IP 概念形成以来，网络文学与游戏、影视、动漫通过不断磨合已经铸成血肉相连的关系，相互之间并非简单的借力，而是有机渗透。西南大学文学院教授黎杨全通过网络文学与游戏之间的关系，分析了这一模式的深层结构。黎杨全认为：两者不能仅仅理解为工具意义上的借鉴，而应是本体意义上的植入，经由游戏中介，网络文学表现了网络社会重构的部分"新现实"，由此构成了它与传统文学的重要区别。网络文学对游戏经验既有明显的借鉴，也有无意识的化用，对两者关系的研究不能只停留于表层，而应注意游戏经验的深层影响。不能只从消极的、负面的方面去理解游戏对网络文学的意义，需要注意它带给网络文学的新质。总括来看，游戏对中国网络文学的"世界"想象、主体认知及叙述方式这三大方面产生了深刻影响。从另一个角度看，网络游戏与网络文学同根分流，各自从流量时代、换皮时代，慢慢转向内容为王时代，渠道的作用在这个过程中逐渐减弱，已不再是决定性的环节，IP 的价值不再是唯一的法宝。换句话说，一个游戏的好坏根本在于内容，而不在于它的 IP 值有多高。IP 衍生对网文的要求不再是数据和榜单，而是对内容要求有了明显的提升。[1]

同样，4G 广泛运用后视频和音频价值的升级也说明了互联网文艺各个环节之间的关联度更加密切。在用户积累到一定规模的前提下，视频平台内容把控能力不断升级，由传统台网剧到纯网剧再延伸到超级剧集，不断拓展影响力。超级剧集作为网络剧的升级版，必须符合几个条件：首先是剧情内容质量较高，即便是优质 IP

---

[1] 黎杨全：《中国网络文学与游戏经验》，《文艺研究》2018 年第 4 期，第 103—113 页。

也需要专业制作团队加持；其次，用户对于内容的认可度及接受度较高；再次，视频平台的号召力为超级剧集赋予更大能量；最后，超级剧集应该有能力拉动整个产业链甚至是泛娱乐布局的全面升级，从剧集的制作、宣发到商业化探索相比网络剧都更专业化和系统化，积聚和散发更大能量。

2017年，优酷提出了超级剧集的概念，并用了两年时间，成功打造了多部优质剧集，成为优酷文娱内容的核心竞争力之一，超级剧集和网络剧集也越来越成为创新内容的驱动源泉。超级剧集在商业化探索过程中逐渐摸索形成了一套有效体系，逐渐摆脱对电视剧的追随，与电视剧既有融合又有区分，拓展出一条独特的、有别于电视剧的创新发展道路，《大军师司马懿之军师联盟》《白夜追凶》《大明皇妃·孙若微传》《长安十二时辰》是其代表性作品。

2017年和2018年，音频作为IP渠道进入快速增长阶段，智能手机、联网汽车和智能音箱等技术的发展有力地推动了在线收听市场的繁荣，音频IP与视频、社交、户外等优质投放渠道共同成为数字营销的重要组成部分。2018年，由大网文改编的音频IP成为年度创新的重要根据地，越来越多根据网络文学IP改编的影视作品先后以有声书、广播剧的形态登陆音频平台。相较于动漫、影视这类IP衍生品，有声书具有同步性强、还原度高、成本低、圈层广等特点。网络文学线下出版后优先做有声化尝试，以内容付费或广告的形式测试市场接受程度，再确定IP开发方案成为新的模式。由于音频IP的高变现能力，很多流量大户选择跟音频平台合作，这不仅大大降低了音频平台的获客成本，而且依靠此类机构的行业资源和经验，更有利于内容方进行跨平台运营和品牌塑造。

随着《盗墓笔记》《超能兵王》《仙逆》《傲世九重天》《凡人

修仙传》《武动乾坤》《斗破苍穹》《百炼成仙》《侯卫东官场笔记》《首席医官》《赘婿》《最后一个道士》《陈二狗的妖孽人生》《雪中悍刀行》《大宋的智慧》《无限恐怖》《黄金瞳》《超级仙医》等一批网络小说走红音频市场,网络文学IP的活跃度再次上升。2018年9月,网络有声平台喜马拉雅和腾讯视频推出《联合IP孵化计划》,决定打通两个平台的流量,对优质IP进行商业化包装,同一个IP在腾讯视频上播放电视剧,在喜马拉雅上则播放广播剧,以此满足VIP会员不同层次、不同场景的需求。

第五节　网文+动漫值得期待

2018年12月,新浪微博数据中心发布的《2018动漫在年轻人中的影响力》报告显示,截至2018年11月,微博泛动漫兴趣用户达到2.48亿,核心动漫用户达到3126万,头部KOL账号规模达3.4万,覆盖粉丝规模3.5亿以上。年度新增动漫话题3.6万个,话题讨论增量1.1亿次,话题阅读增量高达1034亿。同时,从用户阅读的内容类别来看,国产漫画人气最高,将近70%,在微博上阅读过国产动漫的用户达到了90%。

网络文学IP改编动漫历程已久,以《全职高手》《斗罗大陆》《斗破苍穹》等为代表的一批作品极大丰富了动漫作品的内容,深受读者喜爱。从近几年的发展情况看,全维度考量一个IP的价值变得越来越重要,网文IP改编动漫往往只是衍生的第一步,凭借作品凝聚的人气推动下游的衍生开发,是检验动漫平台能量的试金石。

2018年网文改编漫画的作品十分强势；头部漫画作品中，动画、网络大电影、小说和游戏等形式的改编以及联动值得关注；奇幻玄幻类作品在头部漫画中的地位难以动摇，女性向漫画的潜力正在被激发，而联动、虚拟偶像商业化和出海则成为这个赛道里不可忽视的新机遇。在缺乏大爆款的情况下，平台从小众精品漫画中挖掘IP。与2017年腾讯动漫和有妖气的国漫年度Top10作品产品表格对比可以看到，《一人之下》《驭灵师》《英雄？我早就不当了》《镇魂街》等产品依然高居于2018年国漫年度榜单上。从类型上来看，奇幻题材的作品依旧保持着靠前的位置，为漫画增加奇幻元素能够让漫画家用夸张的手法表现自己的创意，有助于吸引读者的注意力。

　　动漫平台相对于网文平台而言数量较少，比较有影响的有快看漫画、腾讯动漫、微博动漫、有妖气等。从类型上看，快看漫画的作品类型多为女性向，这与平台的定位有直接关系。女性向网络小说改编的漫画越来越受市场和资本的关注，在快看漫画付费优势明显。腾讯漫画排名前十的作品均采用了偏向奇幻玄幻的设定，有妖气排名前十的作品中也有五部采用了奇幻架空的设定。腾讯动漫因为总体漫画数量较多且平台用户相对活跃，头部效应并不是那么明显。微博动漫注重开发现实题材作品和创新意识，推行以"发现、制造和放大好故事"为要素的计划，在短短一年时间里用户呈现出爆发式的增长。由此可见，各个漫画平台在市场的差异化上开始进一步细分，但具有鲜明特色的平台也在进一步扩大自己的用户规模。当不同内容形式的内容上线，作品的IP效应将被进一步放大，同时特别是小说改编为动画和漫画之后，粉丝对于作品角色能产生更多的羁绊，实现多元化变现。

　　上述平台中作品的来源大致可分为三类：小说改编漫画、原创漫画和游戏或剧改漫画。其中小说改漫画的作品占比最大，超过了50%。小说改编的动漫和游戏、影视出现了多元联动，比如《斗罗大陆》动画第二季2018年12月开播，《新斗罗大陆》手游在2018年11月9日做了大的版本更新，更新后的游戏与动画在内容方面做了官方联动，而动画的片头也加入了手游的宣传消息。动画与漫画的联动则可以把漫画的粉丝导入播放动画的视频平台。完结的漫画，也开始作为改编小说的源头，漫改剧则成为新的时尚亮点。

2018上线的80多部国产动画中，有27部为漫画改编作品，其中包括10部动态漫画；原创动画作品有34部，占到总数的41%，诞生了《刺客伍六七》《凸变英雄LEAF》这样的小众爆款；小说改编动画有15部，占到总数的18%，虽然数量较少，但是总体的IP价值突出。在腾讯视频播放量最大的4部国产动画均由网络文学IP改编，《斗罗大陆》《魔道祖师》《斗破苍穹第二季》《武庚纪第二季》的播放量均超过10亿。与之相比，因为粉丝基础比小说改编作品薄弱，漫改动画受到的关注程度相对要小得多。目前漫改作品更倾向于在细分品类上打造爆款，一些精致但是相对小众的漫画正在被挖掘出来，取得相对出色的改编成绩。

国漫发展经历了一个漫长、曲折的过程，长期以来创作环境深受日漫影响，对漫画的理解和认识停留在直观层面，注重画面完成度，忽视角色形象塑造，故事内容单薄，往往只有主人公动机和背景设定，缺乏故事线索、细节描述和人物关系的设计，导致上线前期表现稳定，当故事进展到10—20回，数据便开始快速下跌。经过几年的沉淀，漫画市场开始从以量取胜的增长模式，向以追求优质内容为核心的模式的转型，对于抱有"读者爱吃鱼，我就承包一片鱼塘"想法的CP（Content Provider，内容提供商）们，很快就感受到了来自鱼塘干涸的危机。在众多平台刹车、选题限行的2019年，进一步建立筛选机制，聚焦精品化内容、创立漫画的工业化生产流程，成为了行业发展和提升的关键。对用户的关注和维护是动漫平台的核心工作，腾讯视频对上线作品的统计排名，在多维度看待作品的同时，更看重粉丝的口味，其维度包括口碑、粉丝心中的虚拟偶像爱豆、弹幕热词、周边等。内容为王的理念也在动漫领域有所彰显，2018年微博动漫的用户调研数据显示，用户因剧情、人物、画面而看动漫的占比分别为77.48%、71.7%和59.95%。炫酷的画面不再成为一部动漫的吸睛点，读者对于漫画这道菜从一开始看品相挑选，到试吃一口再做决定的选择方式说明，漫画已经从画面审美整体转为故事审美，而此时，好故事作为漫画内容的核心需求便极速地突显出来。

重点网络平台在2018年底陆续宣布了自己的年度改编计划，腾讯视频将集中上线7部由网络小说改编的动漫作品，其中包括辰东的《完美世界》、耳根的《一念永恒》、梦溪石的《千秋》、墨香铜臭的《穿书自救指南》、石头羊的《黄历师》、priest的《默读》和我吃西红柿的《吞噬星空》。哔哩哔哩宣布的网络小说改编动漫计划二次元特征较为明显，其作品为《残次品》《我开动物园那些年》《元龙》《天宝伏妖录》《仙王的日常生活》和《异常生物见闻录》。爱奇艺也将推出天蚕土豆的《大主宰》、七英俊的《有药》、苏小暖的《邪王追妻》和观棋的《万古仙穹第三季》等动漫作品。据橙瓜网文（cgwwzj）不完全统计，2019年有30多部网络小说改编成动漫上线，有望引发一波关于动漫的话题热潮。这些作品中有近四分之一已经播过至少一季，由于前期改编取得了不俗的成绩，如《斗罗大陆》系列、《斗破苍穹第三季》《斗破苍穹特别篇2》《全职高手》第二季及大电影，以及《万古仙穹第三季》《魔道祖师2》和《星辰变第二季》等，后续剧情颇令观众期待。除此而外，还有忘语的《凡人修仙传》、天蚕土豆的《武动乾坤》、云天空的《灵剑尊》和《妖神记》、国王陛下的《崩坏星河》、庚新的《热血三国》和任怨的《元龙》等重要网络小说将改编为动漫。

漫画作为一种网络读物，比小说更直观，比影视剧轻松，不容易"辣眼"，在快节奏生活下的年轻一代，更倾向于用碎片化的时间在其中寻找乐趣。根据《腾讯"00后"研究报告》，被称作"互联网原住民"一代的"00后"较之"80后""90后"能更高效地尝试多种阅读，对信息的摄入也远超前辈，这意味着阅读的广度不再稀罕，对某个领域的见解和参与成果成为了彰显自我的表现。在漫画领域，"00后"对国漫和日漫、韩漫都有涉猎，对内容也有着更为挑剔的眼光。在胡润首次发布的动漫IP价值榜上，《全职高手》《斗破苍穹》《一人之下》摘得前三甲，由于国漫在内容方面还比较匮乏，无法对全年龄层次的人群形成良好的吸引力，随着二次元文化的兴盛，国漫将会迎来一次大飞跃。业界认为，在网络文学IP的助推下，动漫必将出现强劲增长，网文+动漫的模式值得期待。

第五章

网络文学叙事简论

20世纪下半叶,大众文艺在全球风起云涌,美国好莱坞电影、日本动漫、韩国电视剧各具特色,以不同形式占据了全球娱乐消费市场。在这个基础上,中国网络文学另辟蹊径,以独特的大众文艺叙事方式,在阅读领域掀起了巨浪,它所依托的是急速增长的互联网用户和庞大的受众人群。关于互联网环境下艺术创作的特点,尼葛洛庞帝在《数字化生存》一书中的观点切中肯綮:"我们已经进入了一个艺术表现方式得以更生动和更具参与性的新时代,我们将有机会以截然不同的方式,来传播和体验丰富的感官信号。"[1]就网络文学叙事而言,除了常规的文学研究方法,还存在两个向度的研究可能:其一,虚拟性及其读写方式(传播方式)对叙事造成的影响;其二,文本存续的多样性,即在线文本、纸质文本与IP文本的异同。本章试图以其中较为突出的议题作为切入点,探讨网络文学叙事的特点及其演变。

---

[1] [美]尼古拉·尼葛洛庞帝:《数字化生存》,胡泳、范海燕译,海南出版社,1997年版,第262页。

第一节　网络文学叙事类别

20多年来，经过数以千万计网络作者的不断探索和努力，并经过市场反复验证，中国网络文学形成了当下内容庞杂、层次丰富、多元并举、自成体系的格局。简而言之，中国网络文学走过了一条以政策为导向，以市场为入口，以人口红利换取创作空间，逐步向主流化、经典化，以及全球市场化方向迈进的道路。网络文学之所以在中国蓬勃发展一枝独秀，大致有这样几个因素：全球性大众文艺市场蓬勃发展、互联网普及应用、丰沛的本土历史文化资源、五四以来形成的东西方兼容并蓄的思维模式和辽阔的阅读市场。这几个因素在21世纪相互碰撞，迸发出巨大能量，以绚烂的光芒为世人所瞩目。

从创作资源上看，网络文学虽然题材和类型繁多，涉足的领域花样翻新，但大致可以归纳为三大类：一是"幻想"题材，以玄幻、仙侠、科幻为叙事形态；二是历史题材，以古代言情和古代战争为叙事形态，其中分为"正史"和"穿越架空"两种叙事形态；三是现实题材，其中分为"写实"和"写虚"两种叙事形态。这三大板块之间，既相对独立，各自涌现出一批现象级作品，又有糅合兼容的发展趋势，它们不仅代表着网络文学的创作成就和发展方向，也昭示中国当代文学在21世纪产生了新的动能。从文学史的角度看，网络文学的快速发展与粉丝效应，弥补了中国当代文学在大众性和消费性上的缺失，但同时也成为21世纪以来文学精英化被深度削弱的表征。

从文学叙事的角度看，网络文学当归类于类型文学，或是将其当作入口,但由于它借助虚拟空间进行传播,改变了以往的读写关系模式,因而在类型文学的基础上产生了一套新的美学范式,其标志是审美的大众性、娱乐性,阅读的碎片化、扁平化,传播的流量化、同质化。如果想要弄清楚网络文学叙事的成长和发展,仍然有必要回到类型文学的基点去察看和分析。

类型文学发端于东西方文化中共有的神话传说和民间叙事,其故事场景、人物设定、审美趣味等均承袭于古老的传统,如西方的吸血鬼故事,东方的狐仙故事等,叙事形态虽然历经千变万化,但仍然保留了故事原型的精神内核。人类社会进入工业文明之后,类型文学逐渐脱离神学范畴,向民众日常生活靠近,新闻纸的出现,将类型文学定型为对固有阅读人群的叙事。阅读的分层不仅指向因读者文化修养高低不一所造成的兴趣差异,更主要的是,读者对叙事领域的关注反向推动创作。类型文学在特殊领域的专一化叙事,有助于读者对生活更为深切的认知和感悟。因此出现了儒勒·凡尔纳的科幻小说《海底两万里》,柯南·道尔的《福尔摩斯探案集》和阿加莎·克里斯蒂的侦探系列小说,托尔金的魔幻小说,茨威格的心理分析小说,金庸、古龙和梁羽生的武侠小说,二月河的历史小说,江户川乱步、松本清张和东野圭吾的推理小说,萨尔瓦多的《黑暗精灵》系列、《冰风谷》系列,玛格丽特·魏丝与崔西·西克曼的《龙枪编年史》系列,还有类似《达·芬奇密码》《冰与火之歌》杂糅惊悚、悬念、刑侦、架空元素的反类型化类型小说,等等。这些作品虽然产生于不同文化上壤,却在相互交融中展现出旺盛的生命力,极大拓展了文学叙事的边界,并且在互联网产生之后,为网络文学提供了广阔的文化资源。

网络文学脱胎于类型文学,不仅在故事类型上,更重要的是其面向大众的叙事方式,以及其与当代精神的深度切合。比如网络小说《悟空传》的写作灵感源于古典名著《西游记》和现代港片《大话西游》，作者借用了前者的人物关系、渊源，提取了后者的叙事方式、语言，以古代西游人物演绎现代西游情节，表现现代人的思维模式和观念。《悟空传》不仅在人物形象、基本设定等显性的方面取材于《西游记》，并且继承了《西游记》中隐而不现的、基本主题上的结构性矛盾。如果说《西游记》是《悟空传》的精神之父，那么孕育并生产了《悟空传》的网络空间，则是《悟空传》的文本之母，网络世界的自由、开放意识与创新动力，给《悟空传》寻找新的话语方式提供了可能。《悟空传》以《西游记》的结构性矛盾为原始出发点，采用蒙太奇式的叙事方式，以不断跳跃、对话式的情节推进、微妙的心理描写和悟空自身的精神分裂状况将这一矛盾极端凸显出来，与《西游记》形成一种互补意义上的互文。这一游走在古代传统与现代精神领域的叙事方式成为网络文学的经典叙事模式。

在长期创作实践中，网络文学走出了一条借助类型文学叙事方略，但在表现形式上更加丰富多元，更富有时代精神，更贴近读者需求，更符合市场规律的道路。评论家贺绍俊认为："在很多情况下，类型小说所包含的思想性和精神价值并不见得非常深刻独特，可能是一种公共性的思想，是一种常识性的表达，因为公共性的思想和常识性的表达能够争取到更广大的读者的认同。其实，文学作品即使是传达一些公共性的、常识性的思想，其社会作用也是不容低估的。"[1]

自2003年VIP在线付费阅读模式建立之后，网络文学进入了以长篇小说为主体的时代，在付费模式的引导下，其篇幅越写越长，

---

[1] 贺绍俊：《类型小说的存在方式及其特点》，《文艺报》2010年9月3日，第2版。

叙事也由精神性主导逐步向情节性主导过渡；由于人物众多（通常有几百人），叙事核心由人物塑造转向了事件的铺陈和描述。从若干流行范本中可以发现，网络文学叙事具有独自相对完整的空间概念，而时间则被淡化、模糊化乃至重组，成为不具有限制力的碎片，这迎合了当代社会不断膨胀的"以时间换空间"的消费心理。我们知道，在传统文学中时间是个十分重要的叙事元素，哪一年哪个节点发生了什么事件，所谓时代背景全都靠确切的时间来支撑，即便是在历史叙事中，也需要一个完整的时间表，"故事发生在公元多少多少年"是最常见的叙事入口。而网络文学里的时间是模糊的，尤其在幻想类或架空类作品里，时间是弯曲的，是可以折叠和回溯的，超出了常规意义上的时间概念。

众多玄幻、仙侠和历史小说都可以绘制出一幅地理版图，当然，那是平行世界或架空世界（历史），而时间往往是虚拟的，也就是说生命周期在这里没有限度，这也符合"时间内涵是无尽永前"的现代宇宙观。

猫腻在创世中文网连载的玄幻小说《择天记》，时间是完全被抽离的：太始元年，有神石自太空飞来，分散落在人间，其中落在东土大陆的神石，上面镌刻着奇怪的图腾，人因观其图腾而悟道，后立国教。数千年后，14岁的少年孤儿陈长生，为治病改命离开自己的师父，带着一纸婚约来到京都，从而开启了一个逆天强者的崛起之路。到了京都，才发现自己只是一盘棋里最微弱的棋子，但就是这么一个棋子，是甘愿成为棋盘上第一个死亡的棋子，还是跳出棋盘与天地斗一斗？[1]

---

[1] 马季：《精彩的网络文学　动人的中国故事》，2017年1月18日，http://wenyi.gmw.cn/2017-01/18/content_23502583.htm.

同样，烽火戏诸侯在纵横中文网连载的玄幻小说《雪中悍刀行》也有差不多的表述："雪中"构建的世界，就像是一张珠帘。以北凉世子徐凤年的成长经历作为主线，北凉、离阳和北莽三足鼎立之势，群雄逐鹿天下。大人物小人物，是珠子；大故事小故事，是串线。情义二字，则是那些珠子的精气神。在那个波澜壮阔的时代里，英雄们，在各自战场上轰轰烈烈去死；枭雄们，在庙堂上勾心斗角机关算尽。无论敌我，求仁求义求名求利，尽显风采。[1]

管平潮在起点中文网连载的仙侠小说《九州牧云录》有故事发生地却无时间表：成长于洞庭湖畔的少年张牧云本性善良，从小在市井摸爬滚打，过着孤苦无依的生活，一日于捕鱼时救起私逃游玩不慎溺水陷入昏迷的刁蛮公主。公主醒后丧失记忆，性情亦变得柔和温婉，和少年一起过上了柴米油盐的寻常生活，并对少年暗生情愫。两人某日偶遇寺院遭遇灭顶之灾而出手相助，张牧云意外获得宝物与神力。他们的生活表面依旧平静，却不知前路暗潮汹涌：神女降临，巨灵躁动，魔冥鏖战，仙道失宝……他们在人、魔、冥三界大战中舍身取义，写下凄美的九州传奇。

这样的例子还有很多，如在耳根的《仙逆》、忘语的《凡人修仙传》、宅猪的《人道至尊》、天下霸唱的《鬼吹灯》、我吃西红柿的《星辰变》、天蚕土豆的《斗破苍穹》等诸多作品中，时间不断被挑战、切割与压缩，原有的顺序、计时功能部分丧失，而走向淡化、模糊、凝固与可逆。与之相对应，地点、位置、场面等的组合、勾连则得到强调，空间逻辑和空间秩序逐渐凸显。"在这些网络小说中，空间不仅关系

---

[1] 马季：《精彩的网络文学 动人的中国故事》，2017年1月18日，http://wenyi.gmw.cn/2017-01/18/content_23502583.htm.

到人物活动的场所,以及作者的叙事意图,更影响着情节展开的可能与限度,以及作品的可读性和点击率。"[1]

穿越本是空间转移的一种方式。在网络文学叙事中,它所发挥的作用完全建构在网络虚拟性之上,实际指向的却是时间变异。现代科技和人类想象力被指互为因果,所不同的是人类想象力始终与情感相关,"牛郎织女"也好,"嫦娥奔月"也罢,其叙事模式的核心与网络小说是一致的,我们从来没有觉得那些故事离我们远去。穿越作为叙事方式在仙侠小说和历史小说中被普遍运用,但又不同于科幻小说里的时空转换概念。简而言之,超时空或时空转换往往是科幻小说的叙事目的,对于玄幻、仙侠和历史小说来说,它们只是手段。

穿越小说和玄幻、仙侠小说有一小部分重叠,比如星际穿越与异世大陆在叙事方面较为类似,但总体来说,穿越小说较多出现在历史叙事中,与"平行世界"所不同的是,穿越的主要目的不是创造异世界,而是实现空间转移,让两个存在于不同时间段的空间之间产生某种关联。女频的穿越叙事更注重内容架构,形式和内容的关联度明显高于男频。故有男架空女穿越之说,这是网络文学叙事的总体概括。从2005年桐华的《步步惊心》、金子的《梦回大清》开始,女频历史叙事延续了很长时间,主潮流一直是穿越小说,直到2010年移动阅读普及,才开始流行重生文,即反穿越——由过去到现在,穿越小说的叙事指向逐渐靠近现实生活。

男频历史叙事中较为成熟的作品都体现出一个共同点,即对历史事实的尊重和对历史事件的个人化认知及表达,较为充分地

---

[1] 周冰:《网络小说空间叙事为何流行》,《阅读〈书香天地版〉》2018年第C1期,第86页。

展示了现代意识下历史发展的客观性和可能性。美国当代学者乔治·麦克林在论述如何解读历史文本时认为："我们的目标似乎不是在阅读古代文本时简单地复述古代人的目标，而是用新的视界、新的问题、从新时代来认识古代文本。我们应让它以新的方式向我们阐述，在这么做的过程中，文本和哲学就变成活的而不是死的——因而也是更真实的。在这个意义上文本的阅读是活的传统的一部分，凭此我们与生活中面对的问题作斗争，并确立值得我们追随的未来。"[1]

阿越在幻剑书盟连载的小说《新宋》具有鲜明的网络叙事特色，主人公石越穿越到北宋创办白水潭书院，办西京杂报，建立动物园，发展航海贸易，改进印刷术，生产标准化，研制火炮手榴弹，忙得不亦乐乎。石越凭借由此而来的声誉入仕，周旋于新旧两党之间，努力调和两党之间的矛盾，弥补王安石新法的缺陷，提出可行的替代方案。目的是希望从上层建筑入手，进行不流血的改革。作品提出的不是技术改变历史的主张，而是希望通过人文与制度方面的反省，改良历史。在叙事策略上，作者将虚构构建于真实细节之上，努力营造历史的真实感，主人公石越所采取的所有措施，都只领先于时代半步——亦即是说，当时的历史时期，已有相应的基础，叙事的目的不过是"水落石出"。

月关在起点中文网连载的小说《回到明朝当王爷》并不因表述的天马行空而削弱了对历史的思考。正德的率性天真、杨凌因为穿越而具备的历史优势下料敌机先的机智、弥勒教主李福达的阴险狡

---

[1] [美]乔治·麦克林:《传统与超越》,干春松、杨凤岗译,华夏出版社,2000年版,第27页。

诈、宦官刘瑾在权力不断膨胀过程中欲望的转变、刘大棒槌的粗悍等,以及正德皇帝扮戏子、爬墙头、罚朝臣、宠宦官等一系列精彩描写,将历史叙事生活化、情景化。三宝太监郑和之后的大明海军风光不再,明朝政治经济改革的阻力背景,宁王造反的过程,有的是人性的客观造成,有的是宫廷政治斗争的必然,有的是由于封建儒家思想的禁锢。对特定历史环境的因果分析,历史叙事中个人化经验的传达,对重新架构历史的探索和实践,正是网络文学作为大众化写作赢得读者的关键。

当年明月在天涯社区连载的历史叙事作品《明朝那些事儿》用口语化的创作手法,对历史人物的心理活动进行模拟和还原,其借古论今夹叙夹议的叙事方法,实际上是民间评史的惯用手法。由此可见,历史叙事并非不能创新,借鉴小说叙事手法,通过网络民间话语方式进行重新整合,为历史叙事拓展了新的空间。有人认为这种叙事有逢迎读者的倾向,破坏了历史叙事的严肃性。然而,从世界文学史形成的经验来看,严格根据史实进行文学创作,并不是唯一的叙事途径,不同时代、不同视角的历史叙事,不存在哪个更加正确,所区别的,只是价值观的差异。

《家园》作者酒徒在谈及自己的创作时表示:"对于历史,我更容易关注小人物。比如当人们都在说关羽水淹七军有多英勇时,我先想到的是被淹死的那些士兵与家庭,那些人会是什么样的命运。"cuslaa在创作《宰执天下》时从史料中汲取详细的素材,如北宋官制、社会礼仪风俗,宋神宗时期的内外军政体制,文人士大夫、边关将士、内廷宦官以及宗室商人、胥吏地主,乃至贩夫走卒的生活方式,目的是在真实历史的基础上构建一座现代"建筑"。孑与2的《唐砖》《大宋的智慧》,愤怒的香蕉的《赘婿》,随波逐流的《随波逐流之一代军师》,三戒大师的《官居一品》,禹岩的《极品家丁》等作品,均是以穿越或架空形式创作富有创意和建树的历史叙事作品,可以说,网络文学的跨时空叙事并非逃离现实,而是对传统的新解。

网络文学叙事在这几年出现了"着陆"现象,现实题材得到大力提倡,呈现笔触下移、反映不同行业、侧重基层写实、讴歌平凡英雄的趋势。2010年,技术流小说的出现令人眼前一亮,改变了人们对网络小说缺乏真实性的认识。齐橙以微穿越手法创作的《工业霸主》《材料帝国》提升了这一类型的门槛,"硬核技术流"这一名词迅速在网上成为热词。医学题材小说《大医凌然》,消防题材小说《他从火光中走来》,少年成长、亲子教育题材小说《这届家长太难带了》,灾难救助题材小说《赴你应许之约》,都市题材小说《天工》《神工》,传承与发扬中国传统戏曲的年代小说《一脉承腔》《传音》,现代瓷砖行业小说《天瓷国芳》,都市异能小说《家电人生》《我有特殊沟通技巧》,体育竞技题材小说《冰刃之上》《薄荷味热吻》,以及抗疫题材小说《共和国天使》等作品也在网上引起热议。所谓"硬核技术流"是指客观、冷静地观察描写生活,揭示生活本质,以追寻事物的客观真实为目的,具有较强专业水准的叙事作品。同时,网络文学在发展进程中还涌现出一批难度叙事作品,如顾坚的《元红》、阿耐的《都挺好》、Sunness 的《第十二秒》、紫金陈的《长夜难明》、丁墨的《乌云遇皎月》、priest 的《默读》、骁骑校的《罪恶调查局》……这些作品既有通俗易懂的故事,也触及与探寻了当下尖锐和深广的社会问题与矛盾。很显然,网络文学正在吸取传统文学贴近现实、真实反映时代生活的叙事风格。"现实主义的艺术之所以能够那么广阔而丰满地反映人类的生活流,反映伟大的历史性战役与伴随着社会进步而来的变革,是因为它的首要特点与特色过去和现代都是社会分析，正是社会分析使得描写典型环境中的典型性格和真实地再现生活成为可能。"[1] 网络文学叙事通过不断的自我锻造，显示出其包罗万象的大众文艺美学特征，并以题材的多样性与丰富性、自身的可塑性汇入当代文学的潮流之中。

第二节　网络文学叙事模式

中国网络文学的叙事资源主要来源于传统文化中的神话传说、志怪、传奇、演义和西方大众文艺思潮，其基本叙事手法如"扮猪吃虎""打怪升级""洪荒崛起""玛丽苏""职场秘籍""废柴逆袭""都市修真""学院修真""破次元"等，都可以泛称为现代寓言故事。美国研究比较神话学的作家约瑟夫·坎贝尔对世界各地大量的神话故事进行内容分析研究之后，总结出了神话核心单元理论：所有英雄都要经历一个名为"英雄之路"的旅程，这个旅程由两个世界组成，一个是我们身处的日常生活的世界，另一个是超自然的神奇世界。[2] 这其实就是20世纪大众文艺所向披靡的现代神话故事，中国网络文学对此做了引进与改装，形成了一套中西合璧的叙事模式。

如果要提到时间节点，那么所有这一切主要源自英国作家

---

[1] [法] 罗杰·加洛蒂：《论无边的现实主义》，吴岳添译，百花文艺出版社，1998年版，第250页。

[2] [美] 菲尔·柯西诺主编：《英雄的旅程：与神话学大师坎贝尔对话》，梁永安译，金城出版社，2011年版，第97页。

J.R.R. 托尔金作品、20 世纪 90 年代末国内主流媒体倡导的"国学热",与在游戏中成长起来的一代人的思维方式形成的合奏。1937 年,托尔金在《霍比特历险记》即中古大地系列小说的第一部《魔戒之王》三部曲的前传中虚构了"中古大地"这个"平行世界"。《霍比特历险记》是一部非常精彩的传奇故事,充满了预言色彩,主角比尔博·巴金斯原本是一个远离尘嚣的霍比特人,却在无意中发现了魔戒且经历了他一生中永难忘怀的事件。《魔戒之王》三部曲完成于 1948 年,1955 年全部发行。时隔 60 年,1997 年 6 月,英国女作家 J.K. 罗琳推出"哈利·波特"系列第一本《哈利·波特与魔法石》。随后,罗琳又分别于 1998 年与 1999 年创作了《哈利·波特与密室》和《哈利·波特与阿兹卡班的囚徒》。2001 年,美国华纳兄弟电影公司将小说的第一部《哈利·波特与魔法石》搬上了银幕,一时风靡全球。此时正值中国网络文学初生之际,对网络作家架构故事和叙事方式形成了直接影响。

　　《魔戒》和《哈利·波特》是西方社会进入高度发达时期的幻想类代表作品,具有鲜明的文化批评特质与面向未来的自由精神,由此确立了西方奇幻的风格。20 世纪的西方奇幻文学除取用远古时代各民族精彩丰富的神话传说之外,在精神上几乎全然承袭了中古世纪的骑士文学,亦即所谓的"罗曼史"。此处的罗曼史非指现代的爱情小说,而多半是经过长久岁月,在民间辗转流传,并且经过不断加工润饰,逐渐行成雄伟复杂、曲折离奇的故事。这些传奇故事成于何人之手往往已不可考,其中或有部分为吟游诗人所作。这些故事多半以民间传说或神话为素材,再添加部分虚构的幻想情节,构成英雄冒险事迹和浪漫爱情故事的杰作,其中著名的包括后来被理查德·瓦格纳改编为旷世巨构歌剧的《尼伯龙根之歌》、家喻户晓的骑士文学经典《亚瑟王与圆桌骑士》和《贝奥武夫》等。这些故事原型不断演化,奠定了当代西方奇幻文学坚实的叙事基础。[1]

从文学叙事的角度不难看出,西幻对网络文学的影响更多的是外在表现形式,比如升级系统的建立、人物等级设定、神位、封号、神学院、魔法,以及各种器械等,而深入其骨髓的则是中国古典文学资源。在中国悠久的历史文化沉淀中,有取之不尽的丰富素材,如地域风俗文化、民间传说故事、诸子百家经典等,都已经成为网络文学创作的精神支柱和灵感来源。

当然,不管采取何种创作手法,无论故事如何天马行空,网络文学叙事的精神内核必须符合时代的能指,尽可能吸引更多的读者,首先是母语读者,那就需要叙事方式在多样性与丰富性的基础上符合东方审美标准。另外,网络文学作品尽管可能在故事层面复杂深奥,甚至玄妙,但成功的作品,往往都有一个浅显通俗的叙事切入点,将读者代入其中。在此基础上,读者才会去思考作者所要表达的更深层次的东西。对于很多网络文学作品而言,叙事的类别可能只在网站推荐的角度有意义,究竟是仙侠、玄幻、都市、悬疑,或是架空、穿越等,多数是杂糅混用,界限往往很模糊。所以评价网络文学的时候,不应简单地以某种类型文学的角度去看待一部作品。它所诞生的土壤,营养是异常丰富的,这是特点。至于肥沃的土地上生长出的是什么,那才是优点和缺点。

---

[1] 杨博一、马季:《欧美悬念文学简史》,时代文艺出版社,2004年版,第106页。

第三节　幻想类网络文学叙事演变

在 20 余年的发展中，网络文学经历数次变革，有过高潮，也出现过滑坡，但创作数量始终保持着旺盛的增长。大量文本实践，不仅为网络文学自身发展探明了道路，也为理论研究提供了丰沛的资源。我们可以通过网络文学叙事方式转变这一角度，厘清网络文学波浪式发展的根由，进而在一定程度上揭开网文爆款与扑街的秘密。网络文学一直存在内容和渠道两大派系，侧重文创的平台强调内容，侧重互联网技术的平台强调渠道。事实上这两者之间是一面同体的关系，如果平台足够强大，内容便成为当务之急，反之，如果手握优质内容，着急的则是如何放到更好的平台上。这如同工业企业里生产和销售两个部门之间的关系。当然，互联网具有自身的特性，在这个虚拟空间，读者的从众心理被推到了极致，流量决定命运，不在创新中爆发就在创新中死亡，似乎成了某种铁律。孙悟空、哪吒、米老鼠等著名卡通形象并没有占用太多的虚拟空间，但却能形成线上与线下的"流量"洪峰，从表面看，他们的形象在不断变换和演化，其实质却是叙事方式的转化，是记忆符号的重新标注，目的是为了适应不同时代，应用于不同文化族群。因此，网络时代，技术发挥的作用虽然一直走在前列，但究其根本还是靠创意取胜。

由于网络文学自身的特点，男频与女频在叙事上有着明显的分野，必须分开进行讨论。故事作为小说叙事的主体，在网络文学大男主文中出现了史无前例的"变异"，其基本表征是极尽其能的"杂糙",仅玄幻小说一个类别就可以分为王朝争霸、异世大陆、异术超能、远古神话、高武世界、转世重生、西方玄幻等多个种类,而在表现形式上又出现了洪荒流、废材流、重生流、修仙流、末日流、大陆流、无限流等。在一部作品中,我们可以看到东方式的神话、武侠、童话、言情,也可以看到西方化的科幻、魔幻、推理、悬疑、惊悚等。除了在叙事上制造"代入感"也就是传统文学所谓"共鸣"始终未变,网络文学的叙事方式一直在变,其基本规律是形式由简单到复杂,内容由单一到复合,结构由平面阅读到立体多元。

就男频而言,第一阶段从2000年的《悟空传》、2003年的《诛仙》,到2006年的《佛本是道》,第二阶段从2009年的《斗破苍穹》、2014年的《择天记》,到2018年的《诡秘之主》,中国网络文学的黄金18年经历了从中国传统文学叙事出发,经过西方奇幻文学的浸染和IP导向的加压、提升,重新回归文学叙事之途。这是一个艰难的裂变过程,网络文学在求生中从未停止过顽强的自我博弈,透过叙事方式的转变与演化,我们不难看清这个发展脉络。

网络文学的商业模式是残酷的,VIP对网文的筛选并非选出艺术价值最高的作品,而是选出最符合大众口味的作品。读者的最大公约数是一部作品爆款的依据和根本,因此没有一个网络作家知道自己的作品能"活"多久,换句话说,活着,就已经是胜利。最初的网文创作西幻成风,主要销售渠道是我国台湾地区的繁体版权,因此可以说西幻是中国网络文学幻想类的第一波浪潮,从故事核心到人物设定基本处在模仿阶段,叙事手法也不例外。这时候出现了《诛仙》和《飘邈之旅》,这里重点说说《诛仙》,这部作品到今天仍然没有褪色,自有它的道理。萧鼎采用中西融合的叙事方法创作了《诛仙》,其核心思想来自老子的《道德经》,所谓"天地不仁,以万物为刍狗"。《诛仙》作为玄幻小说早期代表作,在叙事上兼顾东西方幻想类作品的特点,既有正道与魔道的道德对立,也有强烈的悬疑色彩和魔法氛围,其中千奇百怪的武功完全超出了传统武侠的模式,但其中的爱情故事又承载着历史文化的诸多要素。就是这样一个中西合璧的崭新的叙事方式,获得了网络读者的青睐。玄幻小说由此获得名份,这次了不起的尝试,为幻想类网络文学叙事开辟了新的路径。

读者的胃口是永远不会满足的,这也是文学的永恒魅力之所在:新的需求和挑战层出不穷。2006年,《诛仙》之后出现了新的现象级文本《佛本是道》。这部作品是在经历了《诛仙》中西复合叙事之后,回到本土文化深入挖掘的范例。作为曾经的职业棋手,梦入神机的叙事手法有其独特的一面,他善于博采众长,集优势于一体,用"一盘棋"的思维方式展现其跳脱、腾挪的叙事能力。以《西游记》《封神演义》等经典作品为"棋谱"的《佛本是道》,最初的创作思路是都市小说,前面写到周青和弟子廖小进前去美国的拉斯维加斯的经历,国家安全局龙组、异能组等情节,但作者最终放弃了赶浪潮的念头,而是不断向文本源头追溯,在老棋谱上走出了新局。《佛本是道》的叙事回到了中国古典文学的母体中,采用吸纳、羽化、重构的方式建立了一套符合当代文化诉求的宏大叙事系统。

自2003年商业化模式确立以来,网络文学一直在尝试版权运作,最初采用的是低端的输出法,能出售版权就行,到2008年盛大文学宣告成立,才形成IP概念。这一概念自然需要作品来验证,也就是需要新的叙事模式来确认和提升这一概念的可行性。2009年,天蚕土豆的《斗破苍穹》在叙事方式上有明显的IP化特征,强化叙事情节,减少描述性言语,人物行动图像化,更具包容性和开放性的人设，等等。这一具有转折性的叙事方式正是《斗破苍穹》何以成为4G时代阅读霸主的根本原因。从这个意义上说，网络文学所强调的原创性，其基本要义是在技术进步的基础上如何扩大文本的信息量，这也是IP的本质属性。

传统文学领域很少论及原创这个概念，因为除了抄袭，文学是允许以不同方式讲述类似故事的，只要作品有独立的表达核心，有对人性的探微和发现，作品就是成立的。而网络文学不一样，原创本身就意味着是否个人化叙事，大到故事框架，小到桥段、人物设定都必须避开"相似性"，这是IP自带的规约，故事形态相近，就失去了开发价值。由此可见，网络文学主要遵循的是传播规律即市场价值规律，其叙事方式也是建立在这个基础上的。爱潜水的乌贼在近年异军突起，印证了原创性之于网络文学的特殊意义。《诡秘之主》的叙事虚实相间，有实证也有想象，有谜团也有反思，以东方式思维打开西幻图卷，被认为是当下网络文学最具原创品质的作品。可以说，《诡秘之主》叙事的复杂程度已经不在传统文学之下，这不仅让人联想到美国作家丹·布朗的《达·芬奇密码》，其运用高密度的叙事手法去表现一个大众关注的社会主题，其中杂糅了侦探、惊悚和阴谋论等多种风格，并激起了大众对某些宗教理论的普遍兴趣。《诡秘之主》则是从浩如烟海的世界历史资料中攫取养分，追寻乌托邦气质的欧美蒸汽朋克文化和展现人类面对宇宙、面对未知世界时渺小虚无感的克苏鲁神话故事原型，作品中的货币体系和一些事件的设定都能够找到历史上的对应，而奇幻背景的设定又令故事增添了几分神秘感。

网络文学IP的迅速升级不仅改变了网络文学单一化的叙事模式，也在一定程度上加快了网络文学与传统文学在艺术本质上的共振，这一方面源于网络文学自身变革的要求，同时也是大众文艺在遭遇天花板时的必由之路。近十年来，包括唐家三少的《斗罗大陆》、猫腻的《择天记》、乱的《英雄联盟之谁与争锋》，以及横扫天涯的《天道图书馆》，世界观系列中月关的《秦墟》、马伯庸的《白蛇疾闻录》和流浪的蛤蟆的《蜀山异闻录》等作品的出现，标志着数字阅读不再是不可逾越的目标，IP 导向下网络文学率先在叙事方式上呼唤5G 时代的到来。与之前的现象级作品如《诛仙》《凡人修仙传》《飘邈之旅》《盘龙》等作品肩负流量使命相比，这一次进化与定型包含了技术与内容的双向延伸，而新的叙事方式在其中扮演着极其重要的角色。

第四节　女频网络文学叙事特征

从 2000 年的《告别薇安》、2005 年的《步步惊心》，到 2007 年的《后宫·甄嬛传》《杜拉拉升职记》《致我们终将逝去的青春》，从 2009 年的《裸婚》《扶摇皇后》，2016 年的《欢乐颂》《燕云台》《糖婚》，到 2019 年的《待我有罪时》，女频网络文学经历叙事的重大转变，女性意识由最初的压抑、萌动到寄身职场的沉浮、动荡，再到直面生活的挑战，理性把握自己的情感诉求，因而获得个体生命的自我解放。女频网络文学叙事更多关注社会热点，从自身出发，注重家庭和职业生活，以情感为核心，讲述女性内心世界丝丝缕缕的感知和变化，以映照社会生活的别样色彩。

安妮宝贝的《告别薇安》写在 20 世纪末，中国的现代城市文明刚刚掀开一角，如同一个远行的人初涉旅程，带着恍惚和期盼，眺望遥远的地平线。世纪末总是忧伤的，因为人类告别了一个千年，另一个千年又过于漫长。于是，流浪和宿命的生命体悟在作品中四处蔓延。它符合现代人追求自由、向往安宁的心理特征，也暗示着城市是另一个意义上的旷野。爱过，伤害过，然后可以离别和遗忘……永远不能到达终点的行走，漂泊的心如何安放？这或许就是安妮宝贝所描述的现代女性之人生况味。由此可见，网络文学的现代都市叙事显然与琼瑶、亦舒有所区别，它所造成的生命的空旷感，本质上与网络的虚拟性混为一体。

在女频网络文学叙事模式中，人物的情感线尤其重要，爱情故事长盛不衰，不管是历史文还是现代文，无论是后宫文还是职场文，所有主题都会涉及青春和女性成长。人物的情感动态性在女频叙事中占据了主导地位，成为刻画人物形象的主要方式。《步步惊心》《后宫·甄嬛传》《燕云台》和《扶摇皇后》是女频历史小说中情感起伏较大的几部作品，尽管叙事手法各异，却都无处不在地表现出对现实生活的折射。

与心爱的人相知相守、共度一生是天下女性的共同心声，《步步惊心》中马尔泰·若曦的举动可以看成是当今女性考验所爱之人的惯用手法："如果我是要你放弃争那把龙椅呢？……你同意，我们就在一起；你不同意，我们就分开。"[1]若曦的意思是，我不求富贵，但求相知相爱平安一生。这是传统的女性思维方式，可谓亘古不变。

《欢乐颂》和《待我有罪时》是女频都市小说中具有较强现代意识的文本。《欢乐颂》对于女性的财务独立和人格独立，表现出的是

---

[1] 桐华:《步步惊心（上）》,湖南文艺出版社,2011年版,第206页。

价值观念的转变,与传统的女权主义所陈述的诉求明显不同。阿耐在小说中表达的是一种客观情绪,将"如何看待社会阶层分化""男性在选择婚姻时的权利""女性能否接受无房裸婚"等社会舆论话题引入叙事中。与《欢乐颂》所不同的是,《待我有罪时》是一部犯罪心理小说,更多的是强调作品的虚拟性,叙事方式虽不如前者接地气,但网络特征明显,符合"00后"读者的想象空间和阅读趣味,被誉为"又甜又刺激,又萌又感动""开创了全新的言情小说叙事模式"。这两个不同叙事风格的文本都拥有大量拥趸,也是目前网络文学在时代性与流行性方面各具特色的表征。

女频网络文学是当代文化中一个自成体系、十分独特的文化现象。女强、古风、女尊、腐女、宅女、甜宠、耽美、高糖、虐恋、少女心、百合、伪娘、腹黑、霸道总裁、雌雄同体、白莲花、绿茶婊、二次元等各种文类和叙事形态展现了当代女性多元和自主的文化心态。尤其在现代都市领域,女性的独立得到了极大的彰显。在女频网络文学叙事中,"玛丽苏"是最常见的女主形象,其本质就是女性向的幻想叙事。邵燕君主编的《破壁书》对"玛丽苏"有如下的解释:"玛丽苏在如今中文网络中通常指一种过度自我投射的写作,多数情况下指年轻女性作者将自己幻想成故事中的一个万人迷的万能女主角,在故事中和多个迷人的男性人物互动的情况。"[1] 当然这一形象是多元的,可以追溯到台湾女作家琼瑶早期作品中的人物形象。网络文学叙事中的"玛丽苏"女主在女频总裁文中有了集中的表现。

不过,不单单是总裁文里大量出现"玛丽苏"形象,经典网文里

---

[1] 邵燕君主编:《破壁书:网络文化关键词》,生活书店出版有限公司,2018年版,第287页。

也是如此,只不过表现方式不一样,经典网文里的女主多为才貌双绝之人,绝然不会出现"傻白甜"。从古代的甄嬛、芈月到现代的杜拉拉、安迪(《欢乐颂》女主),以及从现代穿越到古代的若曦(《步步惊心》女主)、孟扶摇,实际上都属于超级"玛丽苏"形象。这些人物剔除了低级版"玛丽苏"对男性的依附性及其过度自我代入而造成的虚假设定,具有独立完整的人格,属于完美的女性审美对象,集中展现了女性的温柔、活泼、坚贞、优雅与智慧。

无论是《芈月传》还是《燕云台》,蒋胜男笔下的爱情叙事都有强烈的民族性和社会性,并伴随着个体情感的剧烈震荡,写出了情事巨变下爱的炽烈,以及痛彻心扉的选择。爱得越深,意味着承受的苦难越深。从某种意义上讲,蒋胜男关于女性情感的表达,在女性大历史叙事中所发挥的作用,与天蚕土豆在玄幻文叙事中的承上启下如出一辙。也就是说,女频网络文学在向现代传统一脉靠拢的过程中,尤其在文学叙事中的实践经验和取得的成果一点也不亚于男频网络文学。现实题材领域也是一样,阿耐的《大江东去》相较于齐橙的《大国重工》,辛夷坞的《致我们终将逝去的青春》相较于骁骑校的《橙红年代》,李可的《杜拉拉升职记》相较于小桥老树的《侯卫东官场笔记》,鲍鲸鲸的《失恋33天》相较于紫金陈的《无证之罪》,丁墨的《他来了,请闭眼》相较于常书欣的《第三重人格》,携爱再漂流的《酒店实习生》相较于志鸟村的《大医凌然》,priest 的《默读》相较于任怨的《神工》,唐欣恬的《恩将求抱》相较于卓牧闲的《朝阳警事》,吉祥夜的《写给鼹鼠先生的情书》相较于 wanglong 的《复兴之路》,缪娟的《亲爱的翻译官》相较于纷舞妖姬的《中国特种兵之特别有种》,柴可的《鲜花盛开的村庄》相较于何常在的《浩荡》,小狐濡尾的《南方有乔木》相较于大地风车的《上海繁华》,舞清影的《明月度关山》相较于罗晓的《大山里的青春》，蒋离子的《老妈有喜》相较于李开云的《二胎囧爸》，月壮边疆的《白纸阳光》相较于骠骑的《龙渊》，米西亚的《重启时光的女孩》相较于庚不让的《俗人回档》，随侯珠的《明月照大江》相较于郭羽、刘波的《网络英雄传》系列，等等。对于都市生活的开拓，女频在叙事上的完成度更加饱满，富有生活情趣和生命质感，情感更丰沛，因此影视化的程度远高于男频。

女频网络文学在叙事上还逐渐产生了一套打开女性心理阈值的模式，形成了一个相对独立的文学世界，在多种表现形式中，"虐恋"不仅最富有性别特色，而且是女频网络文学很重要的一种叙事策略。故事里跌宕的爱情、焦虑的情绪，以及女主角令人担忧的命运，让人感到不安，却深深吸引了大量女性读者。这一类网文被称为"BE"（Bad ending）文，与它相对应的"HE"（Happy ending）文，即所谓大团圆结局的爱情故事。关于虐恋，社会学家李银河在其著作《虐恋亚文化》里这样解释："它是一种将快感与痛感联系到一起的性活动，或者说是一种通过痛感获得快感的性活动。"[1] "虐恋"作为女频网络文学中一种独特的叙事方式，有其深厚的文化土壤与性别意识。中国古代戏曲中就有"苦戏"叙事模式，女性作为苦难的承受者，既是对男权社会的批判，也是对弱者的一种保护。女频网络文学中"虐恋"本质上属于现代文化中的情感消费类型，虽然与都市亚文化中的"性施虐"指向不是一回事，但在理念上仍有相通之处。只不过作为文学作品，"虐恋"的目的不是"虐"本身，而是为了增强故事的戏剧性，强化读者的阅读体验，因此有人认为，虐文分为两种：虐待主角和虐待读者。虐待主角很好理解，就是给主角悲惨的

---

[1] 李银河：《虐恋亚文化》，今日中国出版社，1998年版，第5页。

境遇，而虐待读者当然是为了创造"代入感"。我们熟知的古代言情小说《步步惊心》《后宫·甄嬛传》《柔福帝姬》（米兰 Lady 著），现代言情小说《千山暮雪》（匪我思存著）、《绝色倾城》（飞烟著）、《后来我们都哭了》（夏七夕著）等作品都属于"虐恋"叙事，当然，它们所描述的性别世界仍处在正常的人类感情范围。

同样，耽美也是女频网络文学中特有的叙事方式，从精神上看，它源自 19 世纪末西方唯美主义文艺思潮，耽即是指"沉湎"，耽美也就是对唯美和浪漫事物的沉溺。具体来说，它发端于日本原创漫画和游戏，后再在轻小说中出现，包括武侠、玄幻、悬疑推理、近代历史等，指向其中男同性之间在人生和事业上的相互支持、高度认同及其产生的美好情感。它暗合了女性对超越世俗爱情的某种想象，以及对情感的执着与真挚：明知前途艰难却携手并进。但由于国情的不同，耽美难以进入我国主流媒体，尽管它在女性群体中受众广泛，也有一些作品经过改编后成为爆款，如《镇魂》《陈情令》《山河令》等，在总体上说，耽美作为网络文学的一种类型，属于具有话题影响力的小众叙事文体。

第五节 结 语

时代从未停止前进的脚步，变化是中国社会这几十年使用最频繁的一个词。经济转型、资讯海量、价值观念更迭，这一系列变化带来的特殊语境，导致话语权力出现空隙地带……当然，文学叙事不可能跳出三界外不在五行中，但精神层面的变化是显而易见的，这也是网络文学得以赢得读者的关键。网络作家生活多元，思想活跃，勇于创新，这是有利的方面，但他们面对的读者见多识广，堪称地球村的村民，所谓"阳光底下无新鲜事"，如何才能停住读者滚动的鼠标？从20多年的网络文学创作实践研判，最终赢得话语权的，还是那些具备成熟独立价值观，能够从无限想象中回归生活本源的叙事者。网络作家或许是21世纪思想最活跃、对新事物最敏感的人群，在他们创作的海量文本中，可以看到在幻想和城市叙事领域的探索已取得令人瞩目的成绩。5G时代呼啸而至，这是网络文学炸裂的春天，也是文学叙事的蓝海，人人都可以对象化，人人都可以主体化。如果乐观一点看，这也可能是全球化时代中国文学的一次飞跃。

第 六 章

网络文学创作探微

21世纪以来，随着中国经济社会快速发展，人的精神世界不论是群体的还是个体的，都呈现出纷繁复杂、流转多变的景观。作为整合精神资源的文化形态，也表现出极大的丰富性和包容性，以展示社会生活和时代风貌为己任的文学作品，必然再次走到国家话语的前台。20余年来信息化作为一项国策，早已深入人心，2020年底中国网民人数接近10亿，其中约有5亿网民经常性欣赏与阅读网络文学作品，这为网络文学的多样化和个性化发展创造了极为有利的环境。科技进步为传播提供了新路径，信息传播介质变化推动的文化融合共振效应，撬动了话语秩序和审美范式的杠杆，为网络文学这一切合时代的艺术形式提供了前所未有、无限宽阔的舞台。那么在目前的基础上，网络文学能否进一步拓展艺术边界，攀越数字时代思想文化领域新的高峰，应当是网文界今后的奋斗目标。从爆款文本创作上的细微变化，观察网文的发展轨迹，或许可以捕捉到有价值的信息。

第一节　类型小说的阶梯

毫无疑问，网络小说佳作深藏在类型小说之中。所谓类型小说,即以某个领域为基础展开文学想象,围绕这个领域塑造人物形象,并通过这一领域的社会特性反映时代风貌的小说。受众群体则根据自己的喜好,选择不同类型作为阅读对象,在读写过程中,作家与读者之间借助虚拟人物和故事实现了真实的思想交流,形成了情感共同体,产生通常所说的"粉丝效应"。在划定受众群体的同时,类型小说也失去了其外部群体,文学的广泛意义因此受损,是故"成也萧何,败也萧何"。即便类型小说大师也难以摆脱这个魔咒,比如金庸,女性读者大约只占男性读者的百分之一,20世纪90年代影视化风起云涌之后,这一情形才有所改变,而互联网时代的IP开发,则进一步消弭了这一障碍。

从另一个方面看,经典作家的作品并不排斥类型化。托尔斯泰的《安娜·卡列尼娜》可不可以纳入家庭、婚恋类型?丹尼尔·笛福的《鲁滨孙漂流记》可不可以视为悬疑、探险类型?海明威的《永别了,武器》可不可以看做是战争类型?等等。实际上我们不这样认为,更不会如此去划分,其根本原因是经典作品以其深刻的社会性和高超的艺术审美突破了类型对它的限制,换句话说,文学的广泛意义并不因为一部作品归入哪个类型而受到丝毫损伤。今天,当我们讨论网络小说类型化的时候,其实是在研讨文学有没有新的发展空间,网络小说有没有可能或者说如何才能进入经典化的语境,因此所采用的必然是同一个美学标准。

在网络小说中,历史题材作品占据着十分重要的位置,与玄幻、仙侠类所不同的是,它不仅要求作者具有丰富的想象力,还要求作者具有扎实的史学功底,以及能够打通历史与现实的人文情怀。cuslaa在纵横中文网发表的历史长篇小说《宰执天下》自2010年12月1日开始连载,于2019年2月4日(除夕)完本,跨度将近十年时间，全文735万字。截至2020年5月19日，原发站总点击2545.5万，总推荐346.6万，读者发帖数64997；百度搜索结果高达567万。在汗牛充栋的网络文学作品库当中，《宰执天下》称得上是一部奇书，应该说，这是一部超人气网络小说，读者的褒扬远远大于吐槽，也在各种排行榜和推荐中占有一席之地。作为互联网语境下的文学创作，这部作品兼具艺术性和传播性，对网络历史小说创作进行了积极有效的探索，在读者中产生了广泛影响。

从作品的脉象上看，《宰执天下》以宋代在中国古代历史演变中的个性特色和独特地位为叙事背景，采用超越时空、虚实结合的艺术表现手法，其本意在于寻求重塑历史的可能。网络历史小说与传统历史小说在精神性上并无本质区别，但在表现形式上差异性大于相似性。传统历史小说创作，作者基本处在理性、冷静的叙事状态，尽可能客观地还原历史，而网络历史小说最显著的特征是作者情感深度介入，"设身处地"与历史人物进行情感置换。采用穿越和架空手法创作的网络历史小说，主人公多为虚构人物，他们具有现代生活理念和价值观，在真实的历史事件中发挥重要作用，以推动甚至是"改写"历史。因此说，网络历史小说实际上是借助重大历史事件的叙述和历史人物的成长经历，表达作者的情感认知、文化认同和历史想象。

《宰执天下》属于典型的历史穿越小说，具备现代人穿越后介入历史事件、与历史人物产生交集，并影响历史进程等基本要素。当代青年穿越到北宋成为作品主人公韩冈，他以低微的寒士身份加入开拓河湟与西夏交战的征程，把军医院及医疗护理制度推广到关西全境，由此闻名军中，乃至朝中，甚至被传为药王孙思邈的弟子。在京城结识王安石、章惇后，开始向人生理想迈进。韩冈考中进士就任白马知县,帮助王安石安抚大旱后的流民之乱,汴河水运因河水上冻而断绝,王安石为了平抑物价,利用韩冈发明的雪橇车,在汴河冰面上运送粮食,解决了京城的饥荒。韩冈主持军器监,提振工业,开发出了板甲,造出了热气球;两次出手阻止宫变,维护了大宋内部稳定。

在纷纭复杂的历史变革中,北宋王安石变法是妇孺皆知的历史事件,其成败自有学界评说,作为一部小说,《宰执天下》在思想及文化上有自己独特的思考和见解,这在网络文本中并不多见,恐怕也是它引发读者热议的原因之一。小说主人公韩冈虽然支持新党变革,但他与王安石因为道统观点不一,存在思想上的争议。他主张以近代科学为骨,以张载的气学为肉,以儒家诸子的经义为血,而削弱皇权,发展科技;经济上,以煤钢铁路等重工业为主,以棉蚕纺织等轻工业为辅,以海陆商运为强援,打破中华自古以来的小农经济生产方式,进而加速资本积累,强化立国之本。

网络历史小说,从吸引读者的角度出发,一般都有大量古代军事战争场面的描述,《宰执天下》也不例外,故而此类文本又被称为历史军事小说。军事战争一方面可以增强作品的故事性,便于塑造人物,另一方面也可以展现历史变革过程中的宏大场面。北宋历史上一直战乱不止,韩冈立足于政治家的高度,主张在战略上推动热兵器研制,加强海军装备,战术上对西夏采取攻势,对强敌辽国积极防御,放弃以金钱换取太平的绥靖政策,并借用北方威胁团结朝堂各方力量,对南方诸小国,则施以强硬的手段剪除后患。这一军事思想是韩冈宰执期间确保北宋克敌制胜、国富民安的重要政治方略。

《宰执天下》在故事构架上有别于其他历史穿越小说,主人公韩冈虽然无法摆脱封建王朝宫廷内斗的游戏规则,但并没有被宦海沉浮的浊浪所淹没,他果断抓住一切机会打破陈规陋习,实现科技改变国运的人生抱负。作品突出表现了王安石变法后期的宋代政体出现了君主立宪的雏形,工商业经济的发展在隐约呼唤工业革命的到来这一历史细节。这或许只是一种历史想象,但在这样的视野下,历史叙事与当代社会变革形成了对应关系,产生了共振。人生有时,繁华有限,所有的交锋都是表面。韩冈宰执十年,主持朝政的真实目的是以科学主导社会进步,以提升生产力改变世界,造福黎民百姓,从而实现老师张载的政治理想:"为天地立心,为生民立命,为往圣继绝学,为万世开太平!"由此可见,作者cuslaa试图让现代智慧深入历史现场,在当代与历史的碰撞中寻求重塑历史的可能,并以此探求和表达全球化时代的中国道路和文化立场。

  网络小说的审美核心在于如何处理历史真实与文学想象的关系,这一关系决定了网络小说的文本价值。美国当代学者乔治·麦克林在论述如何解读历史文本时认为:"我们的目标似乎不是在阅读古代文本时简单地复述古代人的目标,而是用新的视界、新的问题、从新时代来认识古代文本。我们应让它以新的方式向我们阐述,在这么做的过程中,文本和哲学就变成活的而不是死的——因而也是更真实的。在这个意义上文本的阅读是活的传统的一部分,凭此我们与生活中面对的问题作斗争,并确立值得我们追随的未来。"[1] 这可以从侧面说明《宰执天下》作者cuslaa创作的出发点:从史料中汲取真实的素材,比如详细的北宋官制、社会礼仪风俗,宋神

---

[1] [美]乔治·麦克林:《传统与超越》,干春松、杨凤岗译,华夏出版社,2000年版,第27页。

宗时期的内外军政体制，文人士大夫、边关将士、内廷宦官以及宗室商人、胥吏地主乃至贩夫走卒的生活方式，在真实历史的基础上构建一座现代"建筑"。作品中塑造的数十位各阶层代表人物、描绘的数以千计的社会各色人等，其命运构成了《宰执天下》历史叙事的主体，为主人公以穿越的方式激活历史提供了依据。

因为写作的开放性，网络文学被称为"读者的文学"，言下之意，网络文学必须以"故事性"及其产生的带入感赢得读者，否则就会遭遇"扑街"的命运。这就要求历史小说在合理性与故事性之间找到平衡点。《宰执天下》在处理历史真实与文学想象方面从容自如、游刃有余，达到了网络历史小说新的高度。

王安石是贯穿全书的另外一个重要角色。这位中国历史上的改革家声誉卓著，但晚年的王安石也有其固执保守的一面，他坚守所谓"道统"，扶持年幼的宋哲宗上位，并把自己的孙女嫁进皇家，因此与韩冈产生了思想上的冲突。作品里还描述了两次宫变，一次是宋神宗（书中的熙宗）冬至祭天中风，皇权有一次变动。另一次则是高太皇太后联合宰相蔡确、参政曾布、神宗二弟、内侍石得一等，趁韩冈不备发动政变，软禁垂帘听政的向太后，废了神宗之子赵煦，立二大王之子为帝。这两次宫变都被韩冈以非常手段翻盘。在情节设计上，两次宫变可谓合理想象的典型情节，足见作者把握历史真实与文学想象的能力。

从《宰执天下》的阅读效应可以看出，网络读者并不把"真实性"当做判断网络历史小说优劣的标准，这说明网络文学的民间性导致读者认可小说对历史的合理"改写"。因此，历史小说的范畴在网络被扩大，历史与当代社会的连接点成为网络历史小说的叙事动力。当然，维护历史的严肃性毋庸置疑，事实上，恶搞历史的作品在网络上也难以立足,更不可能获得认可和张扬。实际上,不同时代对历史的重新发现与重新解读从来未曾停止过。网络历史小说则是作家在不同层面,借助历史思考现实的一种表达。显然,网络文学突破了五四新文学以来形成的历史小说的规约,回归到中国传统文学"演义历史"的基本模式中,并进而由网络的虚拟特性衍生出"架空"和"穿越"等新的叙事方式,为历史寻找"假设性"和"可能性"。在20多年的网文发展过程中,网络历史小说走得很艰辛,很多作家的探索值得重视和研究,比如月关、酒徒、猫腻、阿越、孙晓等,都可以做专题性的研究,他们在媒介变革中的写作尝试,对中国当代文学的意义会慢慢凸显出来。这也是网络小说写作策略与评价体系构建过程中值得研究的一个重要课题。

类型小说是有叙事策略的,而且类别繁多,从形式到内容林林总总,一点不差于传统小说,属于典型的"自立门户"。比如扮猪吃虎的"爽点"模式、"屌丝逆袭"模式,比如自恋心态的"玛丽苏""杰克苏"模式,以及白日梦般的"甜宠"模式、"虐狗"模式等。可以说,这些模式无一不是当下生活"浮世绘"的体现,集中投射出消费文化的品味与格调。问题是,这些模式"天花板"高度不够,难以积淀下来成为叙事经验,对文学发展几乎不能形成推动力,因此被称为"快餐文学"。由于中国社会处在转型期,各种新兴的社会群体对文化的需求量极大,互联网便成为"快餐文学"生产的主要阵地,这是一个无奈的现实,但毕竟是现实。

好在网络是个极具包容性的空间,还有另一路网络小说,在审美方式上借助传统文学的优点,兼具网络传播特性,深耕细作步步为营,从而形成了类型小说新的发展向度。大家所熟知的《欢乐颂》《大江大河》,以及《大医凌然》《商藏》等便是这类作品中较有代表性的文本，对类似作品的研究和分析应该是当代文学理论批评的题中应有之义。

以首发在咪咕阅读的长篇小说《商藏》为例（作者庹政），我们大致可以看到此类网络小说在以下几个方面的特色和存在的问题。

首先，《商藏》具有较为复杂的故事构架，将人物命运与时代洪流紧密结合在一起，反映了不同社会层面在改革开放的环境中，在市场大潮涌动下的不同诉求。在充分考虑网络传播特色的前提下，叙事上巧妙地运用技术搭配手段，一定程度上实现了网络小说的艺术审美化。

小说主角叶山河20世纪70年代末大学毕业，被分配到印染厂工作，却很快遭遇企业破产，于是被社会大潮席卷，成为最早一批下海经商的人。这个构思基本符合传统文学的章法。但故事往下发展时，我们会发现作者不甘心于传统叙事模式，于是，爷爷自小言传身教、润物无声的商业基因在叶山河身上复活了。这显然是网络小说的套路。叶山河成长很快，迅速成为合格的商人，25岁时因为承包宾馆赚到了人生第一个100万元。他开始膨胀，四面出击，不久即自食恶果，一片凄惶。80年代后期，第一批做小生意的人出局，是历史事实，几乎不用虚构。《商藏》的现实感与传统文学处在同一个节拍上。当然叶山河没有出局，而是东山再起了。因缘际会，在恋人史晓可的鼓励下，叶山河转战省城，再次从基层做起。这次他清醒了许多，抓住了几次机遇，步步跃升，经过几次"惊险的一路"，完成了资本原始积累，开始进入这座城市的顶级商圈。这个过程，几乎是传统小说与网络小说兼顾的写法。得到恋人的帮助合情合理，网络小说的金手指被隐藏得很得体，不刺眼，况且是经历了"惊险的一路"，主角光环的设置也没有硬伤。主角性格沉稳、睿智，不仅有家学渊源，个人也善于从失败中总结经验，对所有的商业行为都保持着悲观的谨慎，步步为营，不断进取，迅速从商业白丁成为西南商界的传奇强人，最终主持了西南第一大盘云山国际项目的运作。主角具有外柔内刚的性格，温和沉静中不乏金刚怒目的一面。可以说，这个人物设定具有很强的网感，甚至可以设想为游戏中的人物。

其次，从大的格局来说，这是一部中国改革开放后企业家成长的历史，也是中国商业社会改革开放后的一个缩影。商者，藏也，这一理念作为小说的叙事核心，为作品创造了内在拓展空间，将人物行为与叙事目标有机地统一在了一起。

《商藏》有将近200万字的篇幅，人物关系的复杂性自然必不可少。爷爷叶盛高早年主营纺织、面粉和糖业，叶家是享誉西南的商业世家，在抗战中有不俗表现。小说的主要配角陆承轩，其父亲在跟叶盛高的竞争中失败破产自杀，被叶盛高收留养大。叶家全力让陆承轩读书，不让他从商，希望由此了结叶陆两家百年来的恩怨。陆承轩后来成了著名的经济学家，对叶盛高，他的恨多一些，对叶山河，他的爱多一些。在叶山河的成长过程中，陆承轩的影子时隐时现，叶山河的重大投资和几次惊险的转折都与他不无关系。城市改造和大规模建设本是地方政府的重大议题，民生和商业必须双管齐下，不可偏废，顾绍毅、严宇和陈哲光等几位重量级官员的出现使得小说没有脱离现实逻辑。而王进、许蓉、章义等几位性格特征各异、人生目标参差不齐的人物给作品增添了烟火气息。人物"落地"，故事"起飞"，是网络小说成功的主要标志，《商藏》在这方面的努力显而易见，与同类作品相比胜出一筹。

其三，叙事充分追求现实性和在场感，人物行为在合理范围内适度夸张，尽可能制造阅读上的冲击力。作品中的两个主要女性角色史晓可和徐朵朵性格迥异。恋人史晓可略有道德洁癖,对叶山河某些"藏"的做法表示不满;而对主角心存感激的情人徐朵朵终于不愿意继续隐藏在地下,选择了去北京,重新开始自己的职场生涯。这两个人物虽然没有为作品的提升发挥关键作用,但贯穿其中才使得主角叶山河更具立体感,这也是网络小说烘托主角的基本套路。

毋庸讳言,小说也存在一些问题,比如对"商者,藏也"这个概念的表达还不够清晰和深入。如果仅限于"一个好商人,要把目标、信念、思想……隐藏起来,不让人知道底细;在谈判的时候,把刀锋藏在桌底下,关键时亮出来",这只能说是在网络小说的阅读层面上获得了成功,但在艺术表现上还缺少力度和深度。如果作者具有更加广阔的人文视野,或许在这个领域能够挖到更加有价值的宝藏,《商藏》应该表现出"大藏"的境界,通过"藏"而展现现代商业文明,描绘时代精神。

第二节　与时代同频的创作范式

改革开放以来,中国经济发展成为世界奇迹,其中工商企业改革发挥了巨大作用,这一领域风起云涌、波澜壮阔,历经了计划经济向市场经济过渡、国有企业与民营企业共生、机遇发展期向市场竞争期的跨越式发展,工业题材小说创作紧跟时代步伐,在不同时期涌现出一批贴近时代贴近生活的优秀作品。进入网络时代,以类型文学为基本形态的网络文学置身于这片沃土精耕细作,找到了适合网络传播的表达方式,并逐步建构起新的艺术范式,代表了新时代工业题材小说的发展趋势。

在工业题材网络小说领域活跃的网络作家多为"80后",他们虽然没有亲身经历中国企业改革大潮,却是改革的受益者,在改革成果和想象力的双重引导、推动下,他们的文学写作呈现出一股新的气象。为了显示虚构人物的在场感,从形式上,工业题材网络小说大多运用穿越、重生手法,主角带着21世纪的思维进入20世纪八九十年代,在改革开放如火如荼的岁月,开辟他们的创业之路。他们以文学虚构重走父辈的道路,并在若干细节上弥补上一辈人的遗憾和不足,充分展现了文学与现实交错的魅力。这批作家中理工科毕业生占比有绝对优势,《大国重工》作者齐橙是中国社会科学院工业经济研究所博士、北师大副教授,《神工》作者任怨毕业于清华大学环境工程系,《超级能源强国》作者志鸟村毕业于河南科技大学食品科学与工程专业,《学霸的黑科技系统》的作者晨星LL毕业于南京大学地球科学与工程学院。他们的创作尚有长远的发展空间,他们笔下的工业题材作品比专业作家的更具有想象力,也更具备"硬核"的条件基础。

在不同类型的网络小说中,无论处于多么艰难困苦的环境,遭遇多少匪夷所思的挫折,主角自带光环必须取得成功,这是作者和读者之间形成情感共同体所遵从的铁律。一般来讲,网络小说习惯采用金手指化解矛盾与危机,主角历经磨难、化险为夷,最终迎来曙光。工业题材网络小说从整体设定上基本遵循这个套路,但由于题材的特殊性,要关注现实,或者说从现实出发,真实再现工业改革给国家带来的巨大变化,才具有说服力,才能打动读者。这是由历史决定的,网络作家清醒地认识到了这一点。

范含的《电子生涯》作为早期网络小说,开启了科技工业文的先河。急冻人的《重生之科技巅峰》奠定了工业题材在网络文学中的地位。自2010年以来短短十年时间，任怨、志鸟村、牛家一郎、周硕、满楼红袖招、米酿、恒传录、漫水妹子、黑兰度、隐为者、十年残梦、五彩贝壳、和光万物、蒹葭苍苍等一批网络作家从不同角度，以不同方式进入这一领域，在网络上掀起了工业题材创作的热潮。值得一提的是齐橙的三部作品《工业霸主》《大国重工》和《材料帝国》集众人所长，以硬核替代爽文模式，树立了工业题材网络小说的标杆。

纵观工业题材网络小说的发展历程，我们可以发现，无论什么题材，人永远是文学的核心，走进工业人的心灵世界，才能写出真正意义上的工业题材小说。中国是世界工厂，是制造业大国，有几亿产业工人，这样一个国家需要工业教育、工业宣传，更需要符合国情的工业文明。

齐橙是机械厂子弟，自小就对机械工业有一种莫名的热爱，这是他在网文界专写工业文的动因。在此之前，他曾写过其他类型的网络小说，总觉得意犹未尽，最终决定在工业题材领域一显身手。和很多同类型作者的感受一样，齐橙也认为工业题材写作有一定的难度。首先，写作者需要具备丰富的专业知识；其次，工业生产很讲究流程，有严格的规章制度，故事的发展必然要受其制约；其三，工业产业和经济社会不可分割，也就是说不存在纯粹的工业文，必须站位高，才能把握工业题材的命脉。

在齐橙的作品《工业霸主》中，主角早期靠辛苦赚钱，做电风扇；然后凭技术参与竞争，做化肥设备；再依靠强大的国力，发展蚕食日本企业的市场，再往后开始搞数控机床、芯片等。整个历程几乎就是改革开放以来中国经济起飞的缩影。在这部作品的写作过程中，齐橙一直纠结于如何组织细节上的矛盾冲突，这显然是一个作家的自觉意识，写不好人物关系，作品就立不住。著名作家蒋子龙曾说："即便是工业题材，最迷人的地方也不是工业本身，而是人的故事——生命之谜构成了小说的魅力。"

齐橙的第二部作品《材料帝国》开始注重人物与时代关系的塑造，写作在技法上往前迈了一大步。材料技术是一个工业大国的基石，作品的主角从钢铁材料入手，改变那个时代的工业格局，随后又转向其他材料，开始搞工业陶瓷、汽车用高分子材料、热喷涂材料等。工业材料的领域十分宽广，有电性功能材料、光学功能材料、生物医学功能材料、超导材料、纳米材料、化学薄膜材料、智能材料、敏感材料、储氢材料……种种神奇的材料，为读者展现了一个琳琅满目的材料帝国。《材料帝国》中的人物更接地气，表现出日常生活中的家国情怀，很好地化解了小说和现实之间的矛盾。

中国的大发展和城市化，以及建筑业、交通业、出口加工业等产业为重工业提供了有效需求和必要产业链，而金融、管理、技术引进、信息浪潮、国际交流和新型战争冲击等，都对中国工业化产生了深远巨大的影响。齐橙一直在思考如何以一部作品来反映这个时代发生的深刻变化，于是有了《大国重工》这部登上工业题材网络小说高地的标志性作品。这部小说具备更加开阔的视野，除了涉及工业生产、工业技术方面的内容，还有大量企业管理、国家战略等方面的阐述。作品里出现了大量工业知识与经济学知识，大量对工业体系、工业制造工艺的细节描写，以及改革开放后关于产业发展的国家政策。缺少风花雪月的工业题材作品之所以能影响大众读者，首先是作者对所虚构的世界、所描述的生活富有激情，塑造的人物有温度有情怀；其次是作者勇于将视点着力于新中国工业发展史上的问题与挫折，在反思中有所升华。而在表现形式上，故事情节具有传奇色彩，人物行为适度夸张，网感十足，充分描绘了大国工业崛起的动人场景。如今，人工智能、量子计算也属于工业范畴，工业社会已经不再是冷冰冰的钢铁厂和矿山，而是奔涌而来牵动人的灵魂和社会神经的科技浪潮，工业的兴衰引发了对于人类生存和发展的诸多思考，工业社会如何实现可持续发展成为国策的重中之重。

以科技发展为先导，以制造业为核心，工业题材小说在网络领域开疆拓土，对中国工业化进程进行了全景式关注。"技术流"和"制造业"是工业题材网络小说的核心题旨，无论是关注当下的《神工》《中国铁路人》《大国工程》，还是穿越到古代、近代的《化工大唐》《明末工程师》《辛亥之钢铁基地》《钢铁时代》，或是重生到20世纪80年代的《工业之王》《超级能源强国》《重生军工子弟》，亦或是以科幻、玄幻为外壳的《星际工业时代》《最终智能》《修真大工业时代》等，都是以科技进步为故事推动力，通过制造业的超常规发展实现民族工业腾飞的强国梦。

巧妙隐藏金手指，化专业知识为梗，站在时代发展的高度去挖掘故事内涵，已成为工业题材网络小说有别于其他类型网络小说的特色。志鸟村的《超级能源强国》里的主角是一个毕业于北大中文系的学生，因缘际会来到胜利油田工作，成为基层一线的石油工人，这个身份可以视为巧妙隐藏的金手指，比采用穿越或重生之后记忆直接继承强大能力的方法真实自然，同样为故事层层叠叠地展开，以及主角一路晋升直至走出国门扬威海外预备了充足的能量。这种贴近现实的叙事方法给读者带来的感动更为真切。如果说人设借写作经验可以做到的话，那么在关键段落化专业知识为梗就需要硬核的支撑，没有丰厚的生活底蕴，没有对时代发展规律的认知，想将虚拟现实衍变成有温度的人生经历,只能是水中望月。

20世纪90年代中期,我国尚未加入WTO,高精度数控机床技术还处在相对落后的状态,海外排华势力企图以技术封锁的手段压制中国的发展。任怨的《神工》以诙谐的语言讲述了水木大学学子郭泰来得到纳米机器人系统后,成为精密加工领域大师,拥有九级钳工技能,加工精度达到原子、分子级,完美实现了中国工匠精神的故事。作品涉及《瓦森纳协定》、活体细胞精加工等专业领域知识,以虚实结合的手法,反映了中国对外开放过程中当代精工技术艰难曲折的发展历程。

牛家一郎的《星际工业时代》是一部工业题材科幻小说,作品以热血情怀对中国工业的未来进行了艺术化的展望。第三次工业革命浪潮袭来,中国互联网产业突飞猛进,大学生秦毅因此幸运地获得了科技塔,由此掀开了星际工业的时代篇章。太阳系变成了人类的后花园,太空中建起了农业基地、太空工厂;月球变身为一座城市;人类的目光伸向了浩瀚无垠的宇宙星空。作品通过现代人在不同时空和环境中的变化与成长,展示了工业世界全新的姿态和神奇的魅力。

系统科技文一度在网文界掀起热浪,系统作为金手指点燃了科技强国的火种。在此基础上,"95后"作者晨星LL的《学霸的黑科技系统》另辟蹊径,系统不是配发给主角拿来就能用的现成的知识谱系,而是给了他沉浸于学习之中,力求上进的一种心态。主角刻苦读书、探求知识,自然而然成为学霸。作品中大量涉及数理化、计算机、人工智能、工程、材料等领域专业知识,包括证明世界级难题——孪生素数猜想的大胆设定也在情理之中。正是由于将爽点建立在科学态度之上,这部作品成为系统文的亮点。

网络小说长于借助时空交错反映现实,而不同时空的技术变革，如由于穿越带来的先进技术，更有利于作者在现代科技文明背景下价值立场的表达。相对于传统工业题材小说，网络小说涉及的领域更加广泛，包括日用品、建筑、军工、钢铁、化工等，制造业涵盖汽车、飞机、兵舰、冶金装备、矿山装备、电力装备、海工装备等，可谓五花八门、琳琅满目。也有的作品不是典型的工业题材，而是以跨界的方式涉足这一领域。在互联网、大数据、人工智能、区块链等被纳入现代工业范畴的今天，"如果我们人本身将被基因技术所改变，人类社会将被人工智能所改变，地球将被外星球生命所改变——凭什么'人的文学'不变？"[1]

爱潜水的乌贼在《奥术神座》中用量子理论架构奇幻世界，并推动科技工业发展。他以一个叫做"奥术"的概念，赋予了魔法以科学，赋予神灵以真实，将整个西幻的魔法力量体系纳入世界近代物理体系中来，其基调是以科学精神替代"有神论"。在书中，魔法不再是凭空产生，或者神灵赐予的力量，而是古代魔法师以科学的态度、严谨的程序研究世界、研究万物而渐渐形成的世界观。爱潜水的乌贼的另一部西幻题材作品《诡秘之主》掺杂了克苏鲁风格、SCP基金会元素，通过第一次工业革命时代的蒸汽朋克情怀，构造了第二世界。在这个世界里，我们看到了资本主义工业社会的各种矛盾，污染严重却为了利润拒绝产业转型，女工在工厂里卖命却不能养活家人，城市街头偷拐骗抢的流氓混混成群结队，贵族上层阶级勾心斗角争夺利益等。为了转嫁社会危机，垄断资本挑动民族主义发动世界大战，企图重新瓜分世界，各类宗教伪神们妄想借机吞吃彼此，而成为"真神"。工业革命道路上的斑斑血迹令人唏嘘。

---

[1]　吴俊：《文学"新人"的意义》，《文学报》2020年1月2日，第四版。

与《奥术神座》异曲同工，二目的《放开那个女巫》（后更名《魔力工业时代》）主角是一个21世纪的理工科高材生，在穿越到异界王子身上之后，他利用现代基础科学发展扩张自己的领地，通过学习数理化知识来提升魔法的能量。他不仅带领异界人类抵御魔鬼入侵，还运用女巫魔法的力量进行技术革命，促进社会生产力的进步，最终打造出一个可供女巫与普通人共存的国度。《放开那个女巫》虽然是西幻题材作品，却具有鲜明的中国特色：当一个现代人来到举目无亲的异世界时，他没有向神明屈膝跪拜，而是利用魔法的力量去发展工业科技，通过科技产品来改变这个世界。这种思维方式只会产生于拥有"世界工厂"美誉的现代中国。

《临高启明》的写作是一次很有意思的尝试，产生于读者和作者的互动过程中，开端是网友"独孤求婚"在音速论坛（sonicbbs）发起的一个小命题："如果我们携带大量现代物资穿越到了明末，会怎么活下去并改变历史？"当时，历史穿越文正处在高速发展时期，这个命题很快吸引了众多爱好者参与讨论，其中不乏知识丰富的军事史和工业史爱好者，也包括来自金融、社科和理工各专业的网友，他们一方面嘲笑各种严重缺乏历史和专业常识的单人穿越意淫作品，另一方面又带着自身阅历和专业知识进行各自的"穿越"推演，写下种种光怪陆离的小段子，构成了初期的创作团队和素材来源。吹牛者集众人智慧在起点中文网开坑，自2009年6月6日作品上架，跨越11年时间，共写了800余万字，至今尚未完本。这本书的扉页上写着这样一句话：与13.06万书友共同开启《临高启明》的历史之旅。吹牛者执笔的这部历史穿越小说，讲的是500个各怀心思的普通现代人集体穿越到明末海南临高县，并尝试建立近代工业再造现代文明的故事。作品的基本理念是"历史由人民群众创造"，而"科学技术是第一生产力"的观念不仅属于现代,同样适用于古代。在众多历史穿越文中,《临高启明》以独特的形式、包罗万象的知识构架和复杂的社会体系,被很多读者戏称为"穿越说明书""各行业百科全书""工业文明简史"。我们或许可以这样理解,《临高启明》借用穿越手法跳出了固有的思维模式,从而展现了网络时代各行各业对"现实"的幻想以及对历史的理解。

  概而言之,工业题材网络小说以中国社会现实为基础,以全球工业文明为背景,不拘一格,杂糅科幻、重生、穿越和魔法等多种文学类型,实现了工业要素和文学想象的二元互动,极大丰富了当代文学的表现内容,拓展了工业题材的表现疆域。从表象上看,在艺术形态上与传统工业题材小说有所不同,精神内涵却是一脉相承,而以"科技兴国、重生创业"展现当今时代的精神诉求,恰恰体现了网络作家的文学表现力和责任担当。

  工业题材网络小说原本发端于年代小说的宏大叙事,如今已经进入玄幻、奇幻和系统文领域,这也是网络文学各种类型之间加快渗透和融合的标志。这些作品包含了对中国工业化和现代化建设多方位的思考,共同建构了工业题材网络小说宏大的文化视野,具有文化开放性和创造性的表征。可以预见的是,工业题材文学创作借助互联网的蓬勃之势,正在经历一次革命性的变化,它顺应了21世纪人类文明发展的需求,展现了中国作为工业大国所应具有的文化开放性。这一趋势值得学界关注,对于采用不同表现形式和手法进入这一题材领域的作品予以深入探究和发掘,以便梳理已经获得的成果,推动该领域的进一步繁荣发展。随着时代的发展,工业领域未来将发生哪些变化,仍然需要我们去大胆探求和摸索,网络文学杂花生树、脑洞大开,优势不言而喻。需要引起重视的是,任何题材的文学写作，经过创新和变革之后，都将回到主流社会价值认同这个层面，网络文学在表现形式、审美方式和传播手段上的变化，最终必将以深刻反映时代精神为己任。

第三节　对真实人生的虚拟化表述

中国的饮食文化可谓博大精深，文献记载林林总总、形色兼备，并在历代文艺作品中有着丰富的表现。《诗经》就已将与人类生活关系最密切的饮与食，通过优雅、凝练的文学语言表现了出来，到了唐宋诗词，可谓达到了一个高峰，此后明清小说《水浒传》《红楼梦》等更是多姿多彩。而以饮食为题材，通过类型化方式创作出文学作品，则是网络作家对中国传统文化的传承与致敬，也是中国当代文学新的创作实践。

近十余年来，网络美食文集中爆发，比如厨师出身的网络大神静官的《食色无双》、奶茶店店主会做菜的猫的《美食供应商》、紫伊281的《萌妻食神》、耳雅的《花间提壶方大厨》、菠菜面筋的《最强炊事兵》、南希北庆的《北宋小厨师》、李鸿天的《异世界的美食家》，以及天生劳碌的《厨神美食系统》和绅士东的《食戟之冒牌小当家》等百余部美食作品，在各网站以历史、都市、异世、穿越、二次元等不同形式出现，将这一类型推向大众视野。这其中引起我关注的是以宋史言情著称的米兰Lady创作的古代言情美食文《司宫令》。

这部作品的外壳是言情，内核则是饮食文化，它讲述了浦江少女吴葍葍为救母亲，向世外高人林泓求教厨艺，在尚食局选拔中脱颖而出，被选入宫廷，后又卷入宫廷之争，最终成为宋朝女官司宫令的故事。女主的原型来自于南宋美食典籍《中馈录》的作者浦江吴氏，男主的原型则是南宋美食典籍《山家清供》的作者林洪。

女主出自美食世家，养母吴秋娘本是宫中教坊部头，流落民间后开设适珍楼闻名遐迩，主营家常菜，所收六位女弟子个个厨艺出众。吴蕙蕙正是在这个环境中长大，但她的身世曲折离奇。男主林泓学富五车，精通书画，是一位品性高洁、性格沉稳的隐士，擅长文人菜，对食材和烹饪技艺精益求精、一丝不苟，视菜品为人品，绝不容有半点马虎。

皇帝宠爱擅长做开封民间菜的柳婕妤，引发皇太后殷氏不满。太后让大宦官程渊向各地传旨，选擅长做菜的年轻姑娘入尚食局。程渊来到浦江，恰逢乡饮品评宴，适珍楼与贻贝楼争夺乡饮主办权，蕙蕙的话引起他对吴秋娘身份的怀疑。纪景澜巡查浦江，以税赋上存在问题查封了适珍楼，而当年逃出皇宫的吴秋娘也被程渊带走。

女弟子们四处散去，大师姐凤仙留下来鼓励蕙蕙学习厨艺，来年参加尚食局选拔，赴京打听吴秋娘下落。蕙蕙正准备向大师姐学习，武官凌焘却派人来寻凤仙，说凤仙是其失散的女儿，将凤仙带回了家。

蕙蕙一筹莫展之时，贻贝楼聘请的高人、远支宗室赵如钰建议她去武夷山，向隐士林泓学习厨艺。前往武夷山的蕙蕙，在饥寒交迫中晕倒并被林泓所救，随后跟着他来到山中寓所。蕙蕙天真活泼，林泓沉默稳重，两人在磕磕碰碰中加深了解，蕙蕙向林泓学到了制作文人菜的特殊技艺，并对食材与自然的关系有了较深感悟。

尚食局选拔即将开始，蕙蕙在离开武夷山前向林泓流露爱意，林泓未置可否，手中紧握一只雕琢了一半的翡翠镯子，如同留下一道谜语。

入宫后，蕈蕈精研厨艺，用美食慰藉宫廷中一颗颗受伤的心，终于成为一代司宫令。大师姐凤仙入宫后一心向往皇后宝座，与蕈蕈之间的关系也经历了大风大浪。在经历了人生的大喜大悲之后，蕈蕈功成身退，离开宫廷回到浦江，在那里遇到了默默为她经营着适珍楼的林泓，林泓给她看了自己雕琢成器多年的镯子，蕈蕈发现刚好是她的手的尺寸。

《司宫令》故事情节波澜起伏、人物性格鲜明，不同角色之间的关系处理自然贴切，颇有新意。作品将古代饮食文化与言情故事融为一体，刻画了系列人物群像。如前所说，在《司宫令》之前，美食文已经在网络上形成了一个创作高峰，涌现出一批IP，若想有所超拔，不是一件易事。《司宫令》显然站在了更高的出发点，以美食为引子，以情感为主线，构思精巧，铺陈细密，层层推进，完成了对美食文形式上的突破。更为重要的是，《司宫令》从中华美食经典《山家清供》《中馈录》等文献中汲取创作资源，在内容上仔细推敲，认真打磨，做到每道菜肴均有出处，每桌宴席均有典故，妥妥地走"硬核"精品路线。在故事层面上，作品格调高雅，以大义、忠诚、严谨、细致为特色，打破了简单的宫斗模式，辅以丰富的故事情节和复杂的人物成长过程。可以说，《司宫令》是近年美食文的重要收获，它为这一类型开辟了一条新路，并具备了良好的IP开发基础。不管哪种类型，人生处境始终是文学现场，这一点在王栋的长篇小说《最后的房客》中也得到了证实。

网络文学在经历了20年发展之后，走精品化道路已经成为不二选择，但又不是简单的模仿和承袭传统文学，它的核心仍然是以读者为本，以可被阅读为前提。因此，网络文学的艺术技巧有自己鲜明的标志——触发读者的想象。目前，文学领域活跃着一批非典型网络作家，他们的作品具有鲜明的网文特征，而在流量面前，选择的却是深度阅读，这可以视为网络文学在价值重组过程中出现的新生力量。《最后的房客》突出体现出这一特征，在某种意义上打破了网文与传统文学的界限。

对于非典型网络文学文本，这是有一定难度的，一是写作架构上的难度，一个凭借奇妙想象阐释的故事，既想做到扣人心弦、发人深思，又想做到合情合理、行云流水，这需要脑洞，更需要精神质量。二是阅读上的难度，非常规叙事往往不是凭借故事的整体性和曲折程度吸引读者，而是靠寓意，靠言外之意触发读者的想象，唯有寓体的诗性和现实性兼而有之，才能达到这一目的。在网络文化高度发达的今天，刷屏成为日常行为，普遍流行浅阅读，一部不以线性逻辑叙事的长篇小说，是对读者耐心的极大考验。

然而，《最后的房客》让我欣喜地看到了一束光亮：大众文学的外貌和精英文学的灵魂在这里产生了一定程度的聚合。它提供了若干证据置换：比如关于哲学、社会学、意识形态的形象描述，比如关于金钱、容貌、社会热点的抽象表达，尽可能让读者获得体验式的阅读效果。虽然没有达到超然状态，但至少让人看到了那群人的真实存在。布鲁克斯、沃伦在他们编著的《小说鉴赏》一书中指出："正如我们富于想象力地进入小说境界时那样，小说使我们扩大了经验，并使我们对于自我可能遭遇的情况增加了知识。小说是进行中的生活的生动体现——它是生活的一种富有想象力的演出，而作为演出，它是我们自我生活的一种扩展。"[1]

---

[1] ［美］布鲁克斯、沃伦:《小说鉴赏》(第3版)，丰子恺等编译，世界图书出版公司，2006年版，第2页。

《最后的房客》采用的叙事路径符合大众文学的基本特点,即人为设定某个不具有特殊含义的空间,却在这个空间里衍生出不同寻常的故事。由于租住的公寓突然停电,四男一女,五个不同职业的年轻人集聚在公用客厅里聊天,大家商定每人轮流讲述一个故事,以打发时间。这是小说的前半段,暗指的第六位房客并没有出现。正如是,为了吸引听众,故事必须精致、奇妙而独特。

第一轮,吕辉的故事《黑盒子》以人的欲望为底色,简单明了,富含哲理;张锐强的故事《上帝之眼》演绎了好莱坞式的惊悚,令人扼腕;云端的故事《彩票事件》穿越时空,呈现无厘头的失落;武向天的故事《空山灵雨》超凡脱俗,解释镜像与现实的复调,所谓实即是空;唯一一个女孩肖萧的故事《飞翔》微风拂面,却惊心动魄,相当符合人设。实际上这一轮每个人都在讲述自己的心灵,或者说是在虚拟中寻找真实的自我。

第二轮,故事的实质发生了微妙变化。吕辉的故事《此人》出现了反讽的细节,那个阴暗角落里的男人,原来就是故事中的"我";武向天的故事《左眼》类似于梵高重生于北京,那个叫高凡的青年画家,一样没有逃脱命运的捉弄,但他真的有梵高的才华和后世的运气吗?女孩肖萧的故事《犹在镜中》那个女主角通过镜像获得青春容颜,其实她自己就是一面镜子,这不是现代科技的克隆,而是生活的真实演绎;张锐强的故事《审判》则是对话体的伪科幻真游戏,如果说科幻是为了仿真的话,现实何尝不是游戏的翻版?云端的故事《夜》是个连环套,悬疑小说家被自己虚构的故事在梦中杀死,亦真亦幻,真伪莫辨。略萨认为,作家写作的起源是"对现实生活的拒绝和批评,以及用自己的想象和理想制造出来的世界替代现实世界的愿望"。第二轮故事上升了一个层面,即在替代中发现超我的存在。

这时候客厅的蜡烛快熄灭了,但电还没有来,张锐强用最后一个故事《夜Ⅱ》结束了上半场。AI 的出现,改变了《夜》的本质,故事回到了现实中,但这个现实不再以故事的方式呈现,而是以假设人类曾经存在的方式呈现。正如米兰·昆德拉说的那样:"小说家既非历史学家,又非预言家,他是存在的探究者。"因此一切虚构,其核心都是为了找回人的"本我",这也是故事下半场表达的本意。

五个年轻人找到了一间密室,在密室的桌上发现了一个黑色的盒子,打开后,发现里面是一摞打印好的文稿,文稿记述的正是他们上半场讲述的 11 个故事。五个人的行踪是否被房东所操纵,并非问题的关键,或许大众文学必须借助套路设定来表达世情,但从根本上说,这个故事指向的是被叙述者的灵魂,亦或世间所有奇妙都是灵魂的写真吧,小说家的责任就是以独特的方式留住那奇妙的瞬间。

回到文本,《最后的房客》有点烧脑,但更多的是象征与解构,是正儿八经的插科打诨,作者灵活采用了互联网介质特有的游戏性叙事模式,以"十日谈"的"串珠"方式付诸文本,在严肃的话题中融入"无中生有""欲辩忘言""边界消弭"的题旨,对窘迫的人生处境进行近似严苛的追问。如果用一句话来解释这部作品的话,也许可以这样表述:现实中我们无法回答的问题,并不是不存在,而是被忽略了,当某个问题被提起,实际上已经成为过往,不可更改。对于文学而言,世间所有奇妙都是灵魂的写真。

第四节　话题争议之下的网文 IP

网络文学一直不缺少话题争议，这也是互联网环境下知识产权领域较为普遍的现象。玖月晞的网络小说《少年的你，如此美丽》在晋江文学城发表时，便有零星质疑之声，改编成电影《少年的你》之后，影响力大增，一时成为热门话题。由于电影的出色表现，原著抄袭《白夜行》《嫌疑人 X 的献身》的声浪随之再度掀起。网络文学 IP 的培育是一项艰难的工程，但它作为一个窗口，引起众人关注也是在所难免。

网文界确有模仿的风气，一部神作出笼，立即会有跟风者仿而效之，跟着大神沾沾仙气儿，顺便喝点肉汤。尽管有关抄袭的纷争从来没有停止过，但大多是你一言我一语，缺少系统的评述。不过，这些片言只语难以成为呈堂证供，对网文界也起不到以正视听的作用。关于《少年的你，如此美丽》这部小说，质疑并不为过，但缺少真知灼见、切中肯綮的书评却是一种遗憾，网文界需要良好的批评风气，而非单单围绕是否抄袭纷纷扰扰。

何为抄袭？最简单的判断是文字比对，进一步的认定是人物命运（或称人物设定）、人物关系和作品的思想脉络。在传统文学领域，只要不是原样照搬文字，借鉴、融合他人作品的表现手法、叙事方式，并不属于抄袭范围，关键看你的作品有没有"对生活的独特发现"，如果没有，即便是原创也没多大价值。莫言曾明确表示过，他的写作深受马尔克斯的影响，而受博尔赫斯影响的中国作家也不在少数，但影响只是一方面，吸收、消化、融会贯通，立足本土文化，个性色彩鲜明，才不枉作家的名誉，才是真正的硬核。

更多人认为《少年的你，如此美丽》是在"融梗"，这个观点有一定道理。《少年的你，如此美丽》和《白夜行》在人物设定上确有近似之处，东野圭吾对玖月晞的影响毋庸置疑，但这是一个艺术问题，不是一个法律问题。好比一个人卖的是苹果，另一个人卖的是苹果汁。假如一个作家的创作基本依赖融梗，也就是说苹果汁里面没有营养成分提升，虽然不违法，但在艺术上就失去了价值。若是将融梗作为一种吸收他人所长的技术手段，而自己的作品有足够的原创性，就等于苹果汁通过提炼和添加改变了成分，味美且富含养分，相信读者一定能品尝出滋味来。简而言之，融梗不是问题，问题在于你为什么融梗，目的何在。很显然，玖月晞融梗的夹生之处，恰恰折射了网络创作中存在的若干问题。

说到底，融梗只能助消化，而不能成为主食。

从文本角度看，《白夜行》《嫌疑人X的献身》揭示的是相对复杂的社会问题，而且是典型的日式表达，《少年的你，如此美丽》关注的是校园霸凌和高考升学模式，中国特色十分明显，关键是两者在气质上差别很大，一个内敛，一个外露，虽然某些情节类似，而且都是悲剧，却一个呈暗色，风格深沉，一个呈亮色，格调清新。电影的区分度则更为明显。就文本而言，认定《少年的你，如此美丽》抄袭《白夜行》《嫌疑人X的献身》似乎理由不充分。但不管如何，网络作家们真的需要注意了，网文圈很在意"辨识度"，辨识度高的作品，有铁粉誓死捍卫，你可以喜欢，但请保持距离，谨慎驾驶。

小说和电影有各自不同的艺术属性，小说贵在原创中实现"对生活的独特发现"，而电影则不回避翻拍，甚至可以通过翻拍成为

"原创"。这说明了什么呢？说明小说追求文本的唯一性、不可复制性，而电影允许多文本共存，君不见一个孙悟空、一个白娘子养活了多少剧组？换句话说，在两者的比较当中，小说的价值在于提供意义，而电影的价值在于表达意义。这就是为什么导演曾国祥不大关注《少年的你》原著是否抄袭或者融梗《白夜行》《嫌疑人X的献身》的原因，因为在电影里根本不存在这个问题，导演所关注的只是电影里表达的东西是不是"中国式"的，是不是具有"原创"价值。

一部文学作品或是一部电影能否赢得读者和观众，大致分外部观赏性和内部思想性两个方面，两方面缺一不可，但最好做到比例协调。电影《少年的你》显然得其真味，导演在剧情温度的调适上有高超的把握，将残酷与温暖合奏成了打动人心的复调。

值得一提的是，电影《少年的你》没有停留在原著的基础上，而是借助校园霸凌的外壳，直击社会现实中更深层次的问题，比如贫富差距导致的心理落差，家庭教育失范形成的隐性危机，高考制度对青少年的身心挤压等。相当程度上，《少年的你》和《牯岭街少年杀人事件》，以及日本电影《白夜行》形成互文，在不同的社会环境中，从各自不同的角度揭开青少年问题在现代社会的境遇，从而引发人们的思考。究其本质，网络文学IP提供了怎样的内核，是否具有普适性与独特性，同样是文本价值所在，反过来说，脱离文本价值的IP，只会是水中望月的奢望。

同人小说在网络文学领域一直是个富有争议的话题。"同人"这个词最早是指志趣相投的人，我国五四新文化运动时期就将志趣相投的人合出的刊物称作同人刊物。网络时代，"同人"的内涵逐渐变化，现在特指在某部原创作品的故事背景、人物关系、世界观等基础上，发挥想象，将原作中不同于自己审美观或不符合自己期望的地方加以修改,形成的二次创作。因此同人文的作者绝大多数是原作的读者。同人文是一种跨类型,甚至跨艺术形式的创作,比如一部历史题材小说的同人文有可能转化为科幻、神话、战争或武侠等题材。小说、影视、游戏、歌曲、动画、漫画等艺术形式之间可以相互转化为同人作品。

同人创作其实在古今中外有很多先例,如《水浒传》和话本《大宋宣和遗事》,清末民初"翻新小说"《新石头记》和《红楼梦》,英国BBC将《福尔摩斯探案集》改编成现代剧集《神探夏洛克》,美国华特·迪士尼影片公司将《哈姆雷特》改编成动画片《狮子王》等。日本的漫改同人形成的"世纪初三大同人圈",分别属于《灌篮高手》《圣斗士星矢》《银河英雄传说》,对中国互联网文化影响颇深。随着互联网技术的迅猛发展,与网络文学交相辉映,同人创作成为网络流行文化的重要组成部分,涵盖的范围非常广,比如《大圣归来》《哪吒之魔童降世》就是基于《西游记》和《封神演义》的同人创作,各类三国游戏则是基于名著《三国演义》的同人创作。流水不腐,户枢不蠹,文化没有交流就会走向消亡,只有在传统的基础上,运用新的视角和价值理念不断创新,赋予经典故事符合时代精神的意义,才能让经典活起来、传下去。

同人文艺创作以原始作品或形象的不同作为分类,比如小说同人、影视同人、动漫同人、历史同人、真人同人等。同人的存在首先证明了原作或形象是非常成功的优秀的作品,比如影视同人,2019年影院上映了那么多电影,唯独《哪吒之魔童降世》拥有大量同人作品,这说明这部电影深受观众喜爱。观众们有的写了有趣的段子,有的画了可爱的漫画形象(有人认为电影里的哪吒有点丑,同人作品再现时则美化了哪吒),有的写了或伤感或好笑的故事,补充他们认为应该深化开发的桥段。这些同人作品短小有趣利于传播，在几天之内火遍微博、微信朋友圈，成为比电影预告片更为有力的宣传手段。这部电影的成功，同人作品绝对功不可没。再比如2016年猴年春晚吉祥物"康康"刚发布时被万众吐槽丑绝人寰，但一些同人作者为康康画了很多可爱的漫画，编了很多小故事，赋予其更丰富的背景，成功扭转了康康在大众心里的印象。2014年南京青奥会的吉祥物砳砳也有着从被吐槽，再到被同人作品扭转形象的类似经历。

可以说，同人已经由单一的文体形态转化为一种全球文化符号。世界不同民族、不同文化都有人在从事同人创作，国内同人创作者数量巨多，各类网站、论坛、微博等有同人作品，包括但不限于：起点、掌阅、阿里书旗、晋江、爱奇艺阅读、网易lofter、飞卢……大部分国内正规网站都有数量不等的同人作品在线。国外的超级文艺机构如漫威为何成长如此之快，影响如此之大？当然首先是他们重视原创作品质量，传播手段有效，但大量的同人作品也为漫威的全球影响助了一臂之力。漫威深谙此道，已将同人创作列为重点推广形式，并且有计划将漫威超级英雄同人作品向全球输出。而中国的超级英雄如孙悟空、哪吒才刚刚起步，姜子牙、杨戬、花木兰……中国还有很多传奇人物故事等待挖掘和二次创作。社会繁荣需要文化繁荣，更需要对文化的理解和包容。

由此可以看出，同人其实是基于文化流行，基于社群认同的一种创作形态，它并不是特定的创作方式，也不是文字表征。它是青少年在新的语境中有意识或无意识地融汇学习，而产生的情感冲动和创作欲望。

同人作品比较集中的问题是版权纠纷，对此各大文学网站对同人文的写作都有十分明确的要求，不同程度地设立了门槛。就目前情况看,同人写作大多属于自娱自乐,不以商业为目的,具有较强的社区、圈子属性。同人圈有一句话叫圈地自萌,对同一原作不同的理解形成了不同的派系,比如红楼同人就有宝玉黛玉派和宝玉宝钗派,两派作者各写各的,维护己方观点,但极少交流吵架,不去找观点不同派系的麻烦。如果宝黛派非要去金玉派爱好者面前企图说服对方,这种行为就被叫做 ky(没眼力见),是很被讨厌的行为。

由于同人文艺创作相对自由且发展迅猛,有些作品出现了不健康的内容,涉及自杀、黄暴、心理畸变等敏感的社会问题,值得引起关注。目前,有关同人文艺创作的政府管控和理论研究均处于相对滞后状态,如何正确引导创作,杜绝传播污染现象出现,是亟待解决的问题。

我国现阶段的法律对于同人是否侵权原作没有判成功的案件。金庸诉江南《此间的少年》一案,由同人创作引发,但法院最后审理认为,不构成著作权侵权,但构成不正当竞争。在世界范围内也极少出现原作者或形象拥有者诉同人作品的案例。因为如前所述,同人因爱而存在,本身就证明了原作或形象的魅力值,而同人作者又往往是原作的铁杆粉丝和积极传播者,故而一旦出现版权纠纷,全世界绝大多数原创作者都选择与同人作者和平解决争端。此次法律纠纷对同人创作提出了警示,文学创作有自身的规律,任何形式的"雷同""仿写"等都是对原创者的侵害,每一位写作者都应该引起重视,尊重他人即是尊重自己。

网络文学自产生以来即与互联网其他艺术门类有着千丝万缕的联系,在发展成型之后又经历了商业化的淘洗,其文本自然呈现出多种元素角力的痕迹,但作为文学,基本的美学原则会在社会变革中去伪存真,淘沙见金。从长远看,网络文学需要时间的打磨和砥砺,需要经历自我扬弃的艰难苦旅,方能成就中国文学史上灿烂的篇章。

第六章 网络文学创作探微

第五节　网络文学进入历史拐点

　　网络文学的阅读人群自然也是构成网络文学大潮的重要组成部分。受众的心理需求,很快通过读写互动模式在创作中得到了呼应。由于工作、生活压力不断增大,生活在大都市里的青年男女——尤其是漂一族和打工族——单身或晚婚现象已经非常普遍,但他们并非异类,其中相当一部分人仍然渴望改变现状,但苦于能力有限,而不得不接受现实。然而他们并没有放弃追求与幻想,他们寄希望于情景"突变",从而实现"自我"价值的重新塑造。某种意义上,网络"架空小说""玄幻小说""职场小说"和"言情小说"正好吻合了这个庞大人群的心理征候。因此不难看出,网络中流行的各种类型小说,不管你是否接受,其实都是时代变革所附带产生的"痕迹",而这恰恰又是文学作品之所以产生必须具备的最基本的元素,尽管它不能作为评判一部作品优劣的依据。当然,主流社会的关注和专业部门的介入,必然会在一定程度上影响到网络文学的走向。在茅盾文学奖、鲁迅文学奖宣布对网络文学敞开大门的同时,中国作家协会已经连续多年对网络文学实施重点作品扶持,至2021年底鲁迅文学院网络作家班已举办了20期。类似上述情况的出现,至少能够说明,网络文学对现实领域的不断开掘,在大方向上与主流文化诉求一致,这既是其自身发展的需求,也符合受众对它的热切期盼。事实上,个人、民众和国家三者合一,才是网络文学长远发展的动力保证,当下急需解决的已经不是网络文学的身份指证和价值认同问题，而是如何在愉悦读者的同时追求艺术创造的广度和深度，进而产生精品力作。

在2014年网络文学IP热产生之后，网络文学现实题材作品与幻想类作品分别找到了各自的成长空间，从原本的各说各话走向了互补共荣。从原本男频执幻想题材牛耳、女频以现实题材为荣，发展到今天彼此依赖、相互延伸、相互借鉴，比如男频出现了《余罪》，女频出现了《花千骨》，均为既叫座又叫好的作品。

尽管如此，具有严肃性的现实题材作品在网络上所占的比重仍然不大，多数作品是现实生活与幻想手法的杂糅，较为典型的网络穿越文和都市文都是如此。这类作品在创作理念上，在对现实生活的认识和表达上，均与传统文学存在较大差异。另外，充分追求娱乐化阅读效果，故事情节十分明显地向戏剧化方向发展，在现实的基础上尽情诙谐、轻松、搞笑、逗乐，也是现实题材网络文学的重要特征。同样，由于网络文学现实题材作品在形式上与传统文学较为接近，如何评价这类作品也存在争议，是将其纳入既有的文学评价体系当中，还是有针对性地建立一套与网络文学相符合的评价话语体系，已是文学理论评论界无法回避的课题。

在政府的大力推动和引导下，至2021年底，阅文集团旗下多家知名原创文学网站联合主办了5届网络原创文学现实题材征文大赛。连尚文学也陆续举办了3届现实题材征文大赛，推出来一批现实题材网络文学优秀作品。

近几年，现实题材作品已经成为网络文学的一个亮点。阿耐的《欢乐颂》关注都市女性心灵成长和社会问题；齐橙的《大国重工》聚焦我国冶金、矿山、电力和海工等重型装备领域的发展壮大；小狐濡尾的《南方有乔木》书写无人飞行器领域的故事；卓牧闲的《朝阳警事》讲述一个片儿警在群众帮助下屡破大案的成长经历。其他如舞清影521的《明月度关山》、乔雅的《心照日月》、唐欣恬的《恩将求抱》、蒋离子的《糖婚》、清扬婉兮的《全职妈妈向前冲》、尼卡的《忽而至夏》、冷秋语的《眼科医师》、牛莹的《投行风云》、吉祥夜的《听说你喜欢我》等作品从不同层面反映了时代留给这一代人的青春记忆，以及他们对社会现实问题做出的积极回应。从虚拟的现场感走向正面强攻的现实感，从脑洞大开到面向社会核心问题，乃是网络作家们在新时代对自己做出的挑战。

在政府积极倡导和扶持的创作方向大势影响下，2019年，现实题材创作成为中国网络文学"主流化"的年度旗帜和风向标，越来越多的由网络文学现实题材作品改编的影视剧热度不减，市场对于优秀现实题材作品的需求也进一步增大。2019年是IP的重大变革年，大男主玄幻剧因为篇幅长、改编难度大、改编周期长、影视化投入比较大等原因，更多的影视公司虽然也关注，但是由于短期变现能力差以及之前的几部玄幻剧的成绩不是特别理想，短期内市场进入一个低潮期。以前一味以爽为核心的创作方向，也开始考虑拍摄的成本合理性及用户群体等多重因素，正能量的网络文学现实主义题材作品持续不断地出现，内容版权市场涌现出一批故事情节俱佳、人物刻画鲜明的网络文学现实题材IP。优秀的文学作品有共同的特征，首先需要反映时代精神，这是文学的普遍规律；其次它要有饱满的时代信息，需要反映这个时代人们观念的变化。这也是网络文学现实题材之所以能够得到发展的内在动力。

随着中国网络文学进入新的历史拐点，主流意识形态对网络文学的重视、赋能与规制，文学创作从规模扩张向质量至上转型，以及如何提升网络作家的文学地位、培育新生力量，让网络文学向精品化、高端化发展成为业界关注的焦点。由此网络文学研究和人才培育也逐渐成为一个热门话题。继中南大学、北京大学之后,山东大学也挂牌成为中国作协网络文学研究基地。华东师范大学创建了中国创意写作研究院,并设立华东师范大学中文系创意写作硕士学位点,为中国网络文学发展和文化创意产业繁荣提供人才支持。学术研究与人才培养点对点服务也拉开了序幕,阅文集团与上海大学创意写作学科产学研合作,共建中国网络文学第一个创意写作硕士学位点;掌阅文学联合北京大学和中国传媒大学,分别建立了北大原创人才基地和掌阅、中传IP研究基地,成为这一领域的领跑者。归根结底,中国网络文学缘起于这个时代,成就于这个时代,它也将为这个时代创造独特的文化价值。

第七章

网络文学 IP 面面观

网络文学知识产权是近几年才出现的一种规范术语,对于文字作品,我们以前一般只强调对著作权(版权)的开发应用和管理。"知识产权"是1967年世界知识产权组织成立后出现的术语,这一概念涵盖的范围更加广阔,也更具有兼容性,著作权(版权)涉及的内容均被纳入其中。互联网出现之后,业内人士习惯将其简称为IP(Intellectual Property),即知识产权。网络文学知识产权,主要指由网络原创作品版权延伸出来的形象、故事,以及不同形态的文化艺术样式。作为互联网时代IP的重要源头,网络文学知识产权的综合开发,涉及整个互联网文化产业链,目前虽然已经取得了一定的成效,但仍有诸多问题值得研究和探讨。

由于互联网技术仍处在高速发展阶段,在互联网环境下孕育产生的网络文学,同样处在成长期和变革期,其内容、形式和文化价值、商业模式均存在诸多不确定因素。当下,我们所能看见的是,中国的网络文学不仅是全球文化体系中的一个独特现象,也是全球电子商务模式和泛娱乐时代文化产业链中盛开的一朵奇葩。因此,在全球文化软实力竞争异常激烈的今天,考察和研究中国网络文学知识产权开发这个全新的课题,既具有深刻的时代意义,也具有长远的战略价值。

严格说来,网络文学知识产权是属于知识产权体系的一个分支,但在其开发过程中遇到诸多问题,而可供参考的成功经验十分有限,实际上在不同国家、不同地区,乃至一国之内的不同区域都存在对其认知的差异。因此,要将网络文学知识产权的综合开发落到实处,就必须具备互联网时代国家文化发展的战略意识,必须切合我国的社会制度和国情,必须在文化价值和商业价值两个体系中找到平衡点和支撑点,以科技创新、文化创意交融发展的开阔视野,努力探索并逐步建立一套符合网络文学发展实际的路径。

当前,网络文学知识产权开发面对的是全新的构成方式,IP概念的出现,显示其结构延伸部分远大于主体部分。市场的高度活跃本来是一件好事,但由此而产生的IP囤积、圈钱套利、跟风创作、作品同质化等却又反过来制约网络文学的良性发展。舍本逐末的怪圈,值得我们警惕。好在"游戏规则"尚在酝酿与建构之中,相关政府机构、民间组织、投资人和版权人应秉持可持续发展的理念,将网络文学知识产权开发引入优质化、正规化的渠道。

另外,开发与维护是相辅相成的共同体。互联网作为一种新型的载体,这一领域国内外发生的知识产权案件日益增多,很多案例超出了原有的法律范畴。我国网络文学知识产权问题已经引发了社会各界的广泛关注,学术探讨十分活跃,但尚未进入立法阶段。如果不能实现有效的维护,将不利于网络文学的传播和文化产业的健康发展,也会挫伤智力成果创造者的积极性。因此,要想在网络时代背景下让投资人、版权人和网络用户的合法权益受到保护,让网络生态环境充满勃勃生机,建立网络文学知识产权维护体系是无法回避的时代课题。

第七章 网络文学IP面面观

第一节 IP的主要形态及其路径

自2008年开始,网络文学知识产权成为互联网产业的新宠,其形态由过去单纯依靠用户付费阅读的商业模式逐渐向"以IP为核心,全产业链、全媒体运营"转变,2015年达到了一个新的高峰。目前根据市场的不同需求,网络文学可分为线上数字阅读和线下纸质图书出版(包括期刊漫画连载),版权开发的主要形式为电影、电视剧、网络剧(包括网络大电影和微电影)、游戏、动画、有声读物、舞台剧(包括话剧、戏曲等)、cosplay、衍生品等多种文化消费形态。

随着网络文学内容和形式的不断创新,大量资本流入到与其相关的领域,由此形成了IP产业链。网络文学依靠互联网低传播成本的优势积累了大量忠实读者,这部分用户在网络文学作品向电影、电视剧、游戏等领域的改编过程中体现了极大的商业价值。网络文学平台纷纷建立了IP衍生合作部门,将网络文学的改编授权作为主营业务,如阅文集团、中文在线、百度文学、掌阅文化、阿里文学等已开始深度参与到IP开发的全过程中,不但对品质进行管控,同时对开发的IP进行投资。2015年,腾讯系成立了两家影业公司,分别是企鹅影业和腾讯影业。2017年以来,腾讯影业和阅文集团深入合作,对《回到过去变成猫》《从前有座灵剑山》《择天记》三部作品进行影视改编。以往网络文学切入电影行业,始终以内容源的身份出现,而作为国内最大的IP源头,阅文集团一直在寻找一条全新的文学IP机制。不出意外,《择天记》应该成为范本,腾讯影业发布会上，公布了它的电视剧和大电影的制作计划，这个网文IP在娱乐产业链上的最后一块重要的空白阵地也填补完毕。以《择天记》为例，《择天记》由腾讯影业与阅文集团、柠萌影业、湖南卫视以及腾讯视频五家强强联手打造，计划推出3季电视剧。尤为特别的是，《择天记》采取了网文创作与电视剧的同步推进。事实上，这也有可能成为中国电影的未来趋势。一方面，越来越多的网络文学作品正在被改编成影视作品并取得成功。这些故事本身就是在不断探求如何适应用户情感需求的过程中诞生，大众在不自觉中已经参与了创作的过程。另一方面，依靠大数据对文学、动漫、游戏用户洞察的支持，从而为电影创作提供更加具体和现实的决策辅助。

借助网络文学核心内容与影视、游戏、动漫等互通，共同构成泛娱乐生态体系，彼此带量，是网络文学市场发展的主要方向。在美国，以迪士尼、漫威等为代表的娱乐巨头已形成完整产业链，围绕一个优质IP进行的综合开发，其市场规模可达百亿美元。由此可见，中国网络文学知识产权的综合开发前景广阔，起码在未来10到20年内会处在一个不断升级的过程中，并逐步完善市场开发机制，最终开辟出向海外市场传播的有效途径。

根据已有的经验来看，网络文学知识产权开发大致有如下这样几种形态。

数字阅读：原创网络文学作品在PC端、移动端订阅收入，第三方平台分销分成，阅读APP、网络文学自媒体的营销收入，数字图书馆销售收入等。

版权销售：原创网站或者作者将版权卖给影视、游戏和出版社等下游企业。这是最常见的，也是最广泛采用的一种版权开发形式。

版权入股：以版权入股到 IP 开发项目里，或者拥有优先投资权，可以得到大比例分成。

版权分成：游戏或影视单纯销售和分成，一般不超过流水的 3%。

同步开发：小说和游戏、影视一起开发创作，相互带动，类似于传统行业图书出版与影视同期。蝴蝶蓝创作的《全职高手》网络剧与动漫同期开发、唐欣恬创作的《裸婚时代》小说与电视剧同期开发均属于成功的典型案例。

反向定制：已经成熟的游戏或影视 IP，为了扩大影响，带来流量，反向定制网络小说。无罪、卷土、小刀锋利、乱世狂刀等大神级作者均有过反向定制创作的作品。

第二节　IP 的孵化与应用

IP 的孵化与应用，主要指向原创网络文学向影视剧、游戏和动漫的转化。网络小说目前还属于亚文化范畴，粉丝们习惯通过 PC 端、移动端阅读，而它如果想变成主流，变得家喻户晓，成为某种现象级的产品，最简单常见的方式是改编成电影、电视剧，或者网络游戏和动漫。比如《致我们终将逝去的青春》在改编成电影前，是一部在青少年中流传甚广的言情小说，但它并不具备"青春"的标签化特质，而电影让它引发了一个潮流。同样，《后宫·甄嬛传》《琅琊榜》《花千骨》等作品改编前只是普通的网络小说，粉丝不少，但在电视剧播出后，它才成为主流社会认可的"热门"，不仅具有商业价值，而且具有社会价值。无论是产业规模还是社会效应，都是以前单向运作无法企及的，网络文学与影视剧、游戏和动漫的互动形成了互联网时代的 IP 马太效应。

一、影视开发

从 2004 年开始，中国影视产业界掀起了一波网络小说改编的浪潮，例如：2004 改编自蔡骏《诅咒》的《魂断楼兰》；2005 年由《你说你哪儿都敏感》改编的《一言为定》，以及《亮剑》《我的功夫女友》；2006 年的《成都，今夜请将我遗忘》《向天真的女孩投降》《爱上单眼皮男生》；2007 年的《谈谈心恋恋爱》《双面胶》。2010 年以来，更有《千山暮雪》《泡沫之夏》《倾世皇妃》《佳期如梦》《美人心计》《致我们终将逝去的青春》《裸婚时代》《失恋 33 天》《甄嬛传》《琅琊榜》《芈月传》《欢乐颂》《花千骨》《亲爱的翻译官》《古董局中局》《大江大河》《风筝》《战狼 2》《我是余欢水》《山河令》《隐秘的角落》《长夜难明》《择天记》《赘婿》等影视剧改编自网络小说，并产生了广泛的社会影响。

由此，对影视剧产业而言，拥有庞大内容资源的文学网站成了最佳合作对象，几乎每家影视制作公司都有专属的网络文学平台窗口，例如改编《步步惊心》造成轰动的唐人影视公司和图书出版社没有固定的合作关系，却和网络文学产业龙头企业有固定联系，唐人影视的剧本库中，有 30%—40% 是来自网络小说。也有员工专责挑选合适的网络小说以进行改编。然而，并非所有的网络小说都具有改编的潜力，有评论指出，网络小说虽然有着很好的群众基础，本身就具有改编的潜质，但也要分题材，其中大量暴力、敏感的题材，以及动辄上百万字的写作都给改编带来困难。

因此，在原创网络小说改编影视剧的生产模式中，便出现了以特定文类为主流的现象。文类的使用在具有高风险特性的影视产业，有着降低风险的作用，并且有利于推进后续作品的版权交易，因为特定文类的网络小说，其题材在改编成某些不同形态的娱乐内容时，适应性显得特别高，很容易对应不同市场的需求。例如奇幻、玄幻与游戏类小说，特别适合改编成线上游戏；而都市言情、家庭伦理和宫廷历史类作品，则特别适合改编成影视剧。

通过这几年网络文学的改编情况来看，现代都市（异能、婚恋）类、古代言情类、军事类三大题材的作品列前三位，历史类、玄幻类作品分别排第四、五位。整体而言，以爱情为主轴的剧本一向是影视剧市场中最受欢迎的类型，且因市场接受度、拍摄成本（包括拍摄费用和拍摄技术等）和投资考量，在原创网络小说影视改编的趋势上，仍以都市言情、宫廷历史和家庭伦理三类为主。以时装进行拍摄的都市言情类和家庭伦理类不仅市场接受度高，拍摄成本也较古装剧低廉，因此备受影视公司的喜爱。古装宫廷历史剧虽然拍摄成本普遍较时装剧高出许多，但在影视产业大量兴建影视城的影响下，不仅带动古装剧的拍摄风潮，而且场租成本远比海外华人集中地区如新加坡等地剧组须跨海拍摄便宜，同时在服装、道具等相关产业发达的情形下，拍摄效果亦佳，不仅在本土市场的接受度高，在海外版权销售上更是无往不胜，经济效益颇大。加上90年代以来我国台湾、香港等地的影视公司为降低生产压力，纷纷前往内地省份寻求以"合拍剧"的形式拍摄古装片，刺激了中国影视产业快速发展，因此宫廷历史剧不仅是中国原创网络小说改编影视剧的主要文类，更是中国影视产业的主力剧种。

2010年是网络文学影视开发的重要节点。在此之前，IP开发是单一的线性结构，还没有形成泛娱乐概念，更没有所谓 IP 交叉联动。当时只要有机会把版权卖出去就是胜利。比如 2006 年时，《鬼吹灯》《后宫·甄嬛传》的版权出售价格都很低。事实上，影视公司拿到版权之后，在很长一段时间并没有运作，因为 IP 的概念还没有形成，不具备市场条件。2010 年之后，网络文学行业根据市场需求做出了调整，家庭伦理、都市情感和古装宫廷三类网络小说大行其道，这三类同时也是中国影视剧长期霸榜的主流剧种，所谓 IP 交叉联动初步形成。

网络文学改编后的变现能力在 2015 年暑期达到了一个高峰，一部周播剧《花千骨》创下 3.89% 的收视率，网络点击破 150 亿次。制作方慈文传媒凭此剧收入 2.29 亿元，独家网络版权方爱奇艺获得全网超过三分之一的播放点击。改编自《盗墓笔记》的电视剧《老九门》上线一个半月，网络点击量超 50 亿，这是全网首部破 50 亿的平台自制剧，即便在全世界瞩目的奥运周，《老九门》依旧斩获 10 亿网络点击量。

二、游戏开发

网络文学用户对于玄幻奇幻、仙侠武侠类作品的青睐由来已久，曾经的金庸、古龙撑起了国内游戏、影视剧的半边天。反观当下，借助互联网这一便捷的平台，优秀作家更是如雨后春笋般出现，辰东、天蚕土豆、猫腻、我吃西红柿、唐家三少、南派三叔、天下霸唱、忘语等不胜枚举。玄幻奇幻、仙侠武侠类的文学作品，一方面受众广泛，无论是转化过来的用户还是仅冲游戏本身而来的用户已经具有相当的规模；另一方面，就本身游戏改编而言，这类作品具有先天优势，其人物设定、故事架构、世界观等都更符合游戏中带有冲突和对抗的特性,改编成游戏毫无违和感。

网游市场一直以来都是一个巨大的金库,与网络文学结合,借助其强大的 IP 支撑和大量的用户积累,成为游戏发展的一条"捷径",也给网络文学知识产权的开发提供了新的试验场。第一波公司主要从事移动网络游戏的开发与运营,其模式为"网络文学+游戏",先后打造出《佣兵天下》《鬼吹灯》《星辰变》《神墓》《恶魔法则》《兽血沸腾》《莽荒纪》《唐门世界》《绝世天府》等多个游戏产品。其中,《莽荒纪》自上线以来月流水高达 1700 万元。

游戏开发可拆分为手游、页游、端游,其中手游市场最为庞大。《盗墓笔记》《完美世界》无不是 IP 运营的经典之作,手游一出便实现长时间霸榜,《莽荒纪》《魔天记》《琅琊榜》《云中歌》《花千骨》等改编的手游也收益不俗,说明网络文学改编手游是目前游戏改编的主要趋势。

中研普华产业研究院分析员陈观秋在《手游行业发展现状及发展趋势分析 2023》一文中分析了中国手游发展现状,她认为,2020 年中国手游用户规模增速呈小幅增长后,2021 年中国手游用户规模增至 655.88 百万,较上年增加 1.53 百万,用户增长率 0.23%,继续增长的空间有限。受未成年人保护等政策影响,未来用户也将主要集中在 18 岁以上人群。

2020 年中国手游市场迈过 2000 亿元大关后,受疫情期间宅经济红利消退、游戏版号暂缓发行等多方因素影响,2021 年中国手游市场实际销售收入 2255.38 亿元,较上年增加 158.62 亿元,同比增长 7.57%。

受国家版号政策及鼓励文化出海政策影响,中国自研手游在海外持续高速增长。2021 年中国自主研发手游海外市场实际销售收入160.9亿美元，较上年增加28.7亿美元，同比增长21.71%。

我国上市游戏厂商的研发费用大多处于上涨态势，游戏内容制作精细化，制作流程工业化，内容运营长线化，全方位竞速成长。2021年上半年，腾讯游戏研发费用243亿元，同比增速34%；网易游戏研发费用65亿元，同比增速42%。

随着中国游戏产业生态环境不断完善，游戏产业链持续升级，以及5G、人工智能、云计算、大数据等前瞻性技术的发展，催生了一批创新型文化产品及业务，包括云游戏、电子竞技、游戏直播等，对手游行业的企业提出更高的发展要求。

未来三至五年内手游市场格局分析，未来泛娱乐或将成为手游厂商营收的重要增长点。泛娱乐以IP为核心，基于互联网与移动互联网的多领域共生，打造明星IP的粉丝经济，可以是一个故事、一个角色或者其他任何大量用户喜爱的事物。手游厂商的泛娱乐化不仅指将影视、小说和动漫等版材制作成手机游戏，同时也包括将游戏改编成影视，围绕IP手游生产周边产品等。

中国手机游戏行业以明星主播和战队协同电子竞技赛事运营，以"游戏/电子竞技赛事+主播"模式实现强调内容、主播与用户三方面的互动，这使平台主播和用户黏性不断增强，同时直播平台盈利能力也在持续增强。这都为手机游戏市场提供了更多的用户付费场景，也增强了用户的支付意愿。

阅文集团在网络文学内容方面的优势比较明显，由于其网络原创内容的丰富性，使得其适于改编为各类游戏的小说应有尽有。无论是大型网游手游，还是休闲类、卡牌类游戏，都可以找到适合改编的内容支撑。内容的多样性保证了改编类型的多样性、受众的多样性，而对于一个生态系统来说，多样性是其强大的"抵抗力、稳定性"的前提。

第三节　IP 背景下的网络文学价值

从 2004 年网络文学进入商业开发渠道以来，最初四五年增长速度并不快，到了 2008 年才有了第一次飞跃式增长，2010 年再次翻番式增长，引起了社会各界特别是资本的关注，网络文学知识产权的开发成为一个热门话题。之后五六年，可以说是网络文学商业开发的第一个黄金期，版权的售价，即所谓 IP 的价格平均翻了 5 倍以上。由此，IP 热成为了一把双刃剑。

从积极的角度看，IP 热现象使原本走向迷途的网络文学出现了柳暗花明的局面。就市场情况而言，能够成为大热 IP 的作品无一不是具有独特性，作者精雕细琢，经过长时间发酵，读者沉淀筛选出来的精品，这给追求短平快的网络文学创作树立了新的标杆，使网络文学作品的成功又有了一种新的模式。

但是网络文学的强大吸金能力也在一定程度上带来了市场的无序竞争，追逐热点、题材重复的问题愈发严重，导致很多人对网络文学的创新性产生了质疑，对网络文学持续市场化的前途感到悲观。

随着过去几年大型网络文学厂商的积极并购行动，以网络文学为核心 IP 来源的产业生态逐渐形成，越来越多的网络文学作品开始进行影视和游戏改编。作为泛娱乐 IP 产业链的最前端，网络文学作品依靠互联网低传播成本的优势积累了大量忠实读者，这部分用户在网络文学作品向电影、电视剧、游戏等领域的改编过程中体现了极大的商业价值。

作为 IP 源头，网络文学本身凝聚了内容价值、粉丝价值、营销价值。此前，网络文学 IP 价值主要建立在版权销售上。以数字付费阅读为基础，确保实现作家直接分成收益的同时，进行版权延伸拓展。而当网络文学放大到全民阅读，原有的版权运作机制很难实现对全类型作品的覆盖。业界提出全新的泛娱乐 IP 开发策略，将以制作方、投资方、运营方三种或以上的多重形态、角色深度介入全产业运作，打造作家品牌和超级 IP。

在以往的 IP 孵化过程中，由于影视、游戏投入大，网络文学网站和作者基本处于弱势地位，很难从 IP 运营中获得大比例的利润分成。很多文学网站已经意识到了这一点，因此全力加入到高用户基数的 IP 开发里面，比如《择天记》的 IP 孵化从始至终都有文学网站和作者的身影，这既保护了网络文学原创团队的利益，也保证了作品在深度开发时保有一定的质量。

在 2014 年乌镇举办的互联网大会上，马化腾在演讲中特别谈到了对于内容产业的理解。在他看来，腾讯的核心是做链接，但如果只是纯管道，那还不够，所以还做了大量的内容，从游戏，到动漫，到文学，再到影视，构成一个交织的知识产权新生态。互联网本身就是一个网状的结构，相互借力、相互牵制对整个行业的发展更为有利。爱奇艺创始人、CEO 龚宇也表示，有影视 IP 的网游收入会明显提高，差不多是没有影视 IP 的网游收入的 2—8 倍。这说明了一个问题，互联网具有更加突出的马太效应，互联网产业链的同步性能够放大知识产权的价值，进而创造商业奇迹。

但同时，也要警惕在孵化名义之下的杀鸡取卵。

孵化与杀鸡取卵，这两个看起来相互对立的概念，在网络文学知识产权开发中往往被同时运用，其主要原因是网络文学知识产权开发是一个综合的体系,如同火箭发射需要几级推送才能进入轨道。如果某个环节过分强调自身利益,极有可能对整个产业链造成伤害。

一部优秀的网络文学作品与一个优质的 IP 之间究竟是怎样的一种关系?网络文学作品的粉丝数量只代表了它在数字阅读上的价值,它只是一个基础、一个好苗子,需要进一步孵化,才有可能成为一个优质 IP。说到底,网络文学知识产权的综合开发,其核心是指网络文学作品的 IP 优质孵化过程,如果将网络文学作品的在线热度作为优质 IP 的充要条件,差不多就等于杀鸡取卵。

但在实际操作过程中,网络文学知识产权的打包销售不利于术业有专攻的基本规则,客观上造成了网络文学知识产权的耗损与闲置。

消耗 IP、实现 IP 的套现已经成为当下最为流行的做法。一个优质网络文学作品出现之后,做影视的人买了版权,有时候就想,游戏很挣钱啊,我也做一个游戏吧,或许我挣不到大钱,但得到一些流水可以补贴我的利润。做游戏的人买了版权也会这样想,我也拍个电影吧,虽然不赚钱,但是可以把它当大型的广告片使用,起码我的游戏是可以赚钱的。这不是做 IP 的核心道路,而是 IP 的套现,是最终消耗 IP 的方式。

我们看看成功的 IP 孵化案例就会发现,IP 的套现近乎是对优质知识产权的扼杀。比如《哈利·波特》,小说形成了大量的粉丝群,电影也得到了大资金支持,制作精良,在全球传播过程中实现了"放大器"的作用,之后再去反哺 IP 本身,这才是真正的孵化行为。

以晋江文学城为例,我们可以看到 IP 背景下网络文学生态状况和前景。自 2003 年成立,晋江文学城经历了从低谷到高潮的十多年发展过程,透过多年来积累的版权价值可以看到网络文学的前世今生和未来走向。

晋江文学城流量从 2007 年末的日均 1500 万次，至 2016 年日均超过 9000 万次，增长速度异常迅猛。目前包括越南、日本等海外国家和地区并没有自己单独的文学网站，更多地是从晋江引进或自发翻译，有些出版社看准时机，除了和晋江沟通出版、引进电子版权，在越南、泰国、新加坡、日本等国家和地区，还希望与晋江采用分成的模式建立晋江的海外站点。例如日本的 Smart Ebook 公司，其版权渠道可将晋江的书拓展到墨西哥、印度、菲律宾、南非、澳大利亚、韩国等地。2020 年以来，共有 213 个国家和地区的用户在访问晋江文学城的网页，其中来自美国、加拿大、澳大利亚等发达国家的占到很大比重，海外用户流量比重超过 25%。在衍生版权市场上，晋江占有率比较高，大概在 50%。若是出版和影视，占有率在 70%—80%，目前已经与越南、泰国、新加坡、日本等多个国家以及近百家知名影视公司形成长期合作关系。

　　在晋江文学城首发的作品，已有 500 部成功改编为影视作品，其中包括《步步惊心》《来不及说我爱你》《千山暮雪》《苦咖啡》《后宫·甄嬛传》《请你原谅我》《三生三世十里桃花》《佳期如梦》《何以笙箫默》《长大》《美人心计》《芈月传》《无心法师》等。

　　晋江文学城的全版权运营，一方面是网站在作者、出版社、影视方等各层面的合作方之间建立的快速良好的沟通机制，并通过一个个成功案例不断树立起良好的口碑。另一方面，大量优质的、题材多样的作品在晋江文学城这个平台上不断涌现，也是网络文学版权商业化运作取得一定成果的重要基础。

　　在众多文学网站中，晋江文学城是比较独特的一家。从最早的穿越到后期的重生，从都市婚恋到校园励志，从宅斗宫斗到中华文化的种田，种种类型，在晋江的平台上频频闪现亮光。在晋江，人工干预作品题材的情况很少,这使得即使不赚钱的文章也可以通过实力登上排行榜,这种特性使得晋江的作品呈现出"百花齐放"的局面。晋江文学城根本不必费心研究社会流行什么,网上流行什么,只要是作者在创作,总能孕育出新品种,开放出绚烂的花。正因为如此,晋江往往是潮流的引领者而非跟随者。

第四节 IP 开发的趋势与走向

随着资本的大量流入,IP 产业链上下游的结构正在发生变化。以前的产业链是分裂的,同一个 IP 可能售卖给不同团队进行 IP 开发。但现在,全版权概念盛行,版权方控制品牌定位,引入不同的投资方和制作团队共同开发。无论是最上游的网文大神还是最终的渠道,都希望参与投资分享红利,分担风险。原来各方简单的交易结算关系变得复杂。于是,IP 开发已经由独乐乐时代进入了众乐乐时代,整个产业链一荣俱荣,一损俱损。以月关的小说《锦衣夜行》改编为例,可以发现 IP 实现了交叉联动:华策在拍摄初期就引进游戏方、植入广告方、互动节目方,同步开发大电影,整个 IP 共配套一部页游、两部手游、三部电影,还设计了现代剧情的网剧作为番外篇,作为前置性同步开发产品。由此可见,IP 开发模式是在市场的不断磨合中更新变化的。

IP 开发的两端具有动态化的特征,其一端是 IP 所承载的用户,另一端则是开发 IP 的公司。对于网络文学来说,所有的用户均来自于互联网,他们通过各种终端去消费内容,因此可以说文学网站的用户相对固定和单一，易于锁定。但 IP 相对复杂，包含有很多内容，用户肯定不仅仅是来自于文学阅读用户。他们当中有动漫用户，有影视用户和游戏用户等。不同用户在一个特定的范围内传播网络文学改编的产品，则组合产生了新的用户群。很显然，IP 开发必须是一个开放性的结构，这是一个需要深入研究的领域。

这就涉及另一个问题，怎样孵化才能使 IP 带来更多的用户？

IP 的开发经历了两个阶段。2001 年以前 IP 的开发是无序的，每个产品开发都出自认知不同的团队，因此产生不同的用户。那么多产品开发出来之后，用户往往是互不相通的。这就导致看完小说的用户，会对那些看完影视剧的用户说："我告诉你们这个影视剧跟小说完全不一样，完全是篡改，我不认同你这个，我不看你们的改编。"可能也有产品，影视剧拍得非常好，影视剧用户就会反过来跟其他的用户说："我只认同影视剧，其他的产品我无法接受。"

一个优质网络文学作品，在不同用户群体中为什么会造成这样的结果？很多时候就是因为开发的无序所导致的，用户发觉虽然是同一个 IP，但是内容不一样，产品留在用户脑海里的东西就不一样。在这种情况下，对于这个 IP 来说是非常糟糕的事情。因为用户不统一，不同的开发商之间封锁消息，甚至可能相互掣肘，到最后鸡飞蛋打，两败俱伤。这个现象现在虽然有了很大改观，但联动方的 IP 仍然很难达到高度统一，用户的聚合力仍有待进一步开发。

最理想的情况是，一部优质网络文学作品在孵化 IP 时不同的改编团队认真研究作品的特点和用户心理，做出预案，形成高度统一，在 IP 的各个环节里，达到一个最大的阈区。由此催生出 IP 共营合伙人制。

文学网站作为最前端的 IP 孵化企业，以前存在两个方面的苦恼,一是优质的网络文学作品卖不出优质的价格,二是卖出去以后得不到优质的孵化与开发。现在已经到了可以直接面对类似问题的时候了,把各方的力量联合起来,建立起IP共营合伙人制,一起打造IP,已逐渐成为互联网文化产业链的发展方向。

那么,如何才能把IP的相关人真正捆在一起?最常见的方式自然是协议,但协议各方难免会以自己的利益为重,如果目光放远一点,基于资本的纽带,以共同创业的方式建立互动关系,可能才是最牢靠的。因为在这个体系里面你也有份,我也有份,大家都有份。这种基于IP开发出最大商业价值的合伙人制,或许是互联网文化产业的发展趋势。

IP的源头方文学网站对这个问题的认识可能更加直接,设想能够把大家认同的IP放到同一家公司去做,但做游戏和做影视的,或许想法不一样,如果大家都是同一家公司的股东,也许就解决了这个问题。资本在这时候应该发挥力量,有远见的投资人才具备这样的资源整合能力。

从现状看,包括南派三叔、月关在内的很多网文作家,已从简单的卖版权转型为投资人或编剧,操盘自己作品的影视项目。《花千骨》播出前后,还有《何以笙箫默》《盗墓笔记》《无心法师》《暗黑者》等一众电视剧网剧大热IP,背后的网文作者、平台等IP原产方,华策、慈文、唐人等内容制作公司,下游渠道电视台以及互联网视频网站,各自角色开始交叉、合纵连横,加剧了行业洗牌与格局重塑。应该说,目前处于IP共营合伙人制的初期,能否进入常态,还有待于行业内部的共同努力。

然而,无论IP如何火爆,网络文学的内容创新依旧是互联网文化产业链最核心的环节。

网络文学是内容为王还是渠道为王，这样的讨论意义不大。所谓网络文学知识产权，其根本还是内容的生命力和文化价值。只有不断创新，提升品质，网络文学才能坐稳互联网文化产业链上游这把交椅。

现有网络文学各类型已经相对成熟，各文学网站基本是在做"大神"的固本培元的工作，但新人培育与成长的路径变窄是一个值得警惕的现象，另外文学网站编辑综合素养的提升也是一项十分紧迫的任务。网络文学的创作主体正在由"80后"往"90后"过渡，用户也是"90后"占据了主体。因此，"90后"的文化心态值得我们加以认真研究。网络文学是一种大众文化产品，我们提倡精品化是有前提的，那就是不能小众化，小众化的网络文学允许存在，但不具有广泛的社会意义，也难以产生IP。

目前的网络文学虽然总量还在上升，但内容创新也面临着很大的压力，有一个现象值得重视。互联网用户群当中二次元用户逐年攀升，2016年初已逾2亿用户，2020年近4亿用户。动画是二次元产业中的核心领域之一，良好的用户基础为国产动画的发展提供了契机，粉丝经济的价值不可估量，未来国产动画市场前景广阔，市场变化将大力推动网络文学的创新与变革。

二次元类作品根据二次元概念衍生而来，是针对二维空间而创作出的一种文学作品形式，主要类型包括动漫、穿越、游戏、同人、校园、科幻、奇幻等。这类作品想象力强，作者通过对现实的场景和人物进行加工，创造出别具一格的画面，给人较强的冲击力。

比较活跃的网站有飞卢小说网，开设了"动漫同人"频道；还有起点中文网和晋江文学城也开设了"动漫小说"频道。

二次元类作品最主要的特征是"虚拟人物"，即作品的人物来自于漫画、动画,并非现实中的人物,类似于传统小说中的"海螺姑娘",而将漫画、动画中的故事写成小说又符合"同人小说"的概念。

同人小说是近几年比较流行的一种文学类型,是利用原有的漫画、动画、小说、影视作品中的人物角色、故事情节或背景设定等元素进行的二次创作小说。近年来,伴随体育人物、娱乐人物、政治人物等社会人物的高密集度曝光,"同人小说"当中的真人同人小说也逐渐兴起。

总之,只有跟动漫相关的小说,才叫二次元类作品。"动漫同人",是二次元类作品的主要形式之一,但"同人小说"并不属于二次元类作品,两者虽然有相交,但并不是一回事。目前"同人小说"在数量与质量上已经占据了原创小说的一定份额,但二次元类作品普遍质量不高,而这类作品主力作者是"90后",甚至"00后",作者的成长还有待时日。

由数字阅读向数字化视频方向的转向,已成为IP开发的重要途径。据北京电视节官方发布的数据,自2015年1月1日执行"一剧两星"以来,2015年卫视黄金档电视剧播出量下降25.31%,2014年全国电视剧总投资189.6亿元,销售收入174.8亿元,版权亏损额度达到14.8亿元。电视台在"一剧两星"的压力下,热播剧向一线卫视集中,电视台招商压力倍增,即便像《花千骨》这样的热播剧仍然招商失败。与此同时,互联网视频网站成为制作方首要考虑的输出渠道,网剧不再是短视频、色情或暴力的代名词,而是新型文化产品的标志。

由于版权保护措施日益加强,互联网视频网站的内容需求转向创作型,自制剧正在复制十多年前中国电视台烧钱投资电视剧的竞争之路,但播出模式却在发生显著的改变:网络独播,会员一次性全剧观看;甚至先网播再上电视台。视频网站正试图在广告之外,尝试突破用户付费模式的瓶颈。

年轻一代网络用户为内容付费的习惯已逐步形成,长期亏损的视频网站有望在广告之外找到新的变现路径。趁着电视台被套上越来越严的"紧箍咒",视频网站纷纷上马犯罪、探案、盗墓等"敏感类"IP,周播、季播、番外、一次性付费观看,甚至先网播后电视的模式迭次出现,带来了互联网公司最看重的注册会员用户。

新型互联网文化传媒企业在这一轮竞争中占据天时地利,在未来的博弈中,资本的作用将愈来愈具有说服力。慈文传媒借壳后获得成功是个典型的案例。2014年12月,A股上市公司禾欣股份公告称拟通过重大资产置换、发行股份购买资产、置出资产转让,获得慈文传媒100%股权,作价24.07亿元。这份公告并未在影视制作圈子以外引起太多关注。但这一情况在2015年6月底出现了逆转,暑期档周播剧《花千骨》在湖南卫视独播,一上映收视率即超过3,网络点击量几天即破20亿次。慈文传媒通过售卖《花千骨》播放权,从湖南卫视和爱奇艺共获得收入2亿多元。收视飘红的同时,慈文传媒借壳获批,一向被机构冷落的禾欣股份获得了多个增持报告。慈文传媒在业内一直以类型剧和运营IP著称,相比其他制作公司手握明星经纪资源来说,慈文传媒占据的正是互联网时代的风口。

第五节　网络文学知识产权维护

近年,网络文学知识产权纠纷呈逐年上升趋势,各大文学网站对网络文学知识产权保护有了新的认识,但在权利维护方面仍然缺乏有效手段。网络文学盗版链接往往排在搜索条目的前列，这给作家和文学网站带来严重的损失，并且对行业的有序发展非常有害。另外，各类抄袭事件也是层出不穷，网络作家对此既感到愤慨，又无能为力。通过不同的盗版侵权案例，我们可以发现，网络文学知识产权维护是互联网行业较薄弱的环节之一。

我国文学知识产权保护工作，不仅面临传统文学作品版权保护的难题，还因为互联网传播的特点，让网络文学版权保护有着新的挑战。著作权法规定侵犯著作权或者与著作权有关的权利的，侵权人应当按照权利人的实际损失给予赔偿，实际损失难以计算的，可以按照侵权人的违法所得给予赔偿。权利人的实际损失或者侵权人的违法所得不能确定的，由人民法院根据侵权行为的情节，判决给予五百元以上五百万元以下的赔偿。互联网的开放性、匿名性、快捷性等特征，让确定权利人实际损失或侵权人的违法所得非常困难，2021年6月1日起，第三次修订的《著作权法》正式实施，正是积极回应了社会发展新需要和社会公众新期待。

一、网络文学盗版的规模

截至 2018 年，国内外大型盗版网站约有 10 万家，中小型盗版网站有数十万家。根据各网站情况汇总，所有原创文学网站均遭到不同程度盗版，实行商业收费模式的文学网站，如起点中文网、17K文学网、晋江文学城、纵横文学网、小说阅读网等受到的冲击尤为严重，VIP 作品几乎全部被盗。每家盗版网站盗版的数量少则几十部，多则几百部、数千部，甚至还有数量不少的盗版网站几乎和正版网站保持同步更新，一些当红作品更是每家盗版网站都有转帖。

二、搜索引擎和手机阅读软件成为盗版主要渠道

2021年4月26日发布的《中国网络文学版权保护白皮书》显示,2020年中国网络文学市场规模288.4亿元,盗版损失规模达60.28亿元,同比2019年上升6.9%。新技术滥用、传播途径杂多和盗版在全产业链实现覆盖是规模上升的主要因素,版权保护工作的重要性愈发凸显。白皮书认为,盗版平台一方面扰乱了正常的内容创作秩序,不利于网络文学内容精品化、经典化发展;另一方面,大量违规内容、低俗内容滥竽充数,文学审美和价值导向出现偏差,对全社会特别是擅长使用新媒体平台的青少年群体造成严重的不良影响。

业内规模最大的网络文学企业阅文集团2020年共针对1941本作品提起维权诉讼。白皮书同时指出,横向对比视频、音乐、游戏等数字内容产业,网络文学的版权保护难度更大、形势更严峻:一是新技术让盗版产业链隐蔽化、成熟化趋势越发显著。二是盗版平台积累了大量流量,而商业变现依赖搜索引擎、广告代理商等利益相关方,多方利益输送增加了打击盗版难度。三是正版意识在用户市场的全面推广与培育还需要时间。

三、网络文学盗版的主要方式

网络文学盗版采用的主要方式是网络爬虫、图片下载、拍照、截屏和手打等。从技术层面来说,最难遏制的是采用截图和手打方式的盗版。另外规避版权、变相侵权的现象也时有发生,当一部网络文学作品产生影响之后,立即会有跟风续写或仿写作品出现在其他网站,甚至出现书名故意"撞车"现象。如起点中文网发布的《斗破

苍穹》一书,在1550多万条搜索结果中,竟有1400多万条为盗版链接。纵横文学网发布的《天才医生》一书,在580万条搜索结果中,有约400万条为盗版链接,还有150万条为仿冒的同名小说链接。此外,随着传播介质发生变化,有线互联网、无线互联网以及客户端等发展势头迅猛,手机浏览器、手持阅读器也成为网络文学盗版的新灾区。

四、网络文学盗版的趋势及特征

盗版网站呈现联盟化、规模化、搜索引擎化、产业化的趋势。盗版网站在盗取原创作品后免费上线,通过积聚人气获得广告收入;部分搜索引擎联手盗版网站共同谋利,分享广告资源,成为盗版行为的推手。根据艾瑞咨询网民行为监测系统数据显示,自2015年以来,连续数年,中国网络文学类服务的覆盖人数呈稳定增长趋势,网络小说的覆盖人数增长率超过了热门网络应用。近十年来,网络文学站点广告投放规模总数呈现较高增长率。文学网站在人均月度和单日有效浏览时间指标方面,要远高于其他网络服务网站,这也吸引了相关广告主的投放,盗版网站因此获利,并由此形成了利益链条。

不仅仅是国内,世界范围内同样缺乏良好的网络文学版权保护环境,全球书籍和文学流量排名前100位的网站中,存在侵权盗版风险的网站比例过半,达到55%。对于网络文学英文作品来说,以起点国际(Webnovel)排名前100部热门翻译作品为例,在海外用户流量排名前10位的英文盗版网络小说站点中,侵权盗版的整体比率高达83.3%。虽然海外市场侵权盗版日益泛滥,但受盗版行为取证难、侵权内容监控难、法律法规适用难等多重因素制约和影响,国内权利人的跨国维权之路步履维艰。

五、网络文学盗版的特点

网络文学盗版的特点是低成本、传播快、隐蔽性大、低风险。盗版网站以不断更改域名,使用虚假信息申请域名,甚至是境外域名等手段隐身,隐蔽性极强,发现盗版之后,难以查处。由于减少了中间环节,网络盗版比纸质盗版要快捷得多,也廉价得多。这些特点也使得网络文学维权比较艰难。

网络文学作者除了面临作品被盗版的情况,他们与文学网站之间也存在权利纠纷和矛盾,其中以合同纠纷最为显著。其一是作者缺少自我保护意识,55%的受访者不在意合同的条款而发表作品,但在实际中,就是因为不在意合同条款而发生了大量争议。其二是作者对法律规范不了解,54%的受访者表示在合同签订时不明白怎么提出自己的意见。其三是部分文学网站轻视作者权益,5%的受访者认为自己向网站提出合理的主张,网站却不接受。而在签订合同时,只有22%的受访者咨询过专业人士,而未咨询过专业人士的受访者中,19%是因为没有咨询渠道。对于专有授权和非专有授权制度,56%的受访者了解该制度,说明受访者大部分了解自己的权利。作者收益标准也是网络文学的一个盲点。对于网站给予的稿酬,只有10%的受访者表示不满意或有意见,但有80%的受访者希望有一个权威的标准并在此基础上与网站协商。

网络文学知识产权领域中出现的聚合平台盗链侵权、定向搜索、定向链接、定向存储等问题还处在变化发展之中。由于在很长一段时间里，行政执法或法院审理网络侵权案件时，"服务器标准"都被当做一个标准，要以是否上传服务器来判定是否侵权。而随着移动互联网和云存储等技术发展以及聚合 APP 等产业形态的出现，以"服务器标准"判定侵权已经落后于版权保护的现实需要。对此，有相关执法单位通过多年来执法实践，提出了替代"服务器标准"的"实际控制标准"。也有专家提出，聚合平台的关键问题是违背被链接网站的意志，通过技术破解等措施进行深度链接，越过了正版网站向用户提供作品，因此，这种盗取他人上传的资源实施信息网络传播行为，应属于直接侵权行为。

总之，网络文学知识产权维护还面临很严峻的挑战，政府机构、民间组织、企业和作者正在从不同层面推动正规化进程，比如，在众力影响之下，2016 年 5 月百度贴吧对盗版网络文学作品的大规模整顿。愈是"维权难"愈要"团结紧"，综合开发应当与权利维护同步发展，网络文学知识产权才能发挥更强大的作用。

第 八 章

网络文学产业化形态

第一节　网络文学付费阅读模式

从 2003 年下半年开始,由于 VIP 付费模式的确立,网络文学进入了一个高速增长期,表现为新人不断加入,网络写作者队伍迅速扩大,如萧潜、唐家三少、血红、辰东、萧鼎、玄雨等一批写手表现不俗,推动了创作与阅读的繁荣。起点中文网成为网络文学第一波兴起的幸运儿,站内作品数量急剧增加,人气飞速上涨。由网络游戏走热所引发的这一现象,导致玄幻类网游小说一枝独秀,其他类型的作品基本无法冒头,因而整个生态显得比较单调。针对这一现象,业界人士普遍认为,文学网站蓬勃发展,对内容的需求急速增长。

2004 年 10 月,盛大网络公司开始了漫长的收购经营活动,包括起点中文网、红袖添香、潇湘书院在内的 8 家网站被陆续纳入囊中,由此掀开了文学网站发展史上新的一页。随后,2006 年创建的中文在线 17K 小说网、2008 年创建的纵横中文网,均有较大资本的介入。至此,纯以文学特色、诸强并存、"内容为王"的文学网站时代宣告结束,网络文学出现产业化苗头。

2007 年 3 月,盛大向起点中文网追加投资 1 亿元,然后不久组建盛大文学集团,建立以创作、培养、销售为一体的电子出版机制,推动网络文学全版权运营模式。这一年,门户网站也开始尝试建立自己的网络文学生产经营方式。2007年5月,腾讯网读书频道推出VIP会员制,成为首个涉足付费阅读业务的大型门户网站。8月底,新浪网读书频道也宣布推出付费阅读业务。之后,网易、搜狐、凤凰网等大型门户网站陆续进军网络付费阅读领域,网络文学PC端群雄并起,内容的竞争导致更多的网络文学类型出现,网络文学出现了第一次创作高峰。

这一阶段,网络文学产生了一大批优质内容,《紫川》《明朝那些事儿》《鬼吹灯》《盗墓笔记》《新宋》《尘缘》《诛仙》《家园》《窃明》《后宫·甄嬛传》《琅琊榜》《梦回大清》《何以笙箫默》《步步惊心》《佛本是道》《最后一颗子弹留给我》《蜗居》《致我们终将逝去的青春》《回到明朝当王爷》《韦帅望的江湖》等作品红极一时,成为网络文学PC端时代一个个闪亮的星座。随着资本的深度介入,网络文学的内容量不断加大,渠道的宽度也在不断扩展,网络文学在经过十年艰难跋涉之后,迎来了高速全新发展期。

2010年5月,中国移动阅读基地正式商用,宣告网络文学迈入移动阅读时代,使用手机和平板电脑浏览网页、阅读网络文学作品成为一种时尚。在国家软实力战略和移动互联变革力量的双重促进下,移动阅读的渠道优势异军突起,助推网络文学进入爆发式增长阶段。2011年文学网页平均日浏览量超过8亿次,2017年则超过了15亿次,社会关注度大幅提升。

在此前后,网络文学经历了由PC端到移动端的三年整合期。2008年9月掌阅科技股份有限公司成立,借助移动互联网的创新手段和分发渠道,掌阅APP迅速成为国内广受欢迎的移动阅读APP。在移动端初试锋芒之际,另一个渠道电子书终端的开发计划也在盛大文学和汉王科技的战略酝酿中萌芽。2008年汉王科技推出电子书,并且不断在技术创新上一路猛进,却没有自主内容,也就是说,汉王科技的电子书既不是内容也不是渠道,只是一个阅读器。盛大文学的基本理念与汉王科技有所不同,他们认为电子书不是硬件,而是非常重要的互联网产品,是渠道与内容的复合体。2010年盛大文学尝试推出电子书Bambook。但是,智能手机、平板电脑的飞速发展,以及电子书成功登陆中国大陆市场,这三者在用户体验上迅速取得了优势地位,对盛大文学和汉王科技的电子书战略形成巨大冲击。经过三年博弈,到2013年,盛大文学和汉王科技的电子书基本退出了网络文学市场。

移动阅读的步伐并未止步不前。2015年4月,中国移动手机阅读基地正式挂牌转型成为咪咕数字传媒有限公司,组建自己的原创队伍。与此同时,新成立的阅文集团旗下手机阅读APP"QQ阅读"推出5.0版,通过图书推荐优化用户阅读体验,以新的信息流整合实现从"人找书"到"书找人"的转变。

随着4G技术的广泛应用,移动阅读的便利性极大地满足了用户的阅读体验,它所独有的娱乐化、碎片化、多样性、交互性等特点更加符合网民的阅读习惯,在嘈杂的环境中(比如公交车上、地铁里),音频和视频的阅读成为潮流。

资本市场及投资人对于移动阅读的认可度逐渐提高,移动阅读市场是互联网巨头都投入巨大资源进行布局的重要市场。根据IT桔子的统计,自2015年1月起两年时间里,移动阅读领域融资事件50余起,融资范围涵盖资讯类APP、垂直内容APP、网络文学以及微博、微信等社会化阅读平台。其中,资讯类APP融资事件25起,占比48.08%;其次为网络文学,融资事件11起,占比超过20%。根据公布的融资数据,移动阅读领域总的融资金额有约30亿元人民币,最大的两笔融资均来自网络文学领域,分别是2016年7月百度文学获得完美世界亿元级以上战略投资,以及掌阅科技获得1亿美元的A轮融资,用以支持掌阅在IP衍生内容方面的布局。

2015年之后,自媒体(We Media)平台的活跃度迅速上升,自媒体又称"公民媒体"或"个人媒体",是指私人化、平民化、普泛化、自主化的传播者,以现代化、电子化的手段,向不特定的大多数或者特定的单个人传递规范性及非规范性信息的新媒体的总称。自媒体平台包括博客、微博、微信、百度贴吧、论坛(BBS)等网络社区。网络文学企业及个人通过自媒体发布作品,或借助自媒体引流、销售实体书等成为流行趋势。比较有影响的例子是著名网络作家南派三叔开通微博付费阅读渠道,与网友的互动更加直接、频繁,读者可以直接通过"微博有书"服务通过微博购买他的实体书。对于尚未成名的网络作家,微博的快捷、便利也给了他们更多的成长空间与成名机会,这一渠道打破了文学网站固有的作家培养和推送机制,使网络文学获得了更加自由的形式和更广泛的受众群体。由此可见,对网络文学渠道的研究和分析,应基于"媒介环境"的角度,来审视当下网络特性对用户生活的影响,并深入思考这些影响对用户行为模式的改变所起的作用。

据2017年底的统计数据显示,作为网络文学阅读的主要渠道,移动端的阅读时间比PC端多出近4倍,点击量则高出约3倍。阅读习惯的改变引发了创作形态的变化,网络长篇连载模式被推向了极致,尤其是玄幻、仙侠类作品,普遍在300万字以上,甚至出现了过千万字的作品。网络作家的收入也随着渠道的拓宽突飞猛进,2012年首次出现了年收入超过千万元的网络作家。渠道超强的变现能力促使网络文学企业纷纷向移动阅读靠拢,众多小规模网站和新生网站则将移动阅读作为自己的主要业务方向，大量同质化作品风起云涌挤入移动平台，从而导致2015年IP热产生后，移动阅读出现了明显的阻滞现象。这说明渠道并非万能的提款机，一旦极端化，势必会由波峰转向波谷。

在此期间，随着掌阅文学、阿里文学、爱奇艺文学和平治系列平台的陆续建立，网络文学一直在探索的第三方服务平台也逐渐形成气候。阅文（QQ书城）、咪咕、掌阅等多家大型移动阅读平台，以及数量庞大的自媒体共同搭建起了立体化的移动阅读生态系统，这给网络文学创作带来了强大的动力。但同时，网络文学发展也面临内容创新带来的阵痛，这是渠道无法在根本上解决的问题。如今，随着互联网技术的不断拓展，移动阅读将向更广阔的天地迈进，而优质内容作为内在驱动力，直接关乎2.0时代的网络文学能否实现腾飞。

第二节　网络文学免费阅读模式

自2003年起点中文网成功推行千字定价VIP收费模式后，在线付费模式经历了不断调整，内涵逐渐丰富多元，有各种道具打赏、VIP会员、月票、留言有偿收听等，但是万变不离其宗，不管是垂直模式还是第三方模式，皆以"付费"两字为核心。

当钟声敲响在21世纪20年代，网络文学商业模式再次发生了变革。传统的网络文学电子版权市场被一分为二，进入免费阅读和在线付费阅读共存的二元时代。

2020年是一个分水岭之年，这一年行业内部产生了很多关于收费与免费的纷争,同时因为疫情原因,收费与免费也逐步两极化,随着阅读市场分众化显著,网络文学创作也因此出现了新的趋向。

以传统的电子版权分销渠道来说,以掌阅、书旗等为代表的一线市场付费 APP 用户量暴降,传统的内容生产商的付费收入仅为 2019 年的 20%—40%。

新媒体付费渠道已经成为 2020 年的主力付费渠道,但是新媒体渠道付费过于集中于数量很少的爆款作品,比如《天神殿》《上门龙婿》《万道龙皇》《一剑独尊》等。

因新媒体市场的特性,90% 的收入被渠道分走,10% 的收入归分销公司所得,其中分给内容生产商的仅不足 5%,分给作家的就更少了。但是严峻的市场行情就是如此,也没更多好的解决办法。

除了阅文系自成体系,付费降低情况不算糟糕外,还有一块类型网站市场在 2020 年表现不俗。

类型网站代表有飞卢,飞卢打破技术壁垒,付费章节不会被盗版,正版付费收入暴涨。

以二次元类型主打更年轻化的类型网站有刺猬猫,内容更聚焦"网生代"人群,获客成本偏低,内容更对标渠道需要。

市场的付费严峻性对网络文学内容提出了更高的要求,小类型且具有聚焦人群的作品较为符合细分内容领域,大类型爆款作品越来越难出现。2020 年以来,只有爆款作品才可以做付费,中腰部作品的付费人群几乎丧失殆尽。这类作品已经被免费渠道在同步发行,可想而知付费价值几乎不复存在。

免费阅读其实在很多年前就被提及,但是并不适合当时的市场环境。

背靠"Wi-Fi 万能钥匙"流量优势而成为行业后起之秀的连尚

第八章　网络文学产业化形态

文学，于 2018 年 3 月推行网络文学免费阅读模式，在降低付费造成用户门槛的同时，逐渐构建起以免费为基础、兼容付费阅读等增值服务的完整商业模式。而在新闻资讯类领域风生水起的今日头条与趣头条，分别以"番茄小说"和"米读小说"布局网络文学免费阅读市场，两款产品在上线初期均取得了不错的成绩。

面对新进入者带来的与原有网络文学内容付费模式截然相反的免费阅读模式冲击，网文市场原有的头部企业也大多调整业务内容和产品结构以积极应对。阅文集团于 2019 年第一季度开始在腾讯手机 QQ 及 QQ 浏览器上分发免费阅读内容，并在 2019 年第二季度通过自研免费阅读产品"飞读"来分发免费阅读内容。免费阅读模式的推出，以及与付费阅读形成互补，有利于触达并培育更广泛的阅读消费群体，一定程度上也避免了因侵权盗版难以根除造成的用户分流。更重要的是，免费阅读在拉新促活的同时，实现了网文商业价值变现方式的多样化，增加了企业营收来源。并且随着用户培育和引导，免费和付费互补模式所展示出来的商业潜力未来还将继续得到放大。

2020 年免费市场有了天翻地覆的变化，因为疫情原因，除自成体系的公司外，其他免费网站与公司在疫情期间几乎皆受创严重。

番茄小说免费 APP 背靠字节跳动有限公司，流量源头大部分来源于自家公司其他产品，且字节办公软件飞书支持远程办公，在疫情期间，番茄小说免费 APP 流量暴涨，因而广告商业化程度远超其他同类免费 APP。

七猫阅读 APP 背靠 2345 以及百度，在各类流量口占比例投放，几乎是各家的第一客户。但其广告商业变现能力不如番茄，长处在于获客不局限自身平台，是目前行业免费 APP 日活第一。

除这两家外，2019 年开始涉足免费阅读的各类 APP，大部分都已把免费这个业务砍掉，甚至很多专门做免费APP的公司倒闭。同时准备在2020年涉足免费阅读的公司也把这个业务扼杀在萌芽状态。

内容生产商2020年的电子版权分销收入只有2019年的50%—70%，大部分作家的收入也发生了锐减。

免费阅读带给这个行业的挑战越来越多，虽然正版用户在增加，但是网络文学的在线付费收入势必越来越少，这个趋势在未来几年内会进一步扩展。

这个趋势对作家生态体系造成了严峻的考验，现如今很多作者不再开新书，只坚持写自己的老书，哪怕这本书的篇幅早就超出了原本的写作计划，也拖着不完本。很多作家每天更新量很少，但是收入不会有太大影响，他们计划将老书写到2000万字，甚至更多。

即便是已成名的作者开新书，如果不成爆款，付费收入也很低。图书只能靠免费收入，但是免费市场对标的内容又和付费有所区别，同时免费市场竞争也很残酷。目前来说，免费市场作家收入最高的是单月150万元，但是两极分化严重，断层厉害。一旦整个内容生态体系被完全打破，每个内容生产公司以及作家都要做好去接受这个变化的心理准备。2020年的电子版权收入锐减就是一个很有力的证明。

第三节　网络文学IP价值重估

2018年12月20日，胡润研究院携手国内领先的IP版权运营机构猫片，联合发布《2018猫片·胡润原创文学IP价值榜》，100个最具价值的中国原创文学 IP 上榜。同时发布《2018 猫片·胡润原创文学 IP 潜力价值榜》和《2018 猫片·胡润原创动漫 IP 价值榜》。这是胡润研究院与猫片连续第二年发布原创文学 IP 价值榜和潜力价值榜,以及第一年发布动漫 IP 价值榜。

IP 价值榜依据 1998 年以来的各大原创文学平台的作品,通过全网的阅读量、月票量、推荐量和收藏量的大数据做出初步筛选,再由胡润研究院以及业内资深文学编辑根据作品影响力、文学价值和历史转化价值综合评分后排列出结果。《猫片·胡润原创文学 IP 价值榜》打破了过往依靠单个平台或单项数据来评选的传统模式,从文学平台专业数据、百度公共数据、资深编辑人文数据,多维度、较为全面地给出了原创文学 IP 公正的价值评价。IP 潜力价值榜由包括起点中文网、纵横中文网、17K 小说网等业内领先的原创文学网站评选出各自最有潜力的三部作品,再由胡润研究院及猫片根据作者知名度和作品是否适合转化进行综合考量后排列出结果。该榜单囊括了各大文学网站半年内提升最快的作品,也被认为是最具 IP 孵化价值的新作。

在年度网络文学 IP 的角逐中,阅文集团、掌阅科技、阿里文学、爱奇艺文学、晋江文学城、网易文漫、咪咕阅读、黑岩网、火星小说、博易创为、吾里文化、连尚文学等平台针对自己的业务特色形成了各具特色的盈利模式,几大重要平台基本形成共识:全程参与设定制作,发布及推广改编产品,探索更深入参与娱乐产品开发过程的方法,与上下游全产业链的合作伙伴共同推动 IP 泛娱乐开发不断优化升级,提升开发的精品率。同时,平台还通过优化企业海外布局,有力推动网络文学"走出去"。

阅文集团为了拓宽 IP 链路,在 2018 年也进行了战略调整:音频方面,在投资喜马拉雅后又创建了新的有声阅读品牌"阅文听书";影视方面,100%收购了新丽传媒。这些布局在阅文看来有助于释放阅文高质量原创IP的全部价值潜力,使阅文IP业务结构进一步完善,有助于阅文全面掌控IP改编过程以推动影视、网络剧、网游、动漫的全方位开发,并加强作家与用户的参与度。同时进一步推进现实题材创作、IP运营支持等多角度联动,实现现实题材"分类",加快现实题材创作专业化进程。阿里文学和阿里影业联合启动了网络电影HAO计划,共同投入10亿资金赋能网络电影内容生产者,提供集IP衍生、项目融资、内容制作、电影宣发在内的全链路支持。其中,阿里文学的职责是开放IP资源,提供创作环境、内容扶持和知识产权保护。通过HAO计划的实施,阿里文学在电影、动漫、音乐、衍生品等各个方面都进行了探索,以文学IP为起点撬动网络文学产业的全新升级,再以泛娱乐IP产品反哺原生网文作品,增加文学IP价值,努力把整个文学市场往上提一个层次。咪咕阅读发布自有小说漫改项目"威漫计划":共发布57部书单,定稿37部,上线17部。爱奇艺云腾计划取得初步成效,共收到了950余封标书,380余家影视公司参与招标,213部网络文学原创作品定标,100部影视作品的拍摄计划正在酝酿之中,其中《在悠长的时光里等你》《等到烟暖雨收》《道师爷》三部作品正式上线。《在悠长的时光里等你》在暑期档会员转化率中排名第二,也是艾瑞数据Top20里唯一一部分账的网剧;《等到烟暖雨收》流量破亿,上线当天便登顶爱奇艺分账网剧榜首,在猫眼热度排行榜中位居前列;《道师爷》上线首日分账破百万元,首周破千万元。

掌阅科技从2017年开始积极调整产业链,计划从网络剧进军IP产业;纵横文学几经重组后也开始发力IP孵化,推出了网络剧、游戏作品。值得一提的是,晋江文学城的做法是坚持网文品种"多元共存""百花齐放、百家争鸣""给小众题材以生存空间"的原则,给作者提供良好的土壤。而在 IP 类型化方面,黑岩网的摸索也取得不俗的成绩,他们倾力打造国内最大的悬疑类网络文学平台,成为"90 后"的主流阅读审美时尚。网易文漫与艺恩联合创建并发布了影视 IP 生态评估体系,对作品的价值评估提供系统化的指标。2018年,网易文漫与万达影业合作,共建"IP 实验室"计划,充分利用双方的优质资源,向全社会征集优质内容,目标是打造中国的"超级 IP"和"垂直精品 IP"。博易创为另辟蹊径,约请流浪的蛤蟆、马伯庸、跳舞、月关、天使奥斯卡等国内幻想小说领域的知名作家联手,试图将中国古代传说和真实历史结合在一起,形成一个自成体系的架空世界,围绕这个超级 IP,在实体出版、有声剧、二次元动漫、影视等领域产生衍生品。收购老牌平台逐浪的连尚文学以"免费"取得了阶段性胜利,也在积极扩大 IP 开发价值,从以前改编漫画、有声小说为主,向影视和网络大电影方面拓展。火星小说以独有的"方法论"来吸引用户,从而找到了破局的关键点。

在一片欢腾的形势之下,IP 潜藏的危机也不容忽视。阿里文学副总裁周运直言"网络文学行业的确在 2018 年有摸到天花板的迹象",由于 IP 被资本疯炒,从曾经的几十万元、百万元上涨到几千万元,甚至上亿元。但是,大 IP+ 流量明星转化成流量剧的资本快速变现手段,在 2018 年遭遇了滑铁卢,传统头部大 IP 内容生产与价值验证和变现机制失灵,一些奉行"大 IP+ 流量明星"投资胜利逻辑的人纷纷败走麦城。究其原因,时任慈文传媒副总裁赵斌在谈及网络小说 IP 转化的局限性时认为:网络小说时效性非常强,题材内容的重复度很高,相当多的作品世界观架构过于宏大,影视化难度高等,而这些问题在"商业价值极高"认知面前很容易被忽视和掩盖。但是归根结底,剧的核心一定都是内容为王,而上述问题往往直指这个核心,伴随着大量模式重复、达不到预期的影视作品的出现,观众的热情被消耗。为了降低时效性的影响,剔除重复性,IP 内容要进行大量的删改,高价购买 IP 的意义甚至仅仅停留在保留名字的阶段,这就得不偿失了,市场必然逐步转向冷静。

类似问题在实际运作中的确存在而且更加复杂,其核心主要是两个方面。首先,网文 IP 本身因具有高度商业化特点,不免出现情节雷同、撞梗、融梗等现象,而制作公司购买 IP 时,也多集中在言情、仙侠、宫斗、青春等几种题材,造成同一类型的剧集过于集中,市场趋于饱和。其次,在 IP 后期的开发运营过程中,同一网文的剧版、影版、网络版改编相继上线,也将原有 IP 过分消耗,导致整个行业似乎陷入一个"IP 同质化困境"。

毋庸讳言,当前网络文学 IP 改编模式仍显粗放,如何通过创新模式来提升 IP 改编的精品率,是网络文学发展面临的严峻挑战。尽管众多文学平台高管和影视公司高管均认为,2019 年网络文学 IP 改编风头不减,头部的依然是头部,只是更注重类别和改编方式,但现实总是比想象更加严酷。说到底,网络文学 IP 能走多远,关键还在内容建设,没有精品意识,流量越大泡沫自然就越大。"呼唤精品",将是整个行业 20 年后再出发的发令枪。

第四节 网络文学发展趋势

一、有声市场

从网络音频主要平台(蜻蜓FM、荔枝FM和喜马拉雅)月活跃用户数来看,2018—2020年,网络音频月活跃用户数整体呈波动上升趋势。其中喜马拉雅月活跃用户数高于其余平台,2020年5月月活跃用户数达到9937.39万人;蜻蜓FM排名第二,月活跃用户数达到2215.46万人;荔枝FM排名第三,月活跃用户数达到1797.79万人。

有声书市场已呈现出较为稳定的良性循环。音频是最常见的数字订阅形式,有声书占据了很大的份额。用户主动探寻自己想要的内容,有声书内容平台的竞争不止是与同类型平台竞争,如何吸引读者注意力是更大的竞争维度。一方面,平台需了解用户的收听习惯以更好地留住读者注意力。另一方面,用户依赖于好友推荐、大V分享使选择变得更为简单,个性化服务、推荐都是极有效的推广方式。

据喜马拉雅披露,自2018年4月会员系统上线,截至2019年5月,喜马拉雅付费会员数已经突破400万。

蜻蜓FM也不例外。2019年1月5日,蜻蜓FM的COO肖轶在接受网易科技专访时就表示,蜻蜓FM有广告、会员、电商、付费等营收渠道,其中付费内容(单品付费、超级会员付费)占50%左右,广告收入大概占40%,剩下的是衍生品、运营商的增值业务。此外,孵化中的直播、儿童等业务也贡献了一定的收入。

而懒人听书的商业模式则较为传统、单一。根据公开资料,懒人听书2016年以前以广告服务为主。2016年之后,懒人听书则尝试精品书籍付费,形成"广告+付费收听+会员购买"三者结合盈利模式。2017年付费收入超亿元,实现盈利。截至2018年底,懒人听书平台精品有声书占比为10%,用户付费率为3%左右,高于行业平均水平。

有声书的内容竞争越来越激烈,如何提高内容质量,寻求差异化发展也成了有声书企业的突围关键。艾媒咨询调研数据显示,不同年龄的用户表现出不同的品味偏好,这体现出有声书用户内部的差异分化明显,因此平台内容的丰富性成为适应用户多元性的必要条件。

然而,当前有声书方面的版权开发还在起步阶段,头部IP的争夺依然是市场焦点。未来有声书平台竞争力展现的关键还是内容方面,哪个平台的内容更全面、更能迎合用户内容获取需求,就更有发展空间,而这就需要平台对内容版权资源进行购置。

二、网络文学全球化现象

2020年11月16日,首届上海国际网络文学周在上海浦东启动。大会重磅发布《2020网络文学出海发展白皮书》(以下简称《白皮书》),呈现出全球文化交流背景下网络文学的发展趋势,并以引领网络文学出海的阅文集团旗下起点国际为研究样本,首次披露海外市场分析及用户画像。

从网络文学出海整体规模来看,2019年,中国网络文学在海外的市场规模已经达到了4.6亿元。《白皮书》显示，截至2019年，国内向海外输出网络文学作品10000余部，覆盖40多个"一带一路"沿线国家和地区。仅2019年全年，网络文学作品的翻译数量达到3000余部。而从出海模式来看，翻译出海占比72%，直接出海占比15.5%，改编出海占比5.6%，其他占比6.9%。

海外文化传播涉及的不单单是作品，传播方式和传播渠道也很重要。在商业模式上，中国网络文学运用自己创造的模式进军海外，首先是利用海外平台支持当地作者的内容创作与运营，出海业务突破了国产文学的出版授权、作品输出和IP改编等模式，这一模式不仅占据了海外文学阅读的市场份额，而且有效推进了中外文化交流互动。其次在地域拓展上，国产网络文学平台不仅登陆了北美和欧洲等发达国家市场，而且开始通过国产手机制造商和海外电信运营商等渠道迅速进入非洲、东南亚等新兴市场。

文化自信不只是一个理念，它有着丰富的精神旨归和思想内涵，不仅体现在中华民族有着悠久的文化传统，当代文化的创造力创新力也是极其重要的组成部分。在网络时代，中国文化以令世人瞩目的创新之举建构了网络文学这一新的表现形式，并以丰富多彩的内容和适应互联网传播的模式，给全球文化带来了活力和动力。

三、网络文学翻译模式

不同于前些年出海在翻译语言文字方面存在的瓶颈问题，2020年以来，人工和AI智能翻译双线加速了国内网络文学作品的出海之路。据《白皮书》显示，目前出海市场上主要有个人翻译、机构翻译与人工智能翻译这三种翻译模式。随着以AI翻译为核心的内容开发平台的加速涌现，大幅提升了内容翻译的效率，提高了内容出海的质量。

不过，即便如此，《白皮书》还显示，翻译质量依然是海外用户阅读中国网文的最大痛点，对小说翻译质量不满的用户达六成。因此，未来网文翻译的精准度方面还有长足的发展空间。

在对外授权方面，阅文集团已向日韩地区及泰国、越南等东南亚多国，以及美国、英国、法国、土耳其等欧美多地授权数字出版和实体图书出版，授权作品 700 余部。

四、网文 IP 出海渠道

"一带一路"蒙俄展映推荐片目中有《择天记》，YouTube 等欧美主流视频网站、东南亚地区各大电视台上能看到《扶摇皇后》等诸多人气 IP 改编剧集，Netflix 上线了剧集《天盛长歌》，《将夜》获得第四届中加国际电影节"最佳电视剧奖"。IP 改编将文字通过影视化的形式更加立体地呈现，能更丰富地展现出中华文化的底蕴。如由阅文 IP 改编的国内爆款剧集《庆余年》，海外发行涵盖全球五大洲多种新媒体平台和电视台，引起了不少海外粉丝对中国文化的探讨。

五、海外创作生态

从海外原创作品类型分布来看，奇幻、言情和魔幻现实是作者创作最多的类型。其中，女性作者最爱写的类型是言情、奇幻和魔幻现实；男性更偏向于奇幻和魔幻现实。其次是科幻、言情和电子游戏类。这与中国网络文学出海过程中，对外输出的翻译作品对海外用户的影响有较大关系。

从海外作者的创作动机来看,兴趣和初始的故事创作欲望是驱动创作的主要原因,而在兴趣之外,成为专职作家、作品影视化改编和纸质出版亦是作者持续创作的主要动力。

基于全球作者这样的需求,阅文把中国的作家培养机制,包括作家学院、作家激励、作家运营等带向全球。目前,超过三分之一的作者下一个目标就是成为起点国际的签约作家。

《白皮书》还从用户的阅读习惯和偏好入手,列举了三种典型的海外用户:

一种是"硬核玄幻爱好者",对中国仙侠玄幻类型有浓厚兴趣,是中国网络文学头部作品的忠实读者,喜欢《真武世界》等作品,能从中感受到东方文化的魅力,和主人公的成长历程共情。

一种是"新鲜元素追逐者",通过《许你光芒万丈好》这样的热门作品进入网络文学的世界,喜欢各种新类型小说里的新鲜元素,如不同的人物设定、时代背景和故事情节等,还会整理不同元素特点的书单分享给书友。

还有一种是"西方元素融合者",本身就喜欢魔法等西方幻想元素,喜欢《诡秘之主》这样融合了西方文化背景和东方文学思考的作品。

诞生于中国文化,又与生俱来地带有跨文化传播基因的中国网络文学,正为世界带来丰富的文化产品,推动着全球的文化融合和交流。此次《白皮书》的发布,也展示出网络文学出海全新的进程与想象空间。

第 九 章

互联网文学平台史略

世纪之交,在中国民众自发涌起的互联网文化的潮声中,文学网站是最绚烂的乐章,它最终定格在新世纪世界文化主潮的节拍上——电子阅读,这一次中国抢在了时间前面,在全民互联网覆盖率上超出了世界平均水平一大截,相比欧美发达国家毫不逊色。试想,如果没有数万家文学网站先后长达十多年坚持不懈的努力,没有步步深入人心,如今已经习以为常的在线阅读、浏览,我们有可能成为世界上最大规模使用互联网的国家吗?有可能如此迅疾地普及电子阅读吗?在早期,一家文学网站通常只有两三个创办人,投入资金不过一两万元,但读者有可能有几百万人甚至更多,它的影响力可想而知,也就是说,它花费了极少的人力物力,满足了极大的社会需求,培育了符合时代潮流的阅读习惯。进一步说,主观上推动网络文学创作的文学网站,在客观上践行着深刻的全民文化结构改造与更新使命。回望20年的历程,我们可以清晰地看见,文学网站从最初的涓涓细流,到如今的奔腾大潮,产生了十多家上市公司及其子公司,正是中国社会繁荣发展的缩影。

文学网站的成长并非一帆风顺,它经历了很多曲折与迂回,终于迎来了相对稳定的发展时期,正所谓"衣带渐宽终不悔""咬定青山不放松"。今天,回顾和整理文学网站发展历程的时机已经成熟,我想,为了迎接明天的回顾,一定能够帮助我们在它的发展轨迹上获得更多的启示。

第一节　初创与个人站点时期

　　20世纪90年代初期,互联网在欧美国家得到广泛应用,中国留学生顺理成章地成为华人中最早接触新媒体的人群。当第一波电子商务热潮在欧美国家沸沸扬扬,网络股开始堆积泡沫之际,中国人却用文学撩开了互联网的面纱。1995年创建于美国的"橄榄树"被公认为是第一个汉语原创文学网站,由诗阳、鲁鸣等人创办,最初只是一本网络诗刊,后来由马兰与祥子负责,改为综合性文学网刊。更早一些的中文网络刊物《华夏文摘》(1991年)、《枫华园》(1993年)、《新语丝》(1994年)还不能被称为文学网站。中国大陆于1993年接入Internet,但大规模的在线创作与交流要到1997年以后才逐渐形成,早期的网络写作只是局域网上BBS的圈子行为,比如"水木清华"。1996年网易开通个人网页,网络上的文学作品第一次面向中国大众阅读。1996年1月,《花招》由网络知名女性写手鸣鸿与红墙在美国创办,作为揭开女性网络写作序幕的网刊,《花招》后来取得美国国家图书馆杂志编号,成为北美第一家具有自己专有域名,并获得法律认可的网站。中国改革开放后的留学生,基本参与或经历了新时期文学黄金时代,他们把文学理想带到海外,即使在新媒体上,仍习惯以刊物的形式推介文学作品,也就不足为怪了。

　　中国大陆的情形有一点和海外相似,最初的创业者是一批酷爱文学的年轻人,他们希望借助新媒体建立一个全新的文学世界。所不同的是,他们更加年轻,在文学形式上没有传统思维。如果说从美国回来的传奇人物朱威廉，1997年7月在创办"榕树下"时网站名还沿用书名号的话，之后出现的网站基本习惯使用双引号，这难道不是一种暗示吗？它似乎预示网刊时代即将过去，网站时代正在到来。早期的网络文学站点多数为个人所建，没有足够的资金支撑，实力薄弱。实际上，在2002年以前，网络阅读一直以门户为主要通道，包括小说类网站在内的文学站点，都是通过雅虎等门户网站进入免费空间，各站间的友情链接几乎是文学网站联络读者和作者的唯一路径，未列入友情链接的新网站，读者查找起来非常困难。比如，早期最有影响力的文学站点"黄金书屋"，创办于1998年5月，即是在湛江"碧海银沙"网站申请了免费空间，后来改在网易建立的个人网站，由站长youth将收集整理的书籍发送到网上。在这种大环境下，黄金书屋掌握了主动，领风气之先，不失为明智之举。随着网络阅读需求的变化，黄金书屋注意到"网上原创作品的比重还不够，在书评的重视度上也不够"的问题，办起了"网人原创"专栏，开始了对网络原创队伍的培养。当时黄金书屋几乎处于垄断地位，形成了一家独大的局面。与黄金书屋同时盛行于网络的文学站点，还有1998年3月问世的"文学城"和1998年7月创办的"书路"，开办不久，这两个站点的月页面浏览人数均超过100万人次，邮件订阅人数达到1万人次。

第二节 扩容与壮大时期

1999年8月，朱威廉成立了上海榕树下计算机有限公司，中国大陆独立的文学网站由此开始起步。当时，雄心勃勃的榕树下网站特别邀请陈村、安妮宝贝、李寻欢、宁财神等传统作家和网络作家加盟，试图在网络上创建一片新的文学天地。

不久，一件和网络相关的"文学事件"轰动一时，王蒙、刘震云、张抗抗、毕淑敏、张洁和张承志等6位著名作家，为保障自身的权益集体起诉世纪互联通信技术公司，状告被告没有经过允许，将他们的作品制作到网站里，侵犯了他们的著作权。1999年9月18日，北京市海淀区人民法院一审判决世纪互联通信技术有限公司败诉，从即日起停止侵权，向几名原告公开致歉，同时赔偿数额不等的经济损失。这一事件宣告，如果没有获得作家授权，网站不得擅自转贴作品。文学网站面对的"残酷"现实是，免费资源在一夕之间消失殆尽。

1999年12月，多来米中文网投入400万元人民币，将网易个人网站排行榜中前20位的16家收购，包括黄金书屋、中国足球网、海阔天空下载、笑林广记等国内著名个人网站。资金对文学网站发展方向施加的影响力初步显现出来。黄金书屋被收购后，因担心引发版权纠纷，很多无授权的作品被迫下架，以往直接转贴作品的做法也无法继续使用。在原创文学尚未很好开发的情况下，黄金书屋不得不眼睁睁地看着读者群逐渐流失，主动让出了网络书站的霸主地位。就在黄金书屋等站点被收购的同时，"博库"在美国硅谷成立，并在北京进行大规模招聘，给网络和出版界造成不小的震动。前有国内资深书业人士坐镇，后有美国产业资本支持，博库与众多出版社联手合作，大量收购作品电子版权，但这些资源无法得到有效转换。2000年3月纳斯达克崩盘，对互联网行业造成严重冲击，网络公司纷纷歇业，互联网"烧钱"时代一去不返，盈利势在必行。博库投资商面临这一状况，以盈利模式不现实为由拒绝追加投资。2001

年底,博库难以继续运转,国内第一次尝试电子阅读收费模式宣告失败。

独树一帜的榕树下文学网以原创文学为主,它发起的原创文学作品大赛引发了第一次网络文学大潮,由于切合当时更多读者的需求,榕树下得以迅猛发展。朱威廉的梦想是将榕树下办成拥有最强大网络作品资源的文学网站,做网络上的《收获》杂志。榕树下在举办原创文学大奖赛之后,推出陆佑青的《死亡日记》,造成巨大轰动,此后进入全盛时期,占据网络文学的半壁江山。在艰难运行一段时间后,榕树下感到经济压力很大,难以为继,于是向读者试探性推出"一元包月"的阅读计划,但此建议遭到大多数读者的激烈反对,最终未能实施。在经历了1999—2001年连续三届原创文学大赛之后,榕树下中文网络原创基地的魅力渐渐失去,而成为中学生作文的集中营。随着陈村离开"躺着读书",论坛萧条,投稿量剧减,一些有水准的熟客,诸如云也退、象罔与罔象、天花乱坠等转移到天涯"闲闲书话"论坛和"舞文弄墨"论坛,老N等也不见了踪迹。"榕树"风光不再,开始落叶。随后,天涯虚拟社区"舞文弄墨"和"乐趣园"的"小说之家"、"新小说"论坛,接过了榕树下的大旗,引发了新一轮的网络写作高潮。2001年的天涯"舞文弄墨"盛况空前、写手如林,先后有过三次造星运动。第一次是上半年西门大官人的出现,他以长篇连载《你说你哪儿都敏感》成为天涯新星;第二次是原"天涯纵横"文青兼愤青雷立刚在2001年5月担任"舞文弄墨"客座版主,逐渐融入天涯网络写手群体,并依靠大量小说和散文迅速崛起;第三次是下半年心乱贴出其长篇小说《新欢》的头两部,这部小说过于故事化,就初次阅读的印象来看不如他的中篇《拒绝》,但在当时创造了天涯点击的奇迹,心乱也因《新欢》达到他在网络影响上的最高点。

"西陆网"也是早期个人文学站点的代表之一。1999年6月,邹子挺(网名连天)、孙立文(网名西域浪子)两人在西安创办了西陆网,1999年7月4日正式上线运营时,全部资产只有一台PC机。2000年初,西陆网获得三九集团融资,成立北京西陆信息技术有限公司。2001年冬天,"西陆咖啡屋"上线,当时正值网络文学迅猛发展之际,立即吸引了众多网络作者的加盟。西陆网后来成为极受网民喜欢的网络论坛之一,虽然在网络文学领域一直没有创立自己的品牌,但仍然不失为较早的网络文学平台之一。2001年1月,"自娱自乐""一意孤行"和"红尘阁"等四个文学论坛宣布退出西陆,加盟2000年8月创办的"龙的天空",成立"龙的天空"原创联盟网站。之后,百战、天鹰等BBS逐渐崛起,爬爬、翠微居等新兴的网站也各领风骚一段时间。这里必须提及的是,一度以西陆为基地,并于2001年11月创建玄幻小说协会的吴文辉、宝剑锋(林庭锋)等玄幻文学爱好者,2002年5月独立建站,并改名为原创小说协会——起点中文网,简称"起点中文网"。文学网站由此进入了一个全新阶段——商业化转型期。

第三节　商业化试水时期

文学网站商业化有两个发展方向:一个是不断扩大网站资源占有量,以期待创建付费阅读模式,这一做法风险很大;另一个就是放弃网站的发展,为作者提供版权代理,走实体书出版路线。"龙的天空"原创联盟网站很快就面临上述选择,因为随着流量的增大,服务器资源亮起红灯,访问速度越来越慢。是继续投资扩建网站规模,还是另辟蹊径?"龙的天空"选择了放弃网络进入出版市场,随后成立了北京幻想文化公司,签走当时网络上最好的原创作品,买断了网站上的大批作品,放弃网上更新,进行出版运作。从那个时候开始,"龙的天空"从文学网站的主导者逐渐变成了旁观者。

2000年10月,由书情小筑、石头书城、小书亭、凝风天下等个人网站组建了"幻剑书盟",开始一直为寻找稳定的空间而奔波,从全球互联到myrice,再到温州联通。2002年1月,幻剑书盟稳定下来并逐渐产生影响。在龙的天空退位之后,文学网站进入了以幻剑书盟与起点中文网为主要代表的阶段。

和文学网站一样同为新型传播方式的网络游戏和手机短信,在当时已经成功建立起自己的盈利模式。幻剑书盟与起点中文网等文学网站,也在摸索推行 VIP 制度的可行性。根据网站占有的资源和读者能够接受的收费尺度,计算出来付给作者的稿费远低于纸媒出版,这种运营模式能否长久,依然是个问题。

最初,幻剑书盟的商业运营并不顺利,头几年总共才赚了不足 1000 元,以这个标准宣称建立 VIP 制度近乎纸上谈兵。2003 年 6 月,北京幻剑书盟科技发展有限公司成立,幻剑书盟正式步入商业化道路。2004 年 7 月,幻剑书盟商业运作初见成效,收入主要来自会员费和广告,网站的运营成本每月在 3 万—5 万元之间,收入在 5 万—10 万元之间,盈余部分支出人员工资、稿酬和服务器成本,收支基本平衡。

从 2003 年 9 月起,大量新人加入网络写作行列,推动了创作与阅读的繁荣。赶上风口的起点中文网这时出现利好势头,原创文学作品的数量急剧增加，流量飞速上涨。但这一现象主要是由于网络游戏所引发，因此作品多为网游玄幻类，其他类型的作品基本无法冒头，显得比较单调。针对这一现象，业界人士普遍认为，文学网站虽然有了活力，但是作品档次却降下来了。呼之欲出的VIP付费阅读模式在经过"读写网"和"明杨·全球中文品书网"的试水以后，于2003年10月由起点中文网正式运行，然后在各大网站迅速传播。

打个不恰当的比方，VIP似乎与网络盗版是一对连体兄弟，它们前后脚来到这个世界，只不过盗版是寄生胎而已。盗版网站的肆虐，严重阻滞了正常网站的发展，同时给网络写手带来了极大的经济损失。但是盗版网站的技术和隐身法令原创文学网站一筹莫展。一直到今天，这个问题仍然像是迷雾，解不开也驱不散。

第四节　资源整合与产业化时期

2004年10月，盛大网络公司对起点中文网的收购，掀开了文学网站发展史上新的一页，宣告了纯以文学为特色、诸强并存的文学网站时代结束。此后，一系列收购、兼并、合作、资源整合等行动纷纷出台，资本大面积进入文学网站，网络文学产业化的苗头出现。

2004年，幻剑书盟也有很大动作，先与腾讯建立起初步合作关系，再在知名门户网站搜狐开辟幻剑作品专区，继而又组织新浪"绝对现场"栏目对作者进行专访，与《电脑商情报·游戏天地》共同举办"九城杯"全国游戏文学大赛，还与易趣网联合举办了两场手机拍卖活动。

2004年,天鹰文学网再度雄起,并与爬爬、逐浪结成三站联盟,VIP作品质量有大幅提高,作为中国文学网站大三角的一端而崛起。

网络文学与传统文学的合作也在这时出现。2004年8月,著名文学网站红袖添香在北京举办成立五周年庆典,《电脑报》、新华社、《文汇报》(香港)等多家媒体参与了这次活动。国内知名作家、文学评论家、高校教授、学子、红袖作者等也汇聚一堂。

2005年,幻剑书盟还出资收购了明杨品书网,接收了明杨残留的VIP作品及会员。

2006年3月13日,TOM在线以2000万元注资幻剑书盟,随后在4月15日召开"网络文学发展与出版峰会",继续强化拓展网络文学下线出版业务。

2006年4月,欢乐传媒集团以4000万元收购榕树下。

2006年5月,以数字阅读为主业的中文在线推出全新的互联网阅读平台——一起看文学网(17K文学网),采取了与起点中文网同样的付费阅读模式,很快成为业界的代表网站之一。

同年,第一起原创网络侵权官司以原起点中文网职业作家云天空的胜诉以及起点赔偿12万元人民币的判决而结束。网络文学的著作权第一次被正视。

2007年,天逸文学的关站,被视为个人网站时代的终结,而各大商业网站之间仍然战火纷飞,硝烟四起。

2007年3月,上海盛大网络发展有限公司向起点中文网追加投资1亿元,逐步建立完善了以创作、培养、销售为一体的电子出版机制,并且与国内多家权威出版机构合作,成为国内规模最大的网络文学作品版权运作中心。

2007年5月,腾讯网读书频道率先推出VIP会员制,成为首个涉足付费阅读业务的大型门户网站。随后,新浪也宣布8月底推出付费阅读业务。大型门户网站推出付费阅读不仅在网友中引起巨大反响,在出版业内也引发了一次小地震。目前,腾讯网读书频道拥有10万VIP会员,采取"10元包月"付费阅读模式,这一方式相对简单,与专业文学网站之间没有太多的利益竞争。一般来说,读书频道的收益,相对于大型门户网站的整体收益来说只是个零头。

2007年11月和2008年3月,盛大文学再度融资,将业内两家影响很大的女性文学网站晋江文学城(50%股权)和红袖添香纳入旗下。

2008年6月,北京完美时空网络技术有限公司(PWRD)投资成立北京幻想纵横网络技术有限公司;9月,创建大型中文原创阅读网站——纵横中文网,在强大资金的支撑下,纵横中文网迅速成为文学网站中引人注目的亮点。北京幻想纵横网络技术有限公司主要承担完美时空文化战略方向的业务,拥有"纵横中文""纵横动漫"等诸多优秀品牌与资源,深入贯穿线上阅读、线下出版、动漫改编、游戏改编、影视改编等整条文化产业链。

2008年7月,上海盛大网络发展有限公司成立了盛大文学有限公司,实际名称为"盛霆信息技术(上海)有限公司"。公司专注于运营文学版权,为电子付费阅读、线下出版、电影、游戏、动画等提供有版权的内容。

盛大文学在收购重要文学网站的同时,还十分注意与传统文学领域的融通,先后与《文艺报》《文学报》及作协等组织合作举行征文活动和创作研讨活动,在网络文学界率先获得了更多的社会支持。

2009年12月25日,盛大文学与欢乐传媒联手重新打造的新版"榕树下"上线。

2010年2月,成立于2004年5月的小说阅读网被盛大文学收购,3月31日,盛大文学又成功收购了另一家文学网站潇湘书院,以及新锐网站言情小说吧。至此,盛大旗下已经拥有7家大型文学网站,在网络文学产业中占据了绝对领先的位置。

2010年8月,盛大文学首次涉足有声读物市场,8月25日宣布收购天方听书网。该网专注于有声读物的研发和市场运作,为广大听友提供最时尚最前沿的听书资讯和听书内容。网站内容涉及经济管理、中外文学、古典文学、现代文学、儿童文学、探案悬疑、科幻文学、百科知识等。

2010年9月,盛大文学宣布收购悦读网。悦读网是专业的数字期刊阅读网站,与超过800家期刊社、出版机构正规签约上线,在富媒体(影音文字结合的媒体载体)方面具有自主知识产权,涵盖财经、管理、时事、时尚、汽车、家居、体育、数码等领域。

第五节　移动阅读强势出击

2009年1月7日,工业和信息化部为中国移动、中国电信和中国联通发放3张3G牌照,中国正式进入3G时代。经过一年多的筹备,2010年5月,中国移动手机阅读基地在杭州正式投入商用,这次互联网技术革命对于网络文学来说可以用改天换地来形容。短短8个月时间,到2010年底,网络文学用户迅速增长了一倍以上,网络文学年产值首次超过10亿元人民币。刚开始的时候,很多人对3G的高额运营费表示担心,认为3G在中国的普及有相当的难度,运营方承担着巨大的投资风险。出人预料的是,从 3G 基站的建立到普及使用只用了不到两年的时间,应该说手机阅读在其中扮演了强烈推手的角色,发挥了"无形之手"的作用。几乎谁也没想到,3G 技术在三年之后就落伍了,随着民众的需求,2013 年 12 月 4 日工信部正式向中国移动、中国电信和中国联通三大运营商发布 4G 牌照,一个崭新的阅读时空出现了。我国的 3G 牌照发放时间比国际领先水准晚了至少五六年,4G 晚了三年,5G 时代基本达到同步。"由于受到终端产品成熟度的制约,业内普遍预计,5G 牌照发放时间在 2019 年底至 2020 年初左右。"

事实证明网络文学更适合碎片化阅读,哪怕是一部 500 万字的作品,年轻读者仍然喜欢使用智能手机阅读,尤其是打工族和院校学生,几乎不用电脑上网阅读,手机阅读在全社会一时成为时尚。

网络文学的蓬勃发展和网络游戏之间有着千丝万缕的联系,比如当年盛大游戏收购起点中文网,主要是考虑与游戏业务的产业链,完美世界收购纵横中文网也是同样的考虑。而百度多酷的 CEO 也是前休闲游戏网站 7K7K 总裁孙祖德,新浪最初成立的网络文学公司也属于游戏范围。

网络文学为何会和网络游戏紧密相关?因为网络文学可以为网络游戏提供很好的内容和题材,很多网游都来自于网络文学的内容。这一方面是因为网络文学的读者和网游玩家重合度较高,另一方面是因为网络游戏也可以借助原著的火热进行宣传获得更多用户关注。

但是文学和游戏的紧密关联也凸显出网络文学本身的尴尬,那就是网络文学本身并不是一个很大的市场。而且由于网络游戏的发展已经进入成熟期,导致网络文学市场也很难再有突破性的大发展。

　　移动互联网的普及运用使这一状况发生了变化，阅读的便利性显而易见，网络文学用户群迅速产生，年产值有了成倍增长，网络文学的独立价值被凸显出来。随着智能手机以及 4G 网络的普及，手机读者数量增长迅速。由于手机端的付费更便捷，用户付费意愿大幅提高。根据艾瑞咨询《2018 年中国移动阅读白皮书》显示，中国移动阅读用户规模和市场规模仍处在平稳上升期，并预测在未来一段时间将出现用户规模和市场规模增长放缓现象，但由于基数很大，绝对数量依然很大。网络文学在进入 IP 时代之后，实际上对文本创新提出了更高的要求，内容品质的竞争将更趋激烈。

　　截至 2017 年末，中国移动阅读市场规模已达到 132.2 亿元。基于商业模式稳定、产业发展相对成熟的发展情况可以推测，未来行业

收入将保持匀速增长。2019 年，移动阅读市场将接近 200 亿元，以后将会呈现波动，短视频的出现对移动阅读市场构成了一定压力。

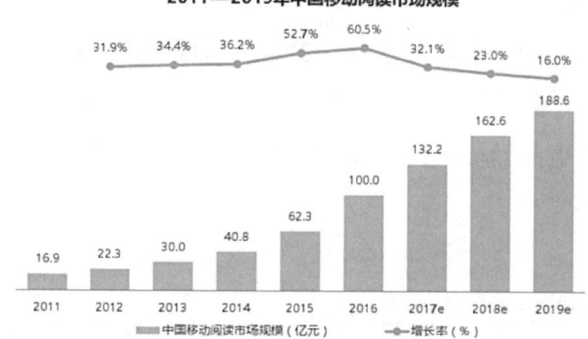

在移动阅读领域，一方面随着 IP 价值的爆发，优质 IP 已成为各方争夺的焦点，未来 IP 产业链收入将成为市场规模增长推动的有利因素；另一方面，行业厂商正逐步布局硬件产品和海外市场，此方面收入将成为未来收入增长的支撑点。

2014 年以来，网络文学 PC 端平台进入了一轮新的发展期，不同特色的文学网站风起云涌，最有影响力的要数掌阅创办的系列原创文学网站，如掌阅小说、红薯、趣阅科技和魔情阅读等，阿里文学、火星小说和爱奇艺文学的亮相，使得网文的泛娱乐特征进一步加强。平治系列网站、磨铁系列网站、吾里文化系列网站等各显神通，在次元文化、网文 IP 化、数字阅读等不同向度上开辟新路，展现了网络文学多元化的发展趋势和广阔的发展空间。

2015年3月,由腾讯文学与原盛大文学整合而成的阅文集团正式宣告成立。阅文集团将内容分发渠道扩展至50余家,覆盖PC端、移动端、音频及电纸书等,囊括QQ阅读、起点中文网等业界品牌。其中,QQ阅读作为中国最大的阅读类应用,年增幅超过100%。此外,移动风潮还覆盖了网文创作领域,手机写作在"作家助手"等阅文技术平台的助推下呈现增长态势,每年有近70万人在"作家助手"上更新作品,网文创作已突破时间、空间的限制。

近几年,中国网络文学在海外的发展也呈现出全新的格局,目前主要以翻译平台、数字出版和实体书出版的形式在海外20多个国家和地区传播,颇受海外读者欢迎。在商业模式上,中国网络文学的盈利模式尚未成熟,刊登中国网文的平台主要通过刊登广告的形式盈利,网文译者可接受读者的打赏与众筹捐款。翻译、版权问题和商业模式等将成为中国网文产业在海外继续发展的主要障碍。

2017年5月15日,阅文集团旗下的起点国际正式上线。一年来,起点国际已上线150余部英文翻译作品,620余部原创英文作品,累计访问用户超1000万,海外注册作者已有1000多位,来自全球的200余位译者和译制组参与网站作品的翻译。

起点国际率先实现了网文作品以中英文双语版海内外同时发布、同步连载,以《我是至尊》《飞剑问道》等作品为代表,持续缩短中外读者的"阅读时差"。在海外合作方面,起点国际与知名中国网文英文翻译网站Gravity Tales等优质海外平台达成合作,共同推进全球化布局。

起点国际还为海外读者量身打造了适用于当地本土化的付费阅读模式。其中既包括国内已非常成熟的按章节付费模式,也有通过观看广告解锁付费阅读章节模式,以及 Wait or Pay 模式,即在更新后第一时间观看则需付费。

这一年,起点国际在网文商业模式输出、海外原创作家培育等领域的全面发力,推动了中国文化的输出和文化自信的建立。

回顾文学网站的发展历程,自然会引起我们对整个文学生态的思考。网络文学的影响力日渐增强,虽然不会取代纸质出版,但因为用户群阅读习惯的转变而逐渐拥有愈来愈重要的社会价值,在这一前提下,网络文学能否与传统审美方式接轨,是一个问题。另外一个由此而生发的问题是,传统文学是否具备互联网传播并盈利的价值。早几年,收购文学网站的多数是传媒企业,而不是风险投资基金(VC),他们收购的目的只是为了补充企业原有业务的不足,而非文学网站的独立运作,作为产业,文学网站的独立性仍然不够强。因此,在创作题材、创作形式上都出现了一些问题,比如注水现象,这个现象在资本进入之前几乎是不存在的。目前网文领域产生了阅文集团、掌阅文化和中文在线这样的上市公司,情况似乎有所好转,但离整个行业的健康、稳定发展还有一定的距离。我们期待文学网站能够在下一轮调整时,获得足够强大的动力,能够真正起飞,为中国当代文学,乃至中华民族的文化复兴作出自己应有的贡献。

附　录

中国网络文学发展纲要

序　言

30年弹指一挥间,中国网络文学从海外萌发到树大根深,在艰难跋涉的过程中创造了世界文化史上的奇迹,不仅为广大民众提供了丰富的精神食粮,还与"美国大片""日本动漫"和"韩国电视剧"并驾齐驱,成为21世纪全球四大文化现象。中国网络文学有望成为21世纪的"超文化",将中国文化向全球传播。美国学者詹姆斯·罗尔在《媒介、传播、文化:一个全球性的途径》一书中重新定义了"超文化"概念,他认为超文化包含六个方面:广泛的价值观念、国际资源、文明、国家文化、地区文化和日常生活。今天在互联网生态环境下,巨大信息流对人类生存状态的改变可谓无孔不入,但就文艺创作领域而言简单概括起来无非两个指标:全球化与个人化并举,即联合与分化后产生新流。这也是中国网络文学的主要特征。

第一节　互联网开创文学新世界(1991—1997)

中国在海外的留学生是最早涉猎网络文学作品的群体,作为情感共同体，他们借助网络传播方式交流和传递自己对祖国、家乡和亲人的思念。这一形式首先传播到了我国台湾地区，很快便在我国大陆生根发芽、开花结果。回顾这一段历史可以发现，网络文学这一特殊文化现象在中国空前兴盛，既是时代变革科技进步的特殊产物，也是中华民族崛起的重要文化标志。

一、重要事件

1991年中国留美学生王笑飞以邮件订阅的方式创办海外中文诗歌通讯网（chpoem-1@listserv.acsu.buffalo.edu），开启了海外华文网络文学之旅。

1991年4月，少君在中文电子周刊《华夏文摘》上发表短篇小说《奋斗与平等》，被认为是"中文"网络文学的开篇之作。

1992年，美国印第安纳大学诞生了首个中文网络交流平台互联网新闻组ACT（BBS的前身），发表了大量原创文学作品，并发布了很多经电子化之后的经典文学书籍。

1994年4月，中国正式接入国际互联网。

1994年2月由方舟子等人创办了第一份中文网络文学刊物《新语丝》；诗阳、鲁鸣等人于1995年3月创办网络中文诗刊《橄榄树》。1996年初，几位原来活跃于中文诗歌通讯网的女性作者独自创办了一份网络女性文学刊物《花招》。

1995年8月，"水木清华BBS"（局域网）正式上线，成为中国内地首家网络文学交流互动平台。

我国台湾地区各大学出现了相互连通的BBS，台湾交大研究生Plover的《台北爱情故事》成为早期网络文学代表性作品。

北京在线"温馨港湾"网站集纳了2000余篇网民原创的文学作品,以散文、随笔为主,也包括海外留学生的很多作品。

1997年6月,网易公司推出免费个人主页空间,为中文文学网站的出现奠定了基础。

1997年11月2日,老榕在四通利方(新浪前身)论坛里发表了一篇名为《10·31:大连金州没有眼泪》的文章,在短短48小时之内,几乎传遍了整个网络,新媒体的传播力首次得以显现。

1997年12月25日,美籍华人朱威廉在上海创办"榕树下"文学主页,成为中国网络文学正式诞生的标志。而著名文学期刊《雨花》杂志的电子版也于1997年上线。从此,中国当代文学的新征程开始在"信息高速公路"上阔步前行。

二、政策引导

网络文学不仅是科技进步的产物,同时在萌芽期就开始接受国家法律法规的保护和引导。

1994年,互联网接入中国的同时,《中华人民共和国计算机信息系统安全保护条例》发布实施。

1996年,《中华人民共和国计算机信息网络国际联网管理暂行规定》发布并实施。

1997年,《计算机信息网络国际联网安全保护管理办法》实施。

三、代表作品

《台北爱情故事》(Plover)

《一杯热奶茶的等待》(詹馥华)

第二节　文化之旅新航程(1998—2002)

网络文学的蓬勃发展,充分展现了中华民族在新的历史时期的精神风貌,它的主要特点是读写互动,作者在线发表作品很快便会得到读者的响应,表扬和批评立竿见影,思想的碰撞燃烧了激情。这个时期的网络文学篇幅短小精悍,文风朴实感人,内容充实接地气,人民群众的文化创造力初步得到展示。从而奏响了时代进步的强音,吹响了中华民族崛起的号角。

一、重要事件

1997年8月,台湾作家罗森在元元和风月大陆连载的《风姿物语》(2006年完本),但在当时并未成为现象级作品。

1998年3月,台湾作家蔡智恒的《第一次的亲密接触》在网上连载,引起两岸网民热烈关注,成为华语网络文学第一部"经典名著"。由此引发的阅读热潮开始改变读者的阅读习惯,网络文学成为读者的重要选择。

随后,网络文学界"黑马"安妮宝贝、李寻欢、邢育森和俞白眉等人形成网络作家群体,他们陆续有作品在榕树下发布并引发网民的热切关注,获得众多读者的追捧,一时名声大噪。

1999年,榕树下主办"首届网络原创文学大赛",邀请王安忆、贾平凹、阿城、余华等知名作家担任评委,由此引发了网民对传统作家参与评价网络文学的热烈讨论。

1999年8月20日,红袖添香小说网创立,主要为用户提供涵盖小说、散文、杂文、诗歌、歌词、剧本、日记等体裁的高品质创作和阅读服务,该站后来成为言情、职场小说等女性文学写作方面的代表性网站。

2000年,《作家》杂志社、《天涯》杂志的"天涯论坛"、"TOM文学网"、"榕树下"等以不同方式开展有关传统文学与网络文学之间关系的讨论。

今何在的《悟空传》在榕树下举办的"网络原创文学作品奖"比赛中获奖。

2001年,于根元教授主编的我国第一部网络词典《中国网络语言词典》出版,收入词2000条左右。

2001年,潇湘书院在苏州上线,成为早期女生网络原创文学的重要网站之一,也是最早实行女生原创文学付费的网站。

2002年,《哈利·波特》《魔戒》在国内热播,大众对幻想文学的兴趣带动了网络玄幻文学热初显。

2002年5月,前身为起点原创文学协会(Chinese Magic Fantasy Union)的起点中文网上线,该站于2003年10月开创的在线收费阅读即电子出版新模式,成为中国网络文学商业化发展的"起点"。

二、政策引导

2000年,《互联网信息服务管理办法》实施。

2000年8月15日,《关于审理因域名注册、使用而引起的知识产权民事纠纷案件的若干指导意见》发布。

2000年9月25日,《中华人民共和国电信条例》发布实施。

2000年10月8日,《互联网电子公告服务管理规定》发布实施。

2000年11月9日,《关于互联网中文域名管理的通告》发布。

2001年,中国互联网协会成立。

2001年7月24起,《最高人民法院关于审理涉及计算机网络域名民事纠纷案件适用法律若干问题的解释》实施。

2002年4月24日,《中国互联网行业自律公约》发布。

2002年11月15日起,《互联网上网服务营业场所管理条例》实施。

2002年8月1日,《中国互联网络域名管理办法》发布。

三、代表作品

《风姿物语》(罗森)

《第一次的亲密接触》(蔡智恒)

《悟空传》(今何在)

《告别薇安》(安妮宝贝)

《成都,今夜请将我遗忘》(慕容雪村)

《蛋白质女孩》(王文华)

《几乎错过的爱恋》(七彩鱼)

《我的北京》(醉鱼)

《紫川》(老猪)

四、发展数据

自从痞子蔡的网络小说《第一次的亲密接触》出版以来,由于销售的火爆,不少出版社立即把目光聚焦到这一热点上来,并很快形成热闹的出版景观。一时间《E网情深》《点击1999》《旧同居年代》《活得像个人样》等网络小说登上了各大书店的畅销排行榜,成为超级畅销书。(摘自《出版参考》2000年第24期)

第三节 产业革命展新姿(2003—2008)

随着互联网技术迅猛发展,在中国政府宏观政策引领下,网络文学迎来了它的第一个高峰期。在表达思想感情、传承中华文脉的同时,网络文学经过艰难跋涉进入了产业发展阶段,版权开发的逐步推进使网络文学成为互联网文化产业链的源头。随着创作领域的延伸,网络文学类型化特征渐趋明朗,作品的社会影响力迅速扩大。在管理和引导并重的政策引领下,网络文学逐步建立了文化自信与使命意识。

一、重要事件

2003年,明杨品书网推出VIP收费阅读制度,随后起点中文网也开始采取这一制度,并实行"原创文学作品网络版权签约制度",之后付费阅读制和签约作家制成为网络文学传播与创作的基本模式,网络文学步入商业化阶段。

2004—2005年,奇幻、悬疑、恐怖灵异、青春、穿越等类型小说成为持续的热潮,《小兵传奇》《诛仙》《飘邈之旅》《紫川》《鬼吹灯》《何以笙箫默》《梦回大清》《步步惊心》等小说都拥有众多读者。"80后"作家在网络上异常活跃,韩寒在新浪读书频道推出武侠小说《长安乱》。

2003年10月逐浪网成立,前身为国内著名的文学站点——文学殿堂,曾经获得《电脑报》"编辑选择奖"和"二十大个人站"称号。2006年6月,逐浪网归入大众书局旗下,2009年11月12日空中网在对外发布第三季度财报的同时,正式宣布收购逐浪网。

2004年5月小说阅读网成立。网站按内容分为"女生版""男生版"和"校园版"三个分站,主要提供言情类女性文学、青春校园及仙侠玄幻类男性文学作品。

2004年看书网成立,作为原创小说网站集创作、阅读、无线增值服务、实体出版为一体,致力于原创文学的挖掘和作者的培养,通过多种渠道向读者展示优秀作品,通过多种平台向作者提供优质服务。

自2004年起,新浪网和国内知名出版社、传媒集团共同举办新浪原创文学大赛,旨在促进挖掘具有潜力的网络作家及其出色的作品,促进网络文学的发展和繁荣。2006年第三届新浪原创文学大赛邀请金庸、海岩、温瑞安、张抗抗等两岸三地名家担任评委,其奖项的设置和社会反响表明,网络文学已成当今大众文学的主流。

2005年,红袖添香创办子站言情小说吧,两站内容互通。言情小说吧主要提供言情小说、校园小说、玄幻小说和网游小说等作品的在线阅读。

2005年,3G门户创建了独立运营的大型阅读集群平台和大型原创文学网站3G书城。

2005年,桐华在网络连载穿越小说《步步惊心》,2011年被改编为同名电视剧,引发穿越小说热潮。

2006年,网络文学推动出版形式多样化,《鬼吹灯》《诛仙》等获得市场青睐。虚构类畅销书排行榜显示,网络作品已占据三分之一。17名网络写手加入长沙市作协,网络文学日益受到文坛重视。

2006年6月,中文在线旗下集创作、阅读于一体的在线阅读网站17K小说网上线。

2006年,流潋紫在网络连载古代言情类长篇小说《后宫·甄嬛传》,2012年同名电视剧播出后引起巨大反响,另有改编漫画《甄嬛传·叙花列》。

2007年,上海市社会科学院和上海作协同起点中文网达成协议,举办"网络文学创作高级研修班",盛大公司向起点中文网增加1亿元注册资本,开展作家"千人培训"和"万元保障"福利计划,民营资本开始有意识培养网络作家。

2007年,海宴在线网络连载架空历史小说《琅琊榜》,2015年9月同名电视剧播出后被誉为IP制作的成功范例。

2007年,辛夷坞在网络连载青春校园类长篇小说《致我们终将逝去的青春》,小说于2013年与2016年先后被改编成电影和电视剧,成为网络文学现象级作品。

2008年1月,《读屏时代的写作——网络文学10年史》(马季著)由中国工人出版社出版;12月,《网络文学发展史:汉语网络文学调查纪实》(欧阳友权著)由中国广播电视出版社出版。

2008年7月,盛大文学宣布成立,旗下运营的原创文学网站包括起点中文网、红袖添香网、小说阅读网、榕树下、言情小说吧、潇湘书院六大原创文学网站,约占整个原创文学市场70%的市场份额;同时拥有天方听书网、悦读网、晋江文学城(50%股权),以及"华文天下""中智博文"和"聚石文华"三家图书策划出版公司。

9月,北京幻想纵横网络技术有限公司旗下大型中文原创阅读网站纵横中文网上线。

9月,起点中文网主办"全国30省作协主席小说联展",邀请30个省、市、自治区作协主席(副主席)在线连载自己的小说。

2008年10月29日—2009年6月25日,在中国作家协会的指导下,《长篇小说选刊》杂志社与"中文在线"旗下17K小说网联手承办了"网络文学十年盘点"活动,《此间的少年》等荣获优秀作品十佳,《尘缘》等荣获人气作品十佳。此举开启了网络文学经典化之路。

第五次全国国民阅读调查结果显示,在文字媒体中,报纸以74.5%的阅读率位于首位,杂志阅读率为50%;互联网阅读率为36.5%,图书阅读率为34.7%,网络阅读首次超过图书阅读。

2008年11月,全国首例网络文学侵权案件"云宵阁"侵权案经福建省莆田市中级人民法院终审判决,侵权者被判刑并处罚金。

二、政策引导

2004年12月20日起,《中国互联网络域名管理办法》实施。(2002年8月1日公布的《中国互联网络域名管理办法》同时废止。)

2004年6月10日,《互联网站禁止传播淫秽、色情等不良信息自律规范》发布。

2005年3月20日,《互联网IP地址备案管理办法》实施。

2005年4月29日,《互联网著作权行政保护办法》发布。

2005年9月25日,《互联网新闻信息服务管理规定》发布实施。

2006年5月18日,《信息网络传播权保护条例》发布。

中国作家网、盛大文学、中文在线、新浪读书和搜狐读书五家单位联合发起"关于文学网站自律的倡议",号召全国文学网站抵制网络文学不良倾向,探索健康、有序的文学网站发展之路。

三、代表作品

《飘邈之旅》(萧潜)

《小兵传奇》(玄雨)

《诛仙》(萧鼎)

《升龙道》(血红)

《鬼吹灯》(天下霸唱)

《明朝那些事儿》(当年明月)

《盗墓笔记》(南派三叔)

《大江东去》(阿耐)

《骑士的沙丘》(文舟)

《草样年华》(孙睿)

《猛龙过江》(骷髅精灵)

《流氓高手》(无罪)

《窃明》(灰熊猫)

《步步惊心》(桐华)

《天行健》(燕垒生)

《极品家丁》(禹岩)

《帝王业》(寐语者)

《杜拉拉升职记》(李可)

《幽冥仙途》(减肥专家)

《高手寂寞》(兰帝魅晨)

《家园》(酒徒)

《回到明朝当王爷》(月关)

《何以笙箫默》(顾漫)

《后宫·甄嬛传》(流潋紫)

《琅琊榜》(海宴)

《无限恐怖》(zhttty)

《佣兵天下》(说不得大师)

《史上第一混乱》(张小花)

《随波逐流之一代军师》(随波逐流)

《韦帅望的江湖》(晴川)

《致我们终将逝去的青春》(辛夷坞)

《裸婚》(唐欣恬)

《庆余年》(猫腻)

《神墓》(辰东)

《亵渎》(烟雨江南)

《佛本是道》(梦入神机)

《冒牌大英雄》(七十二编)

《弹痕》(纷舞妖姬)

《山楂树之恋》(艾米)

《最后一颗子弹留给我》(刘猛)

《新宋》(阿越)

四、发展数据

2003—2008年是网络文学PC端的黄金时期,重点文学网站基本创建于这一阶段,网络文学在线付费阅读模式从酝酿、试行到成熟,经历了艰难的磨合与阵痛,产生了巨大能量。这一阶段也是我国互联网在民间的普及期和网络使用人群覆盖率的快速增长期,政府出台了大量政策法规,为网络文学的稳定发展提供了有力保障。

这一阶段也是网络文学类型化的探索期和活跃期,出现了大量具有中国本土特色的网络文学类型,如玄幻仙侠、架空历史、远古神话、都市异能、历史武侠、现代修真、悬疑探险等。据粗略统计,近千部作品被改编成电影、电视剧、网络游戏和漫画,线下出版纸书超过5000个品种。

网络文学线上日更新量由原来的不足1000万汉字,猛增到超过1亿汉字。产业规模也由原来的年产值不足1000万元人民币,增长到1.22亿元人民币。(摘自《北京商报》2010年2月3日)

中国文坛形成了由出版社纸书出版、文学期刊发表和网络文学连载三分天下的格局。主流媒体如《人民日报》《光明日报》《文艺报》,以及一批专业学术期刊,加大了对网络文学关注的力度,高校研究生中出现了以网络文学为研究方向的毕业论文。

第四节 移动阅读改变生活(2009—2014)

在全民阅读蓬勃发展的过程中,政府部门加大了对网络文学的扶持和引导力度，将这一全新的文学样式纳入了日常管理。伴随着智能手机的普及运用，网络文学进入移动阅读时代。首先是文学网页用户浏览量呈现翻番式增长，产业规模也随之迅速扩展；其次是创作平台的日更新量成倍增长，作品类型的创新和多样化，满足了广大读者的不同需求。网络文学数量质量同步发展，成为社会关注的热门话题。

一、重要事件

2009年6月，经中宣部批准，成立了由中国作协党组书记处领导的"全国网络文学重点园地工作联席会议"，中国作家网、盛大文学、中文在线、新浪读书和网易读书五家网络文学站点为发起单位。

6月15日，由《文艺报》和盛大文学共同主办的"起点四作家作品研讨会"在北京举行，胡平、贺绍俊、白烨、张颐武等传统文学评论家参加研讨。会议提出主流文学评论家对网络文学不应持失语态度，呼吁年轻一代评论家更多地关注网络创作。

7月，中国作协鲁迅文学院举办首期网络作家培训班，唐家三少等29名学员入学。

10月，盛大集团的营利模式在法兰克福书展上引起广泛关注，被业界权威评为"世界数字出版三大主流模式之一"。

10月26日，由中国国际版权博览会组委会、中国作家协会主办的"中国网络文学节"在北京国家会议中心举行。

11月，起点女生网成立，其前身是"起点女生频道"，致力于对女性网络原创文学及作者的培养和挖掘。起点女生网依托起点中文网的成熟运作机制，成功实现了女性网络原创文学的商业化发展模式。

2009年,中国移动、中国联通及中国电信三大通信商正式推出3G服务,移动阅读市场进入拐点。

2010年5月,中国移动手机阅读基地正式商用,单月访问用户数突破2500万,单月付费用户数突破1800万。在阅读内容上,玄幻、都市、言情、仙侠、历史等类别最受手机用户喜爱。手机阅读成为互联网阅读的龙头。

5月20日,中国作协与广东省作协在京联合召开网络文学研讨会,中国作协党组书记、副主席李冰出席会议并讲话,传统作家、评论家、网络作家、文学网站编辑应邀参加会议。这是中国作协首次主办网络文学研讨会。

7月12日,天音通信集团旗下塔读文学成立,作为无线互联网阅读服务提供商,以移动终端阅读体验为核心,向用户提供主流的、轻松的文学阅读服务。

2011年10月13日,在法兰克福书展上,中国网络作家与来自德国的"自出版"作家展开了一场"中德网络作家分享成功故事"的高峰对话,双方共同分享了在不同国度、相同媒介上如何取得成功的经验和故事。

2011年8月4日、2012年2月16日,中国作协先后两次组织网络作家与国内知名作家"结对交友"见面活动,共有33位网络作家与国内知名作家结成"对子"。

盛大文学新加坡站点上线运行,是中国文学网站第一个海外站点。

2012年1月1日,广东永正图书旗下旗峰天下中文网上线,网站集创作、阅读、下载、版权输出为一体,由男生、女生、经典三大频道构成。

2012年6月，中国作协举办网络文学作品研讨会，研讨重点文学网站推荐的5部网络文学作品：菜刀姓李的《遍地狼烟》、天下归元的《扶摇皇后》、酒徒的《隋乱》、阿越的《新宋》和杨鎏莹的《凝暮颜》。

9月，由欧阳友权主编、中南大学网络文学研究团队编撰的中国第一部《网络文学词典》正式出版发行。

11月26日，《华西都市报》独家发布了网络作家富豪榜，唐家三少、我吃西红柿、天蚕土豆位列前三名。

2013年，中国作协首次集中吸纳网络作家入会，16位网络作家成为新会员；同年9月召开的第七次全国青年作家创作会议，共有19位网络作家代表出席，标志网络作家正式登堂入室，开始参与新世纪主流文学话语的建构。2013年5月底，新组建的"创世中文网"与腾讯合作上线，不久，"腾讯文学"高调亮相，宣布下设"创世中文网"和"云起书院"，网络文学成为腾讯核心业务之一。

10月30日，由中文在线发起，联合17K小说网、纵横中文网、创世中文网、逐浪小说网、塔读文学网、91熊猫看书网、百度多酷文学网、3G书城、铁血读书、17K女生网、四月天小说网等知名原创文学网站共建的网络文学大学成立。

12月25日，上海视觉艺术学院携手盛大文学创造文学教育新模式，首开国内网络文学专业本科全日制艺术教育。

原创网络文学资源共享渠道初步建成，培育第三方阅读平台逐渐成为行业发展的共识。除盛大文学众多子品牌外，三大电信公司移动阅读基地、亚马逊、京东lebook、当当多看、91熊猫看书等都加入新平台的建设；豆瓣阅读、亿部书城、鲜果读书等应用也在圈定自己的读者群。

2014年1月,全国首家省级网络作协浙江省网络作协成立,网络文学双年奖于同年11月正式启动,《华语网络文学研究》也在积极筹备中。

7月,中国作协创研部、《人民日报》文艺部、《光明日报》文艺部和全国网络文学联席会议联合召开了全国网络文学理论研讨会,对网络文学进行了深度研讨,会后出版了文集《网络文学评价体系虚实谈》。

11月27日,筹备数月的百度文学正式宣告成立。

二、政策引导

2010年10月9日,国家新闻出版总署出台《新闻出版总署关于发展电子书产业的意见》,就发展电子书产业提出了具体要求和目标,提出要依法依规建立电子书行业准入制度,依法对从事电子书相关业务的企业实施分类审批和管理。

2010年11月4日,国家新闻出版总署公布了首批电子书牌照,共30家企业获得了电子书产业四大领域的从业资质,包括电子书出版资质、电子书复制资质、电子书总发行资质、电子书进口资质。

由商务部、中宣部、文化部、广电总局和新闻出版总署五部委组织申报的2011—2012年度国家文化出口重点企业和重点项目名单中,网络文学以数字出版的形式首次进入国家订单集中出口,成为中国文化对外输出的重要产品。

鲁迅文学奖首次向网络文学敞开大门,国家新闻出版总署也将网络文学纳入中国出版政府奖评选范围,三家文学网站的三部网络长篇小说捷足先登,获得中国作协重点作品扶持。

2011年，茅盾文学奖修改了评奖条例，《关于征集第八届茅盾文学奖参评作品的通知》中说"向持有互联网出版许可证的重点文学网站等征集参评作品"，由此向网络文学敞开了大门。

新闻出版总署与中国移动通信集团公司签署《共同推进数字出版产业发展战略合作备忘录》。

2014年12月18日，国家新闻出版广电总局印发了《关于推动网络文学健康发展的指导意见》，要求建立健全网络文学发表作品的"作者实名注册""责任编辑及出版单位署名"等管理制度，引起社会各方关注。

三、代表作品

《斗罗大陆》（唐家三少）

《盘龙》（我吃西红柿）

《花千骨》（Fresh果果）

《失恋33天》（鲍鲸鲸）

《全职高手》（蝴蝶蓝）

《斗破苍穹》（天蚕土豆）

《遍地狼烟》（菜刀姓李）

《遮天》（辰东）

《上品寒士》（贼道三痴）

《藏地密码》（何马）

《凡人修仙传》（忘语）

《黄金瞳》（打眼）

《锦衣夜行》（月关）

《龙血战神》(风青阳)

《匹夫的逆袭》(骁骑校)

《欢乐颂》(阿耐)

《无证之罪》(紫金陈)

《扶摇皇后》(天下归元)

《狩魔手记》(烟雨江南)

《争锋 —— 世界顶级外企沉浮录》(凌语嫣)

《诡案组》(求无欲)

《大悬疑》(王雁)

《吞噬星空》(我吃西红柿)

《侯卫东官场笔记》(小桥老树)

《黑道风云20年》(孔二狗)

《山海经密码》(阿菩)

《卡徒》(方想)

《将夜》(猫腻)

《龙族》(江南)

《雪中悍刀行》(烽火戏诸侯)

《烽烟尽处》(酒徒)

《问镜》(减肥专家)

《奥术神座》(爱潜水的乌贼)

《斩龙》(失落叶)

《唐砖》(孑与2)

《芈月传》(蒋胜男)

《最强兵王》(丛林狼)

《仙魔变》(无罪)

《星河大帝》(梦入神机)

《仙国大帝》(观棋)

《南方有乔木》(小狐濡尾)

《不灭元神》(百世经纶)

《庶女攻略》(吱吱)

《邪少药王》(胜己)

《云海仙踪》(树下野狐)

《火爆天王》(柳下挥)

《美人谋律》(柳暗花溟)

《他来了,请闭眼》(丁墨)

《材料帝国》(齐橙)

《英雄联盟之谁与争锋》(乱)

《从前有座灵剑山》(国王陛下)

四、发展数据

网络文学再掀影视改编热,《失恋33天》《遍地狼烟》《步步惊心》《钱多多嫁人记》《甄嬛传》《裸婚时代》《白蛇传说》《倾世皇妃》《千山暮雪》先后公开播映,网络文学在社会大众中的影响力进一步获得提升。

2008年底,中国移动在浙江启动手机阅读基地建设,致力于建设全新的数字图书发行渠道。2010年5月,手机阅读业务全国正式商用。在新闻出版总署的指导和各方支持下,仅一年多时间,中国移动手机阅读基地便成为国内规模最大的数字阅读门户,业务创新效应显著。基地推动读者、作者和平台之间的互动,6月份用户向平台回复48万条书评、52万条留言,点击量最高的图书书评超过5.5万。每月全网访问用户数超过了4500万,日均PV超3亿次,每月平均收入超过1亿元。(摘自中国移动阅读基地资料)

第五节 网络文学形成多元化格局(2015—2021)

2015年以来网络文学现实题材创作取得令人瞩目的成绩,同时网络文学IP也在向精品化方向发展,一批优质网络文学作品脱颖而出。网络文学创作已经逐步进入以品质为核心的阶段,创新程度和质量日趋提高。在保持原有特征与活力的同时,网络文学正日益向主流意识形态、主流文化传统、主流文学审美靠拢,呈现出多元化的格局。

2014年10月15日,习近平总书记主持召开文艺工作座谈会并发表重要讲话,共有72位文艺家出席会议,其中包括周小平、花千芳两位网络作家,彰显中央对网络文学的重视和关注。

2015年10月14日,《习近平在文艺工作座谈会上的讲话》全文正式发表。

2015年10月19日,《中共中央关于繁荣发展社会主义文艺的意见》出台,明确指出"大力发展网络文艺",既为网络文学正名,也指明了发展方向。

2014年12月18日,国家新闻出版广电总局印发《关于推动网络文学健康发展的指导意见》,这是政府主管部门首次专门从思路、逻辑和路径上为网络文学健康有序发展进行规划与设计。《意见》提出，用 3 至 5 年时间，使创作导向更加健康，创作质量明显提升；使运营和服务的模式更加成熟，与图书影视、戏剧表演、动漫游戏、文化创意等相关产业形成多层次、多领域深度融合发展，在网络内容建设和文艺创新中的作用更加突出；培育一批原创能力强、投送规模大、覆盖范围广、管理有章法的网络文学出版和集成投送骨干企业，打造一批具有市场竞争力的品牌，为弘扬社会主义先进文化，丰富人民群众精神文化生活，推动数字出版和文化产业繁荣发展发挥重要作用。

2015 年 6 月 23 日，在雄壮的国歌声中，"中国网络作家走进抗战历史"主题活动在北京卢沟桥畔启动。网络作家和文学网站的编辑以这次活动为起点，继承先烈遗志，弘扬抗战精神，不断充实自己、提高自己、完善自己。同时，从抗战历史中"走出来"，站在更高层次，以更广的视角，洞察人类社会的发展轨迹，认清社会发展的规律和主流，从而自觉认同和接纳社会主义核心价值观；认清文学发展的规律和网络作家的历史使命，从而努力创造中国网络文学新的辉煌。

2016 年 9 月 3 日，"中国网络作家重走长征路采风活动"在瑞金启动，进一步引导网络作家深入生活、扎根人民。网络作家一行连续 8 天沿着先辈走过的道路，前往江西、四川、甘肃三地参访革命旧址，了解革命老区的发展历史，拜访革命前辈，聆听革命故事，寻找创作灵感。网络作家在活动中深有体会地认识到，不仅要深刻地学习革命先辈的精神，更要将长征精神深入骨髓，融入到文学作品中，让长征精神在网络文学的书写中得到传承。

一、重要事件

2015 年，网络文学主流化进入快车道。中国作协成立了网络文学委员会,上海、广东、北京、四川、江苏和安徽等十多个省市由作家协会牵头,陆续成立了网络作家协会、网络文学委员会等相关组织机构,为网络文学创作保驾护航。

1月21日,中文在线成功上市,成为国内"数字出版第一股"。

3月16日,腾讯集团宣布斥资50亿元人民币兼并盛大文学成立阅文集团,将腾讯巨大的用户流量优势与盛大文学丰富的内容资源相结合,形成网络文学阅读平台与传播手段的跨越式升级。阅文集团统一管理和运营原本属于盛大文学和腾讯文学旗下的起点中文网、创世中文网、小说阅读网、潇湘书院、红袖添香、云起书院、榕树下、QQ阅读、中智博文、华文天下等网文品牌。

4月28日,手机阅读平台掌阅科技宣布成立"掌阅文学",将陆续投入10亿元人民币进军网络原创文学领域。掌阅科技旗下子公司掌阅文化、红薯网、趣阅网等原创文学平台陆续启动签约原创作品。

5月,阿里巴巴文学正式上线,业务包括内容生产和版权衍生,与书旗小说、UC书城等组成移动阅读业务的主要部分。

2015年9月24日,中国作协联合上海、江苏、浙江和广东四省市作协举办首届中国网络文学论坛,会议决定每年举办一次全国性的网络文学论坛。

游戏、影视剧和网络剧改编聚焦网络文学IP,网络文学主导新一轮文化产业升级创新。由《鬼吹灯》改编的两部大电影《九层妖塔》《寻龙诀》和校园青春剧《何以笙箫默》先后搬上银幕。电视剧《琅琊榜》《花千骨》《芈月传》《华胥引》相继掀起收视高潮。

2016年,中国作协第九次全国代表大会在京召开,唐家三少、蒋胜男、血红等8名网络作家被选举成为中国作协第九届全国委员会委员,唐家三少被选举成为主席团委员。

中国网络小说的海外传播成为热门话题，阅文集团与Wuxiaworld（武侠世界）宣布签署十年翻译和电子出版合作协议，初步达成20部作品的合作协议，开启了中国网络小说对外输出的新模式。

2016年，由国家新闻出版广电总局数字出版司指导，中国作协网络文学委员会、中国音像与数字出版协会大众阅读工委会发布《网络文学行业自律倡议书》，全国50家网站积极响应。

5月4日，由中国作协网络文学委员会、湖南省作协、中南大学联合设立的"中国作家协会网络文学委员会中南大学研究基地"在中南大学揭牌。

5月6日，爱奇艺文学宣布正式启动，除影视热剧原著网文作品的阅读业务以外，将主推青春、阳光、正能量作品内容，鼓励题材创新性、多样化。

6月29日，中国作协举办网络文学发展工作交流会，各地作协网络文学负责人和全国主要文学网站代表近70人出席了会议。会议认为：网络文学在整个文化产业链中占有越来越重要的位置，已经成为我国当代文化体系中至关重要的原创资源，在现代大众文化生态中是想象力和创造力的重要生产者和供应者。网络文学面临着巨大的发展机遇和各种复杂困难，网络文学工作的对象和方式方法都与过去有很大不同。

2016年9月25日，由中国作协主办的第二届中国网络文学论坛在广东佛山召开。

12月13日，中国作协网络文学委员会上海研究培训基地在上海大学挂牌，上海研究培训基地第一期网络文学高级研修班同日开班。

《七月与安生》《微微一笑很倾城》《孤芳不自赏》《三生三世十里桃花》《诛仙》《如果蜗牛有爱情》《美人为馅》《凉生，我们可不可以不忧伤》《醉玲珑》《老九门》《鬼吹灯之精绝古城》《藏地密码》《法医秦明》等一批网络文学作品改编为电影、电视剧和网络剧,文学与影视进一步加强互动。网络文学 IP 经过一轮快速淘洗,正在走向理性,继续探索网络文艺新路。

2017 年 3 月 1 日,中国作协鲁迅文学院第十期网络作家高级研修班开学,从这一期开始原培训班升格为高级研修班,学期延长至一个月,本期共招收学员 57 名。

4 月 11 日,第三届中国网络文学论坛在江苏南京举行。论坛发出"深入学习贯彻习近平总书记重要讲话精神,坚定文化自信,推动网络文学健康发展"倡议书。

4 月 19 日,阿里文学宣布进军网络大电影,联合优酷、阿里影业推出 HAO 计划,共同投入 10 亿元人民币资源赋能网络电影内容生产者。在首届作者年会上,阿里文学宣布将加强对作者、内容和衍生资源的扶持力度,打造爆款 IP,实现多方共赢。

5 月 7 日,"一带一路"国际合作高峰论坛召开前夕,"一带一路"中国网络文学论坛在甘肃兰州举办。

6 月 9 日,作为视频行业年度盛会 2017 爱奇艺世界·大会分论坛之一,爱奇艺网络文学高峰论坛在京隆重举行。现场发布了爱奇艺文学开放平台,利用影视生态培育以网络文学付费阅读和版权交易为组合的新商业模式,重塑网络文学新面貌。同时,首届爱奇艺文学奖隆重颁布,此奖项将面向全行业,所有出版社、文学网站、作者均可参与角逐。

11 月 30 日,第二届中华文学基金会茅盾文学新人奖新增设的网络文学新人奖揭晓。获奖作家包括唐家三少(张威)、酒徒(蒙虎)、天下归元(卢菁)、孑与 2(云宏)、天使奥斯卡(徐震)、我吃西红柿(朱洪志)、愤怒的香蕉(曾登科)、骠骑(董俊杰)、爱潜水的乌贼(袁野)、希行(裴云)。

2019年11月29日,第三届中华文学基金会茅盾文学新人奖·网络文学新人奖揭晓,获奖作家包括骁骑校(刘晔)、萧鼎(张戬)、阿菩(林俊敏)、南派三叔(徐磊)、何常在(崔浩)、匪我思存(艾晶晶)、血红(刘炜)、辰东(杨振东)、蒋离子(蒋达理)、风御九秋(于鹏程)。

二、政策引导

全国"扫黄打非"工作小组办公室、国家互联网信息办公室、工业和信息化部、公安部发布公告,决定自2014年4月中旬至11月,在全国范围内统一开展打击网上淫秽色情信息"扫黄打非·净网2014"专项行动。

2014年12月18日,国家新闻出版广电总局印发《关于推动网络文学健康发展的指导意见》。

2016年,国家版权局、国家网信办、工信部和公安部四部门联合开展的"剑网2016"专项行动启动,重点打击网络侵权盗版,并将网络文学纳入2016年网络版权重点监管工作。

国家版权局发布了《关于加强网络文学作品版权管理的通知》。《通知》进一步明确了通过信息网络提供文学作品以及提供相关网络服务的网络服务商在版权管理方面的责任义务,细化了著作权法律法规的相关规定。

2017年6月26日,国家新闻出版广电总局对外公布《网络文学出版服务单位社会效益评估试行办法》。

自2013年开始,每年都有一批网络作家加入中国作家协会,到

2017年已有167位网络作家入会,网络作家加入省级作家协会的人数已超过2000人。在网络作家队伍中,男女作者比例基本持平,18—40岁的作者占75%,在读学生约占10%。

2015年12月17日,中国作家协会网络文学委员会在北京成立。

2017年9月13日,上海作协召开网络作家签约会议,率先在全国推出签约网络作家。这是全国范围内首次由作协系统推出的网络作家签约制度,首批签约作家包括血红、骷髅精灵等16人。

12月29日,中国作协对外宣布,经过近一年的筹备,中国作协网络文学中心正式成立。

三、代表作品

《雪鹰领主》(我吃西红柿)

《邪王追妻》(苏小暖)

《回到过去变成猫》(陈词懒调)

《儒道至圣》(永恒之火)

《玄界之门》(忘语)

《大主宰》(天蚕土豆)

《剑王朝》(无罪)

《巫神纪》(血红)

《冠军之光》(林海听涛)

《黄金渔场》(全金属弹壳)

《穿越者》(骁骑校)

《焚天》(流浪的蛤蟆)

《天域苍穹》(风凌天下)

《完美世界》(辰东)

《赘婿》(愤怒的香蕉)

《择天记》(猫腻)

《太玄战记》(风御九秋)

《乱世宏图》(酒徒)

《血歌行》(管平潮)

《天启之门》(跳舞)

《我欲封天》(耳根)

《修真四万年》(卧牛真人)

《君九龄》(希行)

《木兰无长兄》(祈祷君)

《地球纪元》(彩虹之门)

《网络英雄传》(郭羽、刘波)

《万古仙穹》(观棋)

《魔道祖师》(墨香铜臭)

《宰执天下》(cuslaa)

《诡秘之主》(爱潜水的乌贼)

《大国重工》(齐橙)

《写给鼹鼠先生的情书》(吉祥夜)

《大医凌然》(志鸟村)

《剑来》(烽火戏诸侯)

《牧神记》(宅猪)

《天道图书馆》(横扫天涯)

《大王饶命》(会说话的肘子)

《放开那个女巫》(二目)

《慕南枝》(吱吱)

《燕云台》(蒋胜男)

《明月度关山》(舞清影)

《朝阳警事》(卓牧闲)

《有匪》(priest)

《唯愿此生不负你》(姒锦)

《别怕我真心》(红九)

《我有特殊沟通技巧》(青青绿萝裙)

《光影高手》(文舟)

《萌妻食神》(紫伊281)

《糖婚》(蒋离子)

《浩荡》(何常在)

《山河盛宴》(天下归元)

《沉鱼策》(解语)

《时间都知道》(随侯珠)

《冰刃之上》(何堪)

《知否？知否？应是绿肥红瘦》(关心则乱)

《师父又掉线了》(尤前)

四、发展数据

2016年4月18日,中国新闻出版研究院发布的《第十三次全国国民阅读调查》显示,2015年我国成年国民图书阅读率为58.4%,同比上升0.4个百分点;数字化阅读方式的接触率为64.0%,同比上升了5.9个百分点。不同人口特征群体的手机阅读接触率不同,年龄越小的群体手机阅读接触率越高,18—29周岁群体的手机阅读接触率最高,为89.6%;其次为30—39周岁群体,该群体的手机阅读接触率为82.2%。在手机阅读接触群体中,都市言情类电子书成读者"最爱",其次为文学经典。其中,都市言情类电子书的选择比例为18.2%,文学经典类电子书的选择比例为14.3%,历史军事类电子书的选择比例为13%,武侠仙侠类、玄幻奇幻类以及悬疑推理类电子书的选择比例分别为12.7%、12.6%和12.3%。

据2017年1月22日CNNIC发布的《第39次中国互联网发展状况统计报告》显示,截至2016年底,我国网民规模达7.31亿,其中PC端网络文学用户超过3.33亿,占网民总体的45.6%;移动端网络文学用户3.04亿,占手机网民的43.7%。随着融资渠道的拓宽,2016年新增文学网站百余家,文学网站平均日更新总字数达2亿汉字,文学网页平均日浏览量达15亿次。截至2016年底,国内40家主要网络文学网站作品总量已达1454.8万种,当年新增作品达175万部,年直接营收达90亿人民币。

2016年12月27日,国家新闻出版广电总局公布的《全民阅读"十三五"时期发展规划》指出,"十三五"时期(即2016—2020年)将做好"中国好书""向全国青少年推荐百种优秀出版物""优秀老年人出版物""大众喜爱的50种图书""优秀民族图书""中华优秀传统文化普及图书""优秀少儿报刊""精品文学期刊""优秀网络文学原创作品"等推荐工作。"十三五"期间将建设3—4家国家级公益性数字化阅读推广、优质阅读内容数字化传播、移动阅读数字化传播平台,与各类图书馆、农家书屋等终端联网,向读者提供数字化阅读服务。

2017年4月23日,在第二十二个"世界读书日"来临之际,阅文集团携手湖南卫视举办了一场别开生面的"2017书香中国全民阅读系列活动启动式",成为年度极具看点与影响力的全民共读盛会。

2018年3月,中国作协网络文学委员会、上海市新闻出版局、上海市作家协会和阅文集团在上海联合主办了"中国网络文学20年发展专题探讨会","中国网络文学20年20部优秀作品"评选在会议期间揭晓。

2021年3月18日,中国社会科学院发布的《2020年度中国网络文学发展报告》用"迭代"概括2020年的网络文学创作,该年的网络文学创作中涌现了更多年轻作家和更蓬勃有活力的内容。数据显示,2020年新增网文作家"95后""00后"占比近八成。网络文学对现实的关切已经融入到网文创作的类型化发展当中,描写都市生活、职场故事、重大历史变迁、国家发展等题材的网络文学作品成为热门。中国网络文学市场持续扩容,"网文出海"发展迅速。某网络文学海外门户网站累计访问用户已超7300万,上线超1700部中国网络文学的英文翻译作品,吸引了来自全球超10万名创作者,已创作原创网络文学作品超16万部。

第六节 网络文学服务平台

经过20多年的快速发展,网络文学形成了自己独特的表现方式,在丰富传统文学作品的叙述内容、传播方式的同时,逐渐朝着泛娱乐化、全产业链化方向发展。然而,在新媒介传播与市场化语境下,网络文学的内容创作、产业发展模式发生异化,制约了其长远、健康地发展。作为一种新的文艺样式,网络文学必须在追求商业价值最大化的同时,注重提升文学作品的艺术品质、文化底蕴与审美价值,才能保证网络文学的精品化发展。当网络文学行业的社区化运营属性越来越强,关联产业开始聚集时,就需要谋求内生发展。网络文学需要打造一个服务平台,对内是一个合作协同的生态闭环,对外有开放统一的接口和品牌输出,既能引导资源的有效流动,又能促进产业规模效应,聚集人才和知识。

一、网络文学精品化发展之路

自 2015 年开始,国家新闻出版广电总局和北京市新闻出版广电局分别开展了年度优秀网络文学原创作品推介活动。推优活动结合网络文学发展现状,注重用符合网络文学特质、有别于传统文学规范的审美标准来评价作品,力求推出网络文学中的"经典",引导创作风向,提升网络作家把握重大题材、重大事件、鸿篇巨制的能力。整个评审秉持"国家规格、政府标尺、网络特质、大众审美"的原则,经严格把关、反复讨论、认真筛选,最终确定推介作品名单。

2015 年和 2016 年总局的两次推优活动共收到文学网站报送的 608 部作品,经初审、复评、终审等程序,2015 年遴选出《烽烟尽处》《芈月传》等 21 部作品,2016 年遴选出《南方有乔木》《大荒洼》等 18 部原创佳作。总局还推广发布了《2016 年优秀网络文学原创作品选读本》数字版。北京局的两次推优活动共收到文学网站申报的 188 部作品,经过严格筛选,2015 年选出《战起 1938》《花千骨》《家园》等 14 部优秀作品,2016 年选出《军旅长歌》《守望》《不在别处》等 20 部优秀作品,并在光明网以网络直播的形式进行了在线发布。

由中国作协网络文学委员会主办、中国作家网承办的"中国网络小说排行榜"半年榜单和年度榜单从2015年开始正式推选发布。排行榜的评选和推出过程,是建构网络文学评价体系的重要探索和实践,也是网络文学主流化的重要标志。

网络文学是一项新生事物,但其发展速度十分迅速,因此凸显出意识形态领域新的发展动态和趋势。国家政府部门在互联网管理和新型文化事业的管理和引导方面始终具有高度的自觉性,在网络文学的萌芽状态就已经发布了《互联网信息服务管理办法》《关于审理因域名注册、使用而引起的知识产权民事纠纷案件的若干指导意见》和《中华人民共和国电信条例》。

进入商业发展期之后,网络文学创作出现井喷现象,文学网站群雄并举,市场竞争日趋激烈,网上出现了大量庸俗化、低俗化的作品,一度色情泛滥,相关部门出台了《互联网站禁止传播淫秽、色情等不良信息自律规范》《信息网络传播权保护条例》。中国作家网、盛大文学、中文在线、新浪读书和搜狐读书五家单位联合发起"关于文学网站自律的倡议",号召全国文学网站抵制网络文学不良倾向,探索健康、有序的文学网站发展之路。

网络文学发展达到一定规模之后,2015年国家新闻出版广电总局及时启动了重点网络文学网站阅评工作,对国内主流网络文学网站进行抽查审读及点评,以阅评为"抓手",引导网络文学创作把握导向、提高格调、提升质量,加强发稿能力建设。同时连续开展了网络文学骨干编辑专题培训,对负责内容编发骨干编辑进行轮训,加强社会主义核心价值观宣传教育,提升其导向意识、责任意识。

2017年6月26日,国家新闻出版广电总局对外公布《网络文学出版服务单位社会效益评估试行办法》,明确提出对从事网络文学原创业务、提供网络文学阅读平台的网络文学出版服务单位进行社会效益评估考核。《办法》明确规定，网络文学出版服务单位发表作品出现严重政治差错、社会影响恶劣，在平台首页或重点栏目推介导向有严重问题的作品，违反政治纪律和政治规矩等问题，社会效益评估实行"一票否决"，其评估结果为不合格。

北京市新闻出版广电局加强政策监管职能。自2016年10月实施网络文学阅评制度以来，聘请专家对重点网络文学网站采取"背靠背"的方法进行重点跟踪审读监管。从阅评月报来看，网络文学阅评工作的开展收到了较好的效果，有效地引导了网络文学企业不碰"红线"、坚守"底线"，基本杜绝了内容粗俗、格调低下的作品上线。为了加强精品出版推广力度，专门设立"北京市音像电子网络出版物奖励扶持专项资金"，全面实施精品战略，坚持突出主题、扶优扶强原则。

2018年1月23日，国家新闻出版广电总局和中国作家协会联合发布2017年优秀网络文学原创作品推介名单，《复兴之路》《岐黄》《择天记》《华簪录》等24部作品入选。该活动是继2015年和2016年后第三次举办，共有380部作品参选。作为业界代表人物，网络作家唐家三少在推介活动现场做了题为《新时代、新行业、新梦想》的演讲。

2018年3月，中国作协网络文学委员会、上海市新闻出版局、上海市作家协会和阅文集团在上海联合主办了"中国网络文学20年发展专题探讨会"，"中国网络文学20年20部优秀作品"评选在会议期间揭晓。20部作品可以说是网络文学20年的一个缩影，让人们回想起网络文学从无到有，从弱小到壮大的成长之路。

2018年3月，作为二次元用户聚集地的B站赴美上市，国内二次元行业正式进军海外,在发展上迈出重要的一步。

5月,以"新时代、新起点、新使命"为主题的首届中国网络文学周在杭州举行,中国作家协会首次发布《中国网络文学蓝皮书（2017）》。

9月,北京召开"网络文学+"大会,以"网络正能量,文学新高峰"为主题,成为业界交流最广泛的平台,中国音像与数字出版协会在会上发布了《2017年中国网络文学发展报告》,从政策、作品、作者、读者、市场、趋势等六个角度,全面分析中国网络文学发展情况,以及未来的发展趋势。众多文学网站借助这一平台总结一年取得的成绩,并发布最新计划。

在此期间,上海网络文学周、江苏扬子江网络文学周陆续登场亮相。江苏网络文学创意产业园落户南京江宁,江苏网络文学谷落户南京秦淮,江苏网络作家村暨宜创文化传媒落户镇江宜园,天津网络作家村暨新文化传媒（团泊）小镇落户静海区团泊湖畔。

2019年"硬核技术流"这一名词在网上成为热词。先是彩虹之门继《重生之超级战舰》之后的科幻力作《地球纪元》受到读者追捧,随之医学题材小说《大医凌然》和都市题材小说《天工》《神工》也在网上引起热议。所谓"硬核技术流",是指客观、冷静地观察描写生活,揭示生活的本质,不管是现实题材还是幻想题材,都以追寻事物的客观真实为目的。

2019年2月25日下午,国家新闻出版署和中国作家协会在京联合发布"2018年优秀网络文学原创作品"推介名单,吉祥夜《写给鼹鼠先生的情书》、骠骑《零点》、丁墨《挚野》、唐家三少《拥抱谎言拥抱你》、梦入神机《龙符》、月壮边疆《白纸阳光》、管平潮《燃魂传》、房忆雪《运河码头》等24部作品入选。

2020年11月2日到4日，全国网络文学理论研讨会在杭州召开。会议认为，网络文学发展进入第三个十年，网络文学理论评论需要在四个方面有所突破：一是要努力建构网络文学理论范式和概念共识，增强网络文学的理论性；二是要强化网络文学研究的实证性，加强大数据分析和实地调研；三是增强理论研究的系统性和体系化；四是要提高网络文学研究的协同性，东西南北中协同作战，促进理论评论的繁荣。

二、网络文学海外发展情况

2015年7月，掌阅科技启动iReader海外项目，正式进军国际市场。同年10月，发布了具有里程碑意义的安卓和iOS国际版本，在国内系统上加入了地域控制、用户绑定等功能，解决了地区版权保护问题，不断提升平台优质内容的国际化水平。在海外发展战略上，掌阅科技抓住国家推行"一带一路"倡议的契机，充分展开调研，将东南亚、东北亚、中东欧列为优先发展区域，充分发挥自身在内容、推广、运营、产品设计等方面积累的经验，紧密衔接、融合在地文化的不同特点，将"用户——内容——付费"的商业模式在海外成功复制，并有效启发当地资源，培育合作伙伴，寻求共赢发展。

短短两年内，公司完成了40多次海外产品发布，支持14种语言，并与企鹅兰登、哈珀柯林斯、剑桥大学出版社、牛津大学出版社等全球知名出版机构进行联系合作。

掌阅iReader国际化的产品设计和运营多次获得Google Play的推荐。2016年12月，在谷歌开发者大会Google Developer Day上，掌阅iReader斩获"2016年Google商店最具人气应用"及"2016年自我提升类最受欢迎应用"两项大奖。2017年1月25日—2月3日春节档期间，掌阅iReader还获得了港澳台等亚太重点地区苹果官方商店App Store的首页置顶推荐，公司iOS端的海外用户提升了30%。掌阅iReader在中国港澳台及新加坡、马来西亚等60多个国家和地区的同类App销售榜中位列榜首，其中包括近40个"一带一路"沿线国家和地区，成为在全球影响较大的数字阅读平台。

与华为公司合作开发的针对伊朗波斯语阅读产品，上线一个月，就积累付费会员用户20万人次。此外，掌阅科技还大力加强对外版权合作，其中对外授权翻译的语言包括英文、韩文、泰文等；仅在2020年上半年，公司和美国重力（Gravity Tales）、沃拉尔小说（Volare Novels）等平台达成合作，完成试授权5本小说（英文）；与韩国M故事坊（M story hub）公司达成合作，完成试授权3本漫画（韩文）；与泰国Meb集团确定合作40本小说（泰文）。

2016年10月，中文在线数字出版集团股份有限公司新设增加CHINESEALL CORPORATION美国公司。美国公司的主要任务为承担公司国内业务的国际对接。2016年美国公司完成听书产品的美国本土销售，同步构建了国内数字出版产品国际对接的主要研究工作，确定了数字阅读产品及数字内容增值服务的业务拓展方向。

2015年中文在线集团上市，成为国内"数字出版第一股"。随着业务的不断发展，2016年中文在线集团确定了"文学+""教育+"双翼飞翔的战略方向，以及国际化战略发展方向。2017年的主要计划如下：

1.教育主要从两个方向开展业务：海外书香平台和电子书籍销售。

此外，2016年中文在线投资纳斯达克上市公司ATA，间接持有其总计20.09%的股权。ATA以考试运营服务和在线学习服务为主要业务,于2008年在美国纳斯达克上市。对ATA的投资将拓宽中文在线在教育行业的销售渠道,扩大公司服务的辐射范围,增强公司教育产品的推广能力,加速公司的国际化布局。

2. 海外游戏发行以及IP引入。

3. AVG游戏:针对女性群体,通过互动方式引导用户进行书籍的阅读。

晋江文学城在海外发展上形成了自己的特色,在IP的深度开发方面也取得了很大成绩。网站始终保持对草根作者的热情,因此作品题材涉猎广泛,形式多样。晋江文学城在线用户遍布全球213个国家和地区,是全球覆盖率较广的文学网站之一,其中在美国、加拿大、澳大利亚等发达国家占有很大比重,海外用户流量比重超过15%。晋江文学城的版权开发集中在东南亚地区,他们和50余家中国港台繁体出版社、20余家越南出版社、数家泰国出版社开展合作,累计向海外输出的网络文学版权超千部。在大力发展现有海外版权合作渠道的同时,晋江文学城还向日本、英国等发达国家拓展中国网络文学出版市场,成为中国原创文学网站进军海外的排头兵。

目前,包括泰国、越南、日本等海外国家和地区并没有成熟的文学网站和电子阅读商务模式,对于中国网络文学来说存在大量商机,发展前景十分广阔。晋江文学城和海外出版社就共建电子阅读商务模式、共享版权渠道进行商洽,有望在版权输出方面取得更大突破。

当地时间3月14日,2017伦敦国际书展(London Book Fair)盛大开幕,阅文集团携旗下多部优秀作品参展。作为唯一的中国网文平台参展方,阅文集团凭借高人气作品,一展中国网络文学蓬勃向上之姿,同时更以多媒体形式,展示了以中国网络文学为核心的泛娱乐产业多元化、多样化的艺术风采。

在这届伦敦国际书展中,阅文集团展出的作品题材多元,形式多样,充分展现了中国网文的独特魅力。《鬼吹灯》《斗破苍穹》《盘龙》《全职高手》《我欲封天》《莽荒纪》《一念永恒》等人气作品被展出,涉及中文、泰文、越南文、日文、英文等多种语言译本。同时,现场展台 iPad 循环展示阅文集团旗下改编影视、动画作品的宣传片及宣传海报等电子内容,吸引了大批观众驻足欣赏。

以参展伦敦书展为契机,阅文集团正陆续为"海外粉"们带来真正品质精良的正版书籍。对于众多喜爱中国网络文学的洋读者来说,时间、地域的界限正在被打破,他们有望第一时间同步国内,享受网文阅读的无限乐趣。

2016 年 1 月,在新德里世界书展中,中国展馆共有来自 81 家出版单位的 5000 多种图书与印度读者见面。其中,国内数字阅读的领先企业掌阅科技也荣幸参展,掌阅是唯一一家应邀参加书展的数字阅读平台企业。5 月 12 日,掌阅科技参加了美国芝加哥国际书展,并在其主馆进行了分享会,掌阅科技 CEO 成湘均在会上发表了讲话,介绍了中国市场数字出版的业务情况以及掌阅海外业务对接模式,并把掌阅新一代电纸书 iReader Plus 正式展现给国际同行。除了对海外事业充足的信心,掌阅一以贯之的敬业态度,结合新产品发布的信息,也让世界出版界了解了中国这个执着于数字阅读的企业。9 月,掌阅科技作为唯一受邀的互联网文化企业,参加了中国 — 东盟信息港论坛的相关交流讨论。

2017 年 5 月 15 日,阅文集团旗下起点国际正式上线起航。作为中国网络文学领先门户起点中文网的海外版,起点国际旨在为海外读者提供最全面内容、最精准翻译、最高效更新及最便捷体验。

起点国际的正式"开门迎客",标志着阅文集团迈入全新发展阶段,多年海外布局再迎突破性进展。至此,阅文集团率先成功打破文化走出去的"壁垒",在充分展示中华文化魅力的同时更强调参与全球泛娱乐市场竞争,积极实践文化"一带一路",进一步提升中国文创产业的全球竞争力与影响力。

起点国际以英文版为主打,将逐步覆盖泰语、韩语、日语、越南语等多语种阅读服务,并提供跨平台互联网服务。除PC端外,安卓版本和iOS版本的移动APP也已同步上线。凭借一支资深中英文团队历时半年的高效筹备,目前,起点国际上线作品已达38部,累计更新近3000章,总量远超所有翻译中国网文的独立站点,品类覆盖玄幻、仙侠、科幻、游戏等多元题材。在飞速成长的译者团队支持下,起点国际以严格规范的内容质量体系,统一制定行文及词汇标准,层层把关确保译作品质。而充足的译者配置,也让起点国际"火力全开",最快日更速度可达3至10更,远超其他所有站点的翻译速度。而且随着起点国际"翻译孵化计划"的推展,译者数量和质量还将显著增长。按计划,至2017年底,起点国际预计翻译作品量将超300部,累计章节超7万章,吸引百万级用户,以行业领先的优势规模和品质,向海外读者展现中国文学的多元魅力。

"文化的感染力跨越国界、种族。"对于起点国际正式上线的意义所在,阅文集团原CEO吴文辉表示,"在阅文集团的精心打造下,蕴含中国传统文化精髓的网络文学作品,将在全球范围内引发热潮,成为熠熠生辉的全球性文化符号。为了让更多读者领略中国文化,并在全球范围内挖掘泛娱乐IP的商业价值,起点国际应运而生。"

2020年11月16日,2020首届上海国际网络文学周在上海浦东启动。大会发布的《2020网络文学出海发展白皮书》显示,目前网络文学出海主要呈三大趋势:翻译规模扩大、原创全球开花,以及IP协同出海。截至2019年,国内向海外输出网络文学作品10000余部,覆盖40多个"一带一路"沿线国家和地区。2019年翻译网络文学作品3000余部。而从出海模式来看,翻译出海占比72%,直接出海占比15.5%,改编出海占比5.6%,其他占比6.9%。翻译出海方面,《放开那个女巫》《许你万丈光芒好》等多元类型优质作品持续涌现,人气榜单更新迭代加速;《诡秘之主》等新晋热门作品海内外同步圈粉;人工和AI智能翻译双线加速了国内精品网络文学作品的出海之路。

参考文献

［1］［美］尼古拉・尼葛洛庞帝.数字化生存［M］,胡泳、范海燕,译.海口:海南出版社,1997.

［2］［法］乔治・麦克林.传统与超越［M］,干春松、杨凤岗,译.北京:华夏出版社,2000.

［3］［法］罗杰・加洛蒂.论无边的现实主义［M］,吴岳添,译.天津:百花文艺出版社,1998.

［4］［美］菲尔・柯西诺.英雄的旅程:与神话学大师坎贝尔对话［M］,梁永安,译.北京:金城出版社,2011.

［5］周志雄.网络文学的发展与评判［M］,北京:人民出版社,2015.

［6］邵燕君.破壁书:网络文化关键词［M］,北京:生活书店出版有限公司,2018.

［7］欧阳友权.中国当代网络文学批评史［M］,北京:中国社会科学出版社,2019.

图书在版编目(CIP)数据

中国网络文学简史 / 马季著 . — 宁波：宁波出版社；杭州：杭州出版社，2023.11
（中国网络文学研究名家论丛 . 第一辑）
ISBN 978-7-5526-4505-7

Ⅰ.①中… Ⅱ.①马… Ⅲ.①网络文学-文学研究-中国 Ⅳ.① I207.999

中国版本图书馆 CIP 数据核字（2021）第 268684 号

中国网络文学研究名家论丛

中国网络文学简史
ZHONGGUO WANGLUO WENXUE JIANSHI

▷ 马 季 著

策　　划	袁志坚
责任编辑	陈金霞　王　凯
责任校对	余怡荻
装帧设计	金字斋　甘巧丽
出版发行	宁波出版社
	（宁波市甬江大道 1 号宁波书城 8 号楼 6 楼　315040）
	杭州出版社
	（杭州市拱墅区西湖文化广场 32 号 6 楼　310014）
印　　刷	宁波白云印刷有限公司
开　　本	710mm×1000mm　1/16
印　　张	18.25
字　　数	225 千
版　　次	2023 年 11 月第 1 版
印　　次	2023 年 11 月第 1 次印刷
标准书号	ISBN 978-7-5526-4505-7
定　　价	65.00 元

如发现印装质量问题，请与出版社联系调换，电话：0574-87248279
（版权所有　翻印必究）